Noir comme la mer

Mary Higgins Clark

Noir
comme la mer

ROMAN

Traduit de l'anglais (États-Unis)
par Anne Damour

Albin Michel

COLLECTION « SPÉCIAL SUSPENSE »

Ce livre est un ouvrage de fiction. Toute ressemblance avec des faits avérés, des lieux existants ou des personnes réelles, vivantes ou décédées, serait purement fortuite.

En souvenir de ma mère et de mon père
Luke et Nora Higgins
Et de mes frères
Joseph et John
Avec amour

Premier jour

1

AMARRÉ à son poste sur l'Hudson, le *Queen Charlotte* s'apprêtait à appareiller pour sa croisière inaugurale. Incarnation même de la magnificence, il était comparé au premier *Queen Mary*, voire au *Titanic*, tous deux considérés au siècle dernier comme les parangons du luxe sur mer.

L'un après l'autre, les passagers montaient à bord et s'enregistraient avant d'être invités à se rendre dans le grand salon où des stewards en gants blancs les recevaient avec une coupe de champagne. Lorsque le dernier des voyageurs eut embarqué, le commandant Ronald Fairfax entama son discours d'accueil.

« Soyez les bienvenus à bord. Vous vous apprêtez à faire le voyage le plus somptueux que vous ayez jamais fait ou rêvé de faire », dit-il, son accent britannique ajoutant une note de glamour à ses paroles. « Vous trouverez vos cabines décorées selon la tradition des plus beaux transatlantiques d'autrefois. Le *Queen Charlotte* a été construit pour pouvoir embarquer exactement cent passagers.

Notre équipage comporte quatre-vingt-cinq personnes, toutes prêtes à répondre à vos désirs. Les spectacles qui vous seront proposés n'auront rien à envier à ceux de Broadway, de Carnegie Hall ou du Metropolitan Opera. Vous pourrez aussi profiter d'un large choix de conférences données par des auteurs célèbres, d'anciens diplomates, une experte en gemmologie, des spécialistes de Shakespeare. Nos chefs de tous horizons vous inviteront à découvrir une cuisine à base de produits frais. Et nous n'ignorons pas qu'une croisière se doit d'abreuver ses hôtes. Dans ce but, des dégustations de vins seront organisées par quelques œnologues de renom. Pour rester dans cet esprit, nous avons prévu une lecture de l'ouvrage d'Emily Post, la légendaire arbitre du savoir-vivre du siècle dernier. Mais il ne s'agit là que de quelques-unes des activités qui vous seront présentées.

« Pour terminer, j'ajoute que les menus ont été choisis parmi les recettes des plus grands cuisiniers du monde. Maintenant, une fois encore, soyez les bienvenus dans ce qui va être votre résidence pendant les cinq prochains jours.

« Je laisse à présent la parole à Gregory Morrison, l'armateur du *Queen Charlotte*, qui a conçu ce navire dans ses moindres détails, et grâce à qui vous allez faire l'expérience de la croisière la plus exceptionnelle que l'on puisse imaginer. »

S'avança alors un homme corpulent, au visage rubicond et à la chevelure argentée.

« À mon tour de vous souhaiter à tous la bienvenue à bord. Aujourd'hui se réalise le rêve formé par un jeune garçon il y a plus de cinquante ans. Je me tenais près de mon père, capitaine de remorqueur, qui aidait à entrer et sortir du port de New York les plus beaux navires de croisière de son temps. En réalité, tandis que mon père regardait droit devant lui, je me retournais, impressionné par les paquebots spectaculaires qui fendaient élégamment les eaux grises de l'Hudson. C'est alors que je me suis promis de construire un jour un bateau encore plus impressionnant que ces transatlantiques que j'admirais tant. Le *Queen Charlotte*, dans toute sa majesté, est la réalisation de ce rêve fou qui ne m'a jamais quitté. Que vous restiez cinq jours avec nous jusqu'à Southampton, ou poursuiviez notre tour du monde pendant quatre-vingt-dix jours, j'espère que vous vous souviendrez de cet instant comme du début d'une expérience inoubliable. » Puis, portant un toast, il conclut : « Levons l'ancre. »

Les applaudissements crépitèrent, puis les passagers commencèrent à faire connaissance et à bavarder. Alvirah et Willy Meehan, qui fêtaient leur quarante-cinquième anniversaire de mariage, savouraient leur bonheur. Avant d'avoir gagné à la loterie, Alvirah était femme de ménage et Willy plombier.

Ted Cavanaugh, trente-quatre ans, accepta un verre de champagne et regarda autour de lui. Plusieurs personnes ne lui étaient pas inconnues : les présidents des conseils d'administration de General Electric et de Goldman Sachs, quelques couples célèbres de Hollywood.

Une voix à ses côtés demanda : « Seriez-vous par hasard apparenté à l'ambassadeur Mark Cavanaugh ? Vous lui ressemblez étonnamment.

– En effet, répondit Ted en souriant. Je suis son fils.

– J'en étais sûr. Permettez-moi de me présenter. Charles Chillingsworth. »

Ted reconnut le nom de l'ambassadeur en France à la retraite.

« Nous étions attachés d'ambassade à la même époque, dit Chillingsworth. Toutes les femmes étaient amoureuses de votre père. Je lui disais que c'était honteux d'être aussi beau. Il a été ambassadeur en Égypte sous deux présidents, si je me souviens bien, puis accrédité à la cour du palais St. James.

– C'est exact, confirma Ted. Mon père était fasciné par l'Égypte. Et je partage sa passion. Dans ma jeunesse, j'ai passé plusieurs années là-bas. Puis nous sommes partis pour Londres quand il a été nommé ambassadeur en Angleterre.

– Avez-vous suivi la même carrière que lui ?

– Non, je suis avocat, mais une bonne partie de mon activité est consacrée à récupérer les antiquités et les objets qui ont été volés dans leur pays d'origine. »

Ce qu'il ne dit pas, c'était qu'il participait à ce voyage dans l'unique but de rencontrer lady Haywood et de la persuader de rendre son célèbre collier d'émeraudes, dit collier de Cléopâtre, à son propriétaire légitime, le peuple égyptien.

Le professeur Henry Longworth avait surpris la conversation et se pencha pour mieux entendre la suite, les yeux brillants d'intérêt. Il avait été invité pour sa part en tant que conférencier. Spécialiste reconnu de Shakespeare, il mêlait toujours à ses conférences des interprétations de certains passages qui ne manquaient pas de captiver son auditoire. Sexagénaire, de petite taille, le cheveu rare, il était très demandé aussi bien dans les croisières que dans les universités.

Devon Michaelson se tenait un peu à l'écart des autres passagers. Il ne ressentait ni besoin ni désir de participer à ces conversations banales et inévitables lors d'une première rencontre entre inconnus. Comme le professeur Longworth, il avait la soixantaine, et aucune caractéristique physique particulière.

Un peu plus loin se tenait Célia Kilbride, toute seule. Elle avait à peine vingt-huit ans. Élancée, les cheveux noirs et les yeux bleu saphir, elle semblait ignorer les regards admiratifs que lui jetaient ses compagnons de voyage.

La première escale de ce tour du monde serait Southampton, en Angleterre. C'était là qu'elle devait débarquer. Elle aussi était invitée en tant que conférencière. Gemmologue réputée, elle devait parler de l'histoire de bijoux célèbres à travers les siècles.

La personne la plus enthousiaste de cette assemblée était certainement Anna DeMille, une divorcée de cinquante-six ans, originaire du Kansas, qui avait gagné un billet pour cette croisière à une tombola de charité organisée par sa paroisse. Ses cheveux et ses sourcils teints en noir contrastaient avec son teint pâle. Elle espérait avoir la chance de rencontrer Monsieur Parfait. Pourquoi pas ? Elle avait gagné à la loterie. La chance continuerait peut-être à lui sourire.

À quatre-vingt-six ans, lady Emily Haywood, connue pour son immense fortune et ses actions philantropiques, était entourée de ses invités personnels : Brenda Martin, son assistante et dame de compagnie depuis vingt ans, Roger Pearson, qui était à la fois son conseiller financier et l'administrateur de ses biens, ainsi que sa femme Yvonne.

Lors d'une interview au sujet de cette croisière, lady Emily avait déclaré qu'elle avait l'intention d'emporter avec elle son collier légendaire et de le mettre en public pour la première et dernière fois avant d'en faire don au Smithsonian Institute.

Tandis qu'ils se dispersaient en se souhaitant « Bon voyage » avec chaleur, aucun de ces passagers ne pouvait se douter qu'au moins l'un d'entre eux n'atteindrait pas Southampton en vie.

2

AU LIEU de se retirer dans sa cabine, Célia Kilbride resta accoudée à la rambarde, à contempler le spectacle qui s'offrait à elle tandis qu'ils passaient devant la statue de la Liberté. Son séjour à bord ne durerait qu'une petite semaine, suffisamment malgré tout pour échapper à la frénésie médiatique qui avait suivi l'arrestation de Steven le soir de la répétition de leur mariage, vingt-quatre heures avant la cérémonie. Comment croire que quatre semaines seulement s'étaient écoulées ?

Ils en étaient aux toasts quand les agents du FBI avaient fait irruption dans le salon particulier du Club 21. Le photographe qui couvrait la cérémonie avait pris une photo d'eux ensemble et une autre en gros plan de sa bague de fiançailles ornée d'un diamant de cinq carats.

Beau, spirituel, brillant, Steven Thorne avait fallacieusement persuadé des amis de Célia d'investir dans un fonds spéculatif créé à son seul bénéfice pour satisfaire ses goûts de luxe. Grâce au ciel, il avait été arrêté avant qu'ils soient mariés, pensa

Célia tandis que le navire prenait la mer. J'ai au moins échappé à ça.

La vie est un tel concours de circonstances, pensa-t-elle. Après la mort de son père deux ans auparavant, elle était allée à Londres suivre un séminaire de gemmologie. Carruthers lui avait réservé un billet d'avion en classe affaires et c'était la première fois qu'elle voyageait autrement qu'en classe éco.

Elle était installée dans l'avion qui la ramenait à New York et sirotait le verre de vin offert par la compagnie quand un homme d'une parfaite élégance avait glissé son attaché-case dans le compartiment à bagages et s'était assis dans le siège voisin du sien. « Permettez-moi de me présenter, Steven Thorne », lui avait-il dit avec un sourire chaleureux en lui tendant la main. Il avait expliqué qu'il revenait d'une conférence sur les marchés financiers. Quand ils avaient atterri, elle avait déjà accepté de le revoir.

Célia secoua la tête. Comment avait-elle pu, elle, une gemmologue capable de déceler le plus minuscule défaut dans n'importe quelle pierre précieuse, se méprendre ainsi sur le compte d'un être humain ?

Elle inspira profondément et la merveilleuse odeur de la mer pénétra ses poumons. Je vais cesser de penser à Steven, se promit-elle. Mais il était difficile d'oublier que, si tant de ses amis avaient perdu toutes leurs économies, c'était parce qu'elle le leur avait présenté. Elle avait été obligée de se plier à un interrogatoire du FBI. Elle se demandait s'ils la croyaient impliquée dans cette escroquerie, en dépit du fait qu'elle-même avait investi tout ce qu'elle avait dans l'opération.

Elle avait espéré qu'elle ne connaîtrait aucun des passagers, mais l'annonce de la présence de lady Emily Haywood à bord du *Queen Charlotte* avait été largement diffusée. Or c'était une fidèle cliente de Carruthers sur la Cinquième Avenue à qui elle confiait les pièces de son importante collection de bijoux afin de les faire nettoyer ou réparer, insistant pour que Célia les inspecte minutieusement pour en déceler la moindre fêlure ou rayure. Brenda Martin, son assistante, l'accompagnait toujours. Et il y avait aussi Willy Meehan, l'homme qui était venu acheter un cadeau pour sa femme Alvirah à l'occasion de leur quarante-cinquième anniversaire de mariage. Il lui avait raconté alors toute l'histoire des quarante millions de dollars qu'ils avaient gagnés à la loterie. Elle l'avait trouvé sympathique sur-le-champ.

Néanmoins, étant donné le grand nombre de passagers à bord, elle n'aurait aucun mal à se réserver quelques moments de solitude, en dehors de ses deux conférences et de la séance de questions prévues avec les auditeurs. Ce n'était pas la première fois qu'elle était invitée comme conférencière sur les bateaux de la Castle Lines. Chaque fois, l'agent de la compagnie chargé des activités lui avait confié que les passagers avaient marqué pour elle une nette préférence. À peine huit jours auparavant, il lui avait téléphoné pour l'inviter à

19

remplacer à la dernière minute un orateur tombé malade.

C'était l'occasion unique de pouvoir échapper à la compassion d'une partie de ses amis, et à l'animosité de ceux qui avaient perdu leurs économies. Je suis vraiment contente d'être là, pensa-t-elle en se détournant de la rambarde pour se diriger vers sa cabine.

Comme chaque parcelle du *Queen Charlotte*, la suite avait été aménagée avec un soin scrupuleux du détail. Elle consistait en un petit salon, une chambre et une salle de bains. Les espaces de rangement étaient spacieux, à l'inverse des bateaux plus anciens sur lesquels Célia avait voyagé, où les cabines haut de gamme étaient moitié plus petites que celle-ci. La porte ouvrait sur un balcon où elle pouvait s'asseoir quand elle souhaitait respirer l'air du large sans souffrir de la proximité avec les autres passagers.

Elle fut tentée de sortir sur le balcon, mais décida plutôt de défaire ses valises et de ranger ses affaires. Elle devait donner sa première conférence le lendemain dans l'après-midi et voulait réviser ses notes. Son sujet était l'histoire des pierres précieuses à travers les civilisations.

Son téléphone sonna. Elle décrocha et reconnut immédiatement la voix à l'autre bout du fil. Steven. Il avait été libéré sous caution avant son procès. « Célia, je peux tout t'expliquer », commença-t-il. Elle raccrocha brutalement. Le seul fait de l'entendre lui donnait envie de rentrer sous terre. Quand je pense que je suis capable de déceler la plus minuscule imperfection dans n'importe quelle pierre précieuse, se répéta-t-elle. Lamentable.

La gorge serrée, elle essuya rageusement les larmes qui lui montaient aux yeux.

3

L ADY EMILY, plus connue sous le diminutif de « lady Em », était assise dans un superbe fauteuil à oreilles qui ornait la suite la plus luxueuse du paquebot, le dos parfaitement droit en dépit de son grand âge. Elle avait la silhouette grêle d'un oiseau, une forêt de cheveux blancs et un visage ridé qui témoignait, encore aujourd'hui, de sa beauté passée. Il était facile d'imaginer l'éblouissante *prima ballerina* qui, à l'âge de vingt ans, avait conquis le cœur de sir Richard Haywood, le riche et célèbre explorateur britannique.

Elle soupira et jeta un regard autour d'elle. Tout ce luxe vaut son prix, pensa-t-elle, assise dans le superbe salon. Il y avait un écran de télévision géant au-dessus de la cheminée, des tapis persans anciens, des canapés revêtus de damas broché disposés à chaque bout de la pièce, des fauteuils de couleurs contrastées, des tables d'appoint anciennes et un bar. La suite comportait également une vaste chambre à coucher et une salle de bains avec douche à vapeur et jacuzzi. La salle de bains avait le chauffage au sol et de magnifiques mosaïques de marbre tapissaient les murs. Les portes du salon et de la chambre ouvraient sur une terrasse privée. Le réfrigérateur avait été garni selon ses désirs.

Lady Em sourit. Elle avait emporté quelques-uns de ses plus beaux bijoux. Quantité de célébrités se trouveraient à bord et, comme toujours, elle entendait qu'on ne remarque qu'elle. C'est pourquoi elle arborerait son fabuleux collier avant d'en faire don au Smithsonian Institute. N'ayant pas de descendance, à qui pourrait-elle bien le léguer ? En outre le gouvernement égyptien essayait de le récupérer, prétendant qu'il provenait d'une tombe qui avait été pillée. Qu'il se dispute mon collier avec le Smithsonian, pensa lady Em. Ce sera mon premier et dernier tour de piste avec lui.

La porte de la chambre était légèrement entrouverte, et elle entendait son assistante Brenda s'affairer, retirant de sa malle-cabine et de ses valises les vêtements qu'elle avait choisis dans son abondante garde-robe. Brenda était la seule à pouvoir s'occuper de ses affaires personnelles. Les autres domestiques n'y étaient pas autorisés.

Que ferais-je sans elle ? se demanda lady Em. Elle sait toujours avant moi ce dont j'ai besoin ou envie ! J'espère que les vingt années qu'elle m'a consacrées ne l'ont pas empêchée d'avoir une vie à elle.

Il en était autrement pour son conseiller financier et exécuteur testamentaire, Roger Pearson. Elle appréciait sa compagnie et l'avait invité ainsi que son épouse à se joindre à elle durant cette croisière. Elle avait connu Roger quand il était encore jeune, et son père et son grand-père avant lui avaient eu toute sa confiance dans la gestion de ses affaires.

Mais, une semaine plus tôt, elle avait rencontré un vieil ami, Winthrop Hollows, qu'elle n'avait pas vu depuis des années. Comme elle, il avait été un client du cabinet Pearson. Après lui avoir demandé si elle employait toujours Roger, il l'avait prévenue : « Sachez qu'il n'est pas le même homme que son père ou son grand-père. À votre place, je ferais évaluer sans tarder l'état de mes finances par un cabinet d'expertise. » Quand elle avait insisté pour obtenir des précisions, Winthrop avait refusé d'en dire davantage.

Elle entendit des pas, et la porte de la chambre s'ouvrit en grand. Brenda Martin entra dans le salon. C'était une femme imposante, pas particulièrement corpulente mais musclée. Elle paraissait plus que ses soixante ans avec ses cheveux courts et grisonnants, coiffés sans recherche. Son visage rond et ingrat ne portait aucune trace de maquillage. Un visage qui, à ce moment précis, avait une expression préoccupée.

« Lady Em, dit-elle timidement. Vous semblez d'humeur morose. Quelque chose vous tracasse ? »

Il faut que je me méfie, se dit lady Em. Elle ne doit pas savoir que je m'inquiète à propos de Roger.

« J'ai l'air contrariée ? s'étonna-t-elle. Je ne vois pas pourquoi je le serais. »

24

Brenda sembla soulagée. « Oh, tant mieux, lady Em. Je souhaite sincèrement que vous profitiez de chaque moment de ce merveilleux voyage. Dois-je commander le thé ?

– Volontiers, Brenda. J'attends avec impatience d'assister à la conférence de Célia Kilbride demain. Je m'étonne toujours de voir une si jeune femme posséder une telle connaissance des pierres précieuses. J'ai envie de lui parler de la malédiction qui est attachée au collier de Cléopâtre.

– Je ne me souviens pas que vous me l'ayez jamais racontée », s'étonna Brenda.

Lady Em eut un petit rire. « Cléopâtre fut faite prisonnière par Octave, le fils adoptif et héritier de César. Elle savait qu'il avait l'intention de la ramener captive à Rome sur son bateau, et qu'il avait ordonné qu'elle porte le collier durant la traversée. Sur le point de se suicider, Cléopâtre demanda qu'on lui apporte le collier et lui jeta un sort. "Quiconque emportera ce collier en mer ne regagnera jamais le rivage."

– Oh, lady Em, soupira Brenda. C'est terrible. Peut-être devriez-vous laisser le collier dans le coffre !

– Pas question, rétorqua sèchement lady Em. Maintenant, demandez qu'on nous apporte le thé. »

4

DANS L'APRÈS-MIDI, Roger Pearson et sa femme Yvonne prenaient le thé dans leur fastueuse cabine à l'étage des VIP du *Queen Charlotte*. Avec son corps massif, ses cheveux clairsemés et un sourire qui lui frisait les yeux, Roger était un homme sociable et chaleureux en présence de qui tout le monde se sentait à l'aise. Il était le seul à oser plaisanter au sujet de la politique avec lady Em. Elle était une fervente républicaine ; il était tout aussi passionnément démocrate.

Yvonne et lui examinaient le programme des activités prévues le lendemain. En voyant que Célia Kilbride devait donner une conférence à quinze heures trente, Yvonne haussa les sourcils. « N'est-ce pas elle qui travaille pour le joaillier Carruthers et qui est impliquée dans ce frauduleux fonds de placement ?

– C'est cet escroc de Thorne qui essaye de la compromettre », dit Roger d'un ton indifférent.

Yvonne se rembrunit. « Voilà ce que j'ai entendu. Quand lady Em apporte ses bijoux pour les faire réparer ou remonter, c'est à Célia Kilbride qu'elle s'adresse. Brenda me l'a dit. »

Roger tourna la tête vers sa femme. « Kilbride est vendeuse chez eux ?

– Elle est bien plus que ça. J'ai lu des articles la concernant. C'est une gemmologue de premier plan et elle voyage dans le monde entier pour sélectionner des pierres précieuses à l'intention de Carruthers. Elle donne des conférences sur des bateaux de croisière comme le nôtre dans le but d'amener des gens fortunés à investir dans des bijoux de prix.

– C'est futé », fit remarquer Roger, puis il se tourna vers la télévision.

Yvonne l'observa. Comme toujours lorsqu'ils étaient seuls, Roger n'affectait plus la cordialité qu'il affichait avec les autres. Il se contentait de l'ignorer.

Elle porta la tasse à ses lèvres et s'empara d'un délicat sandwich au saumon. Elle se mit à réfléchir à l'ensemble qu'elle allait porter pour la soirée, un tailleur Escada en cachemire, veste à motifs noir et blanc et pantalon noir. Les renforts de cuir aux coudes donnaient à cette tenue la touche décontractée de rigueur en pareille occasion.

Yvonne savait qu'elle faisait beaucoup plus jeune que ses quarante-trois ans. Elle aurait aimé être plus grande, mais elle avait gardé une silhouette élancée et son coiffeur avait trouvé l'exacte nuance de blond qui lui seyait. Mais la fois précédente, elle était sortie avec des mèches beaucoup trop foncées.

27

Yvonne attachait une grande importance à son apparence, ainsi qu'à son statut social, à l'appartement de Park Avenue et à la maison des Hamptons. Certes, elle s'ennuyait ferme avec Roger depuis un certain temps, mais elle appréciait leur style de vie. Ils n'avaient pas d'enfants, et il n'y avait vraiment aucune raison pour que Roger payât les frais de scolarité des trois garçons de sa veuve de sœur. Yvonne était brouillée avec sa belle-sœur depuis des années, mais elle soupçonnait Roger de financer quand même leurs études.

Qu'importe tant que ça n'a pas d'incidence sur mon train de vie, pensa-t-elle en finissant son sandwich et la dernière gorgée de thé.

5

« C'EST VRAIMENT une folie, Willy, même pour notre quarante-cinquième anniversaire de mariage », soupira Alvirah en contemplant la cabine que Willy avait retenue pour célébrer l'occasion. À travers les protestations de sa femme, Willy percevait l'excitation dans sa voix. Il se tenait dans le coin-salon et débouchait la bouteille de champagne, offerte par la compagnie, qui refroidissait dans le seau argenté. Tout en tirant sur le bouchon, il contemplait les miroirs qui recouvraient les murs du sol au plafond et les eaux bleu foncé de la mer au-delà.

« Willy, nous n'avions pas besoin d'une cabine avec un balcon privé. Nous pouvions sortir sur le pont pour regarder la mer et humer la brise. »

Willy sourit. « Chérie, je te fiche mon billet que sur ce bateau toutes les cabines ont leur propre balcon. »

Alvirah s'était rendue dans la salle de bains contiguë à la chambre. Elle s'écria : « Willy, c'est incroyable ! Il y a une télévision incorporée à la glace de la coiffeuse. Tout ça doit coûter une fortune. »

Willy sourit avec indulgence. « Chérie, nous gagnons deux millions brut depuis cinq ans. Et tu es très bien payée pour tes articles dans le *Globe*.

– Je sais, reprit Alvirah, mais je préférerais utiliser cet argent pour des causes charitables. Tu connais le dicton, Willy : "On attend beaucoup de ceux qui ont beaucoup reçu." »

Oh là là ! se dit Willy. Que dira-t-elle ce soir quand je lui offrirai sa bague ? Il décida de l'y préparer. « Écoute, chérie. Rien ne me réjouit davantage que de fêter nos années de vie commune. Je regretterais que tu m'empêches de te montrer combien j'ai été heureux avec toi pendant quarante-cinq ans. Il y a autre chose que j'aimerais t'offrir ce soir. Si tu ne l'acceptes pas, j'en serai peiné. » Je parle comme un politicien, pensa-t-il.

Alvirah fit une moue attristée. « Oh, Willy, je suis désolée. Bien sûr, j'apprécie beaucoup cette croisière. Et tu sais, quand j'y réfléchis, c'est toi qui m'as fait acheter le billet de loterie ce jour-là. Et je t'ai dit que nous aurions pu faire l'économie du dollar. Alors, je suis ravie d'être ici et ravie de tout ce que tu pourras me donner. »

Ils se tenaient à la porte du balcon et contemplaient l'océan.

Willy passa son bras autour de ses épaules. « Je préfère ça, chérie. Et n'oublie pas, pendant toute cette semaine nous allons profiter de chaque minute de chaque jour.

– Oui, dit Alvirah.

– Et tu es très en beauté. »

Une autre dépense extravagante, songea Alvirah. Son coiffeur habituel était en vacances, et elle s'était rendue dans un salon de beauté hors de prix. Il lui avait été conseillé par son amie la baronne von Schreiber, la propriétaire du spa de Cypress Point, où Alvirah et Willy avaient séjourné peu après avoir gagné à la loterie. J'aurais dû me douter que Min me recommanderait ce genre d'endroit, se dit-elle, mais elle devait admettre que ses cheveux avaient cette jolie teinte rousse qui avait toujours été sa couleur préférée. Et Monsieur Leopoldo leur avait donné une forme très seyante. Surtout, elle avait perdu six kilos depuis Noël et pouvait à nouveau porter les vêtements élégants que Min avait choisis pour elle deux ans auparavant.

Willy la serra dans ses bras. « Chérie, je suis heureux de savoir que, pour une fois, ta prochaine chronique aura pour sujet : histoire d'une croisière sans soucis. »

Mais au moment où il prononçait ces mots, Willy fut saisi du pressentiment angoissant que cette croisière ne se déroulerait pas comme prévu.

6

RAYMOND BROAD, le maître d'hôtel affecté à lady Em, pénétra dans sa suite pour débarrasser les restes du thé de l'après-midi. Il l'avait vue partir, son assistante sur les talons, et se diriger probablement vers le Queen's Cocktail Lounge, au septième étage.

Un bar que seuls les passagers au portefeuille bien rebondi pouvaient se permettre de fréquenter. Le genre de personnes qu'il appréciait particulièrement. Il disposa habilement sur son plateau le service à thé et le reste des sandwichs et des petits-fours.

Puis il entra dans la salle de bains et regarda autour de lui. Il ouvrit les tiroirs des tables de nuit. Il arrivait souvent que les passagers fortunés y laissent leurs bijoux au lieu de les ranger dans le coffre de la penderie. Il vérifia rapidement.

Et les gens se montraient tout aussi négligents avec l'argent. Si à la fin de la croisière quelqu'un oubliait un portefeuille dans un tiroir, les deux ou trois cents dollars qu'il n'avait jamais pris la peine de compter ne lui manqueraient sûrement pas.

Raymond choisissait prudemment ce qu'il volait, grâce à quoi il n'avait jamais été soupçonné depuis dix ans qu'il travaillait pour la Castle Lines. Il savait qu'il était considéré comme un excellent maître d'hôtel. Quel mal y avait-il à s'offrir quelques petits extras en livrant aux journaux à sensation des potins croustillants sur les célébrités ?

Il regagna le salon, prit le plateau et sortit de la suite. Son sourire de satisfaction disparut dès la porte franchie. L'air solennel, impeccable dans son uniforme, ses rares cheveux ramenés au-dessus de sa calvitie, il afficha une expression déférente au cas où il rencontrerait un passager dans le couloir.

7

L E PROFESSEUR Henry Longworth s'assura que son nœud papillon était parfaitement en place. Bien qu'une tenue habillée ne soit pas exigée pour la soirée, il n'avait aucun goût pour les chemises de sport à col ouvert. Elles lui rappelaient les misérables vêtements de son enfance mouvementée dans les quartiers pauvres de Liverpool. Dès l'âge de huit ans, il avait compris que le seul espoir d'un avenir meilleur reposait sur l'éducation. En sortant de l'école, quand les autres garçons jouaient au football, au *soccer*, comme le disent les Américains, lui il étudiait.

À dix-huit ans, il avait obtenu une bourse pour Cambridge. Quand il s'était présenté, son accent cockney lui avait attiré les moqueries de ses camarades. Il s'était escrimé à le perdre jusqu'à ce qu'il n'en reste pas la moindre trace à la fin de ses études.

Dans le même temps, il s'était pris de passion pour Shakespeare, devenant par la suite professeur à Oxford, pour se consacrer à son héros jusqu'à la retraite. Il n'ignorait pas que ses collègues se gaus-

34

saient de lui, disaient que le jour de sa mort on le mettrait en bière en cravate blanche et queue-de-pie, mais il n'en avait cure.

Le nœud était parfaitement ajusté sous le col de sa chemise.

Il enfila sa veste, un écossais léger adapté à la mi-septembre, et consulta sa montre. Il était bientôt dix-neuf heures. La ponctualité est la politesse des rois, se dit-il.

Sa suite se trouvait à l'étage des VIP et il avait été agréablement surpris de découvrir que les installations du *Queen Charlotte* étaient incontestablement plus luxueuses que celles des paquebots plus anciens. Bien sûr, c'était tout à fait ridicule de qualifier de « suite » un salon dans lequel trônait un lit, mais peu importait. Il se posta devant la glace de la porte de la salle de bains et examina son reflet en pied, s'assurant que rien ne choquait dans son apparence. Il vit l'image d'un homme de soixante ans, mince et de taille moyenne, avec des yeux marron au regard perçant derrière des lunettes sans monture, et un crâne chauve ceint d'une couronne de cheveux gris. Il hocha la tête d'un air satisfait, puis consulta à nouveau la liste des passagers. Des célébrités venant de tous les horizons se trouvaient à bord. Combien parmi ces gens sont des invités de la Castle Lines ? se demanda-t-il. Un bon nombre sans doute.

Depuis qu'il avait pris sa retraite, il donnait fréquemment des conférences sur les transatlantiques de la Castle Lines et était dans les meilleurs termes avec l'organisateur des croisières. Six mois auparavant, après avoir lu l'annonce du voyage inaugural du *Queen Charlotte*, il avait contacté le bureau des réservations et fait savoir qu'il serait ravi d'être invité comme conférencier pour cette traversée.

Et il était enfin là. Sourire aux lèvres, le professeur Henry Longworth sortit de sa cabine pour se rendre au Queen's Cocktail Lounge, et se mêler à la fine fleur des passagers.

8

TED CAVANAUGH jeta un coup d'œil à sa suite sans s'y attarder. Fils d'ambassadeur, il était habitué au faste. Et bien qu'il jugeât ces installations d'un luxe rare, il n'avait pas l'intention de perdre son temps à s'y complaire. À trente-quatre ans, Ted avait vécu avec ses parents à l'étranger jusqu'à son entrée à l'université et il avait fréquenté les écoles internationales des pays où son père était en poste. Il parlait couramment français, espagnol et l'arabe égyptien. Diplômé de Harvard, puis de l'école de droit de Stanford où son père avait lui-même fait ses études, il nourrissait depuis sa jeunesse une passion pour les antiquités égyptiennes.

Huit mois plus tôt, il avait lu que lady Emily Haywood avait fait une réservation pour la croisière inaugurale du *Queen Charlotte*. Il avait décidé de s'y inscrire. C'était l'occasion ou jamais de pouvoir plaider sa cause. Il avait l'intention de lui expliquer, sans détour, que même si son beau-père Richard Haywood avait *acheté* le fameux collier un siècle plus tôt, il s'agissait de toute évidence d'un

objet d'art volé. Si elle en faisait don au Smithsonian Institute et que le cabinet juridique de Cavanaugh intentait un procès pour le récupérer, cela
créerait une publicité déplaisante, non seulement
autour de lady Haywood elle-même, mais aussi
de feu son mari et de son beau-père. Les deux
hommes étaient de célèbres explorateurs, mais
les recherches de Ted indiquaient qu'ils avaient
à plusieurs reprises été compromis dans le pillage
d'anciennes tombes.

Ce serait son angle d'attaque. Tout le monde
savait que lady Haywood était passionnément attachée à la mémoire de son mari. Elle entendrait
raison, vraisemblablement, plutôt que de voir sa
réputation et celle de son beau-père ternies par
un vilain procès.

L'esprit occupé par ces pensées, Ted décida, en
attendant l'heure du cocktail, de se plonger dans
un livre qu'il s'était promis de lire depuis des mois.

9

DEVON MICHAELSON s'intéressait peu au décor. Ses bagages ne contenaient que les vêtements nécessaires à ce genre de voyage. Et malgré l'indifférence qu'il affichait, il entendait tout et rien n'échappait au regard perçant de ses yeux marron.

Il avait appris sans plaisir que le commandant et le responsable de la sécurité devaient être informés de sa présence à bord. Moins il y aurait de gens au courant, mieux il se porterait, pensait-il. Mais s'il devait accomplir sa mission, il avait besoin de la coopération de la Castle Lines pour être placé à une table voisine de celle de lady Emily Haywood afin de pouvoir l'observer ainsi que ceux qui l'approchaient.

L'Homme aux mille visages était bien connu d'Interpol. Ses vols audacieux, commis dans sept pays différents, avaient semé la zizanie. Son casse le plus récent était le vol de deux Matisse de la période fauve au musée d'Art moderne de la Ville de Paris, dix mois plus tôt.

Le voleur aimait provoquer Interpol lors de ses exploits, s'amusant à révéler des détails de ses cambriolages dans les semaines qui les suivaient. Cette fois-ci, il avait apparemment choisi une autre approche. Depuis une adresse e-mail impossible à identifier, un individu se prétendant l'Homme aux mille visages avait clamé son désir de devenir l'heureux propriétaire du collier de Cléopâtre. Le post était apparu peu après que lady Emily avait imprudemment déclaré à la presse qu'elle le porterait durant la croisière.

La direction de la Castle Lines était au courant de la menace quand Devon les avait contactés. Ils avaient rapidement accepté de coopérer.

De nature peu sociable, Devon redoutait d'être placé d'office à une table où il devrait faire la conversation à des inconnus, pour lesquels il n'éprouverait aucun intérêt. Heureusement, lady Haywood n'allait pas plus loin que Southampton, ce serait également sa destination finale.

Il avait tellement entendu parler du collier de Cléopâtre, de l'éclat éblouissant de ses émeraudes et de leur beauté à couper le souffle qu'il avait hâte de le voir de plus près.

Le prétexte de cette croisière, qu'il fournirait à ses compagnons de voyage, était de répandre en mer les cendres d'une épouse imaginaire. Un bon argument, expliquant pourquoi il désirait souvent rester seul.

Il était presque dix-neuf heures, l'heure où l'on servait les cocktails dans le très select Queen's Cocktail Lounge, réservé aux seuls passagers du pont de première classe.

10

ANNA DEMILLE écarquilla les yeux en ouvrant la porte de sa cabine. Son expérience des croisières s'était pour le moment limitée à un tour sur un bateau Walt Disney. Les seules célébrités à bord avaient été Mickey, Minnie et Dingo. Un voyage peu agréable car le bateau était rempli de familles avec de jeunes enfants. Un jour, elle s'était assise dans une des chaises longues du pont et avait trouvé un morceau de chewing-gum collé à son pantalon neuf.

Mais ce bateau-là ! C'était le paradis.

Ses valises avaient été défaites. Ses vêtements suspendus à des cintres dans la penderie ou rangés en piles régulières dans les placards. Ses affaires de toilette étaient disposées avec soin dans la salle de bains. Que la douche soit également équipée d'un bain de vapeur la ravit et elle décida de l'utiliser dès le lendemain matin.

Elle fit le tour de la cabine, inspectant chaque détail. La tête de lit était rembourrée et recouverte d'un tissu imprimé à fleurs du même motif que la bordure du couvre-lit blanc.

Elle s'assit et rebondit sur le lit. Le matelas avait exactement la fermeté voulue et elle vit qu'il pouvait être rehaussé et offrir une position assise pour regarder la télévision au lit.

Elle ouvrit la porte, sortit sur le balcon et constata avec un soupir déçu qu'il était entièrement privé, séparé de ceux des deux cabines contiguës à la sienne. Elle avait espéré pouvoir bavarder et se lier avec ses voisins.

Tant pis. Elle aurait tout le temps de se mêler aux invités pendant les dîners et les réceptions. Et quelque chose lui disait que la chance lui sourirait dans sa quête d'un nouveau partenaire.

Divorcée depuis quinze ans, Anna se souvenait encore de la réflexion de son ex-mari au tribunal quand le divorce avait été prononcé. Il lui avait dit : « Anna, tu es la personne la plus irritante que j'aie eu le malheur de rencontrer. »

Depuis, Glenn s'était remarié et avait eu deux enfants. Sa deuxième femme était constamment sur Facebook, à vanter son merveilleux mari et ses enfants parfaits. Anna en était malade, mais se demandait parfois comment les choses auraient tourné si Glenn et elle avaient eu des enfants.

« Après tout, demain est un autre jour » était son expression favorite, empruntée à Scarlett O'Hara, son idéal féminin. Et il y avait beaucoup plus important que d'avoir négligé les qualités cachées de Glenn.

Qu'allait-elle porter ce soir ? Il ne s'agissait pas d'un dîner habillé, elle s'en était assurée. Son nouvel ensemble prince-de-galles bleu conviendrait à merveille.

Avec une excitation grandissante, elle commença à se préparer pour sa première soirée à bord du *Queen Charlotte.*

11

À dix-neuf heures, Célia surmonta son appré-
hension et décida de se rendre au Queen's
Cocktail Lounge. Elle aurait préféré rester
dans sa cabine, mais savait qu'à demeurer seule
elle risquait de ruminer ses idées noires. Certes, il
y aurait des New-Yorkais à bord, mais la majorité
des passagers n'était sûrement pas au courant du
fonds spéculatif et de l'escroquerie de Steven.

Les souvenirs l'envahirent. Le restaurant que Steven avait choisi était charmant. Le maître d'hôtel
l'avait accueilli en l'appelant par son nom. Steven
avait retenu une table pour deux, en retrait dans
une alcôve au fond de la salle.

Il a admiré les boucles d'oreilles que je portais ce
soir-là, se rappela-t-elle. Quand je lui ai dit qu'elles
avaient appartenu à ma mère, je me suis retrouvée
sans m'en rendre compte en train de lui raconter
que j'avais perdu mes deux parents.

Steven avait manifesté une telle empathie. Il
lui avait dit qu'il parlait rarement de la tragédie
qui avait marqué toute son existence. Lui aussi
était orphelin. Il avait dix ans quand ses parents

avaient perdu la vie dans un accident de voiture et avait été élevé par ses grands-parents chéris dans une petite ville non loin de Dallas. Essuyant une larme, il lui avait confié que sa grand-mère était morte quelques années plus tôt. Elle s'était long-temps occupée de son grand-père qui souffrait des premiers symptômes de la maladie d'Alzheimer. Son grand-père ne se souvenait plus de son petit-fils à présent. Il était dans une maison de santé.

Steven m'a alors cité une phrase dont je me souviendrai toujours : « Je suis farouchement indé-pendant, mais je suis terrifié par la solitude », son-gea Célia. J'avais trouvé l'âme sœur. J'ai su dès le premier instant que j'étais tombée amoureuse de Steven. Amoureuse d'une illusion.

Elle garda sur elle la veste et le pantalon bleu clair qu'elle portait pour embarquer. Un mince collier d'or et deux diamants montés en boucles d'oreilles ainsi que la bague qui avait appartenu à sa mère étaient ses seuls bijoux. Elle se souvenait de ce que son père lui avait dit en lui offrant cette bague pour son seizième anniversaire.

« Je sais que tu ne te souviens pas d'elle, mais c'est le premier cadeau d'anniversaire que j'ai offert à ta mère, l'année de notre mariage. »

Elle prit l'ascenseur jusqu'au Queen's Cocktail Lounge qui, comme prévu, était déjà presque comble. Elle repéra une petite table pour deux qu'un serveur était en train de débarrasser et s'y dirigea. L'instant d'après, elle s'asseyait et le ser-veur prenait sa commande.

Elle choisit un verre de chardonnay, puis examina la salle. Elle reconnut quelques visages célèbres. Une voix la fit sursauter : « Attendez-vous quelqu'un ? Sinon, puis-je partager votre table ? Il y a un monde fou et il me semble que c'est la seule place libre. »

Célia leva la tête. Un homme de taille moyenne, mince, avec un début de calvitie, se tenait devant elle. Sa demande courtoise était prononcée d'une voix bien timbrée, dotée d'un fort accent britannique.

« Bien sûr, je vous en prie », dit-elle avec un sourire forcé.

En écartant sa chaise il dit : « Je sais que vous êtes Célia Kilbride et que vous devez faire une conférence sur les pierres précieuses. Je suis Henry Longworth, conférencier comme vous sur ce bateau. Mon sujet est le Barde, Shakespeare, et la psychologie des personnages de ses pièces. »

Célia sourit franchement. « Oh, je suis ravie de faire votre connaissance. J'adorais Shakespeare lorsque je l'étudiais à l'école et je me souviens même de certains de ses sonnets. » Quand le serveur revint à leur table avec le verre de chardonnay de Célia, Longworth attendit un instant, commanda un Johnny Walker Blue avec des glaçons, puis se tourna vers elle.

« Et quel était votre sonnet préféré ?

– "De ta mère tu es le miroir...", commença-t-elle.

– "Lui rappelle l'aimable avril de son printemps", termina Longworth.

46

– Vous le connaissez, naturellement, dit Célia.

– Puis-je demander pour quelle raison vous le préférez aux autres ?

– Ma mère est morte quand j'avais deux ans. À l'âge de seize ans, mon père me l'a récité. Et quand on regarde son portrait et le mien, ils sont presque interchangeables.

– Votre mère devait être très belle, dit Longworth d'un air détaché. Votre père s'est-il remarié ? »

Célia sentit les larmes lui monter aux yeux. Comment me suis-je laissé entraîner dans cette conversation ? se demanda-t-elle.

« Non, jamais. » Pour prévenir d'autres questions trop personnelles, elle ajouta : « Il est décédé il y a deux ans. »

Ces mots lui paraissaient encore irréels.

Papa n'avait que cinquante-six ans, pensa-t-elle. Il n'avait jamais été malade un seul jour de sa vie, puis il a été emporté par une crise cardiaque.

S'il avait vécu, il aurait percé Steven à jour.

« Je suis vraiment désolé, dit Longworth. Je comprends combien cette perte doit être douloureuse. Cependant, permettez-moi de vous dire que je me réjouis que nous n'intervenions pas à la même heure demain. Je suis impatient d'assister à votre conférence. Étant moi-même un amoureux de cette merveilleuse période élisabéthaine, j'aimerais savoir si vous allez parler des bijoux de cette époque ?

– Oui, certainement.

47

– Vous êtes très jeune, comment êtes-vous devenue une experte en gemmologie à votre âge ? »

Ils étaient maintenant sur un terrain sûr.

« J'ai appris la gemmologie auprès de mon père. Dès l'âge de trois ans, je demandais au père Noël des colliers et des bracelets pour mes poupées et pour moi. Mon père s'en est d'abord amusé, avant de comprendre que j'étais vraiment fascinée par les pierres précieuses. Il m'apprit alors à les reconnaître et à les évaluer. Après avoir étudié la géologie et la minéralogie à l'université, j'ai obtenu mon diplôme de gemmologie et suis devenue FGA, Fellow of the Gemmological Association of Great Britain. »

Le serveur arrivait avec le verre de Longworth quand lady Em s'arrêta à leur table. Elle portait un triple rang de perles et des boucles d'oreilles assorties. Célia en connaissait la valeur mieux que personne. Lady Em les avait apportées chez Carruthers le mois précédent pour les faire nettoyer et renfiler.

Elle voulut se lever, mais lady Em posa une main sur son épaule. « Je vous en prie, Célia. Je venais simplement vous dire que j'ai demandé que vous soyez tous les deux placés à ma table dans la salle à manger. »

Elle s'adressa alors à Longworth. « Je connais cette charmante jeune femme, lui dit-elle, mais je connais aussi votre réputation de spécialiste de Shakespeare. Je me réjouis de partager votre compagnie. » Sans attendre de réponse elle s'éloigna, suivie d'un homme et de deux femmes.

« Qui est-ce ? demanda Longworth.

– Lady Emily Haywood, expliqua Célia. Elle est un peu autoritaire, mais je peux vous assurer qu'elle est d'une société très agréable. » Elle suivit du regard lady Em que le maître d'hôtel guidait jusqu'à une table près de la fenêtre. « Elle l'a sans doute déjà retenue, dit-elle.

– Qui sont les personnes qui l'accompagnent ?

– Je ne connais pas les autres, mais la plus grande des deux femmes est Brenda Martin, l'assistante personnelle de lady Em.

– Lady Em, comme vous l'appelez, semble plutôt directive, en effet, fit Longworth d'un ton flegmatique, mais je ne regrette pas d'être à sa table. Ce sera sans doute intéressant.

– Oh, sûrement », assura Célia.

« Miss Kilbride. » Un serveur s'approchait d'elle. Il tenait un téléphone à la main. « Un appel pour vous, dit-il en lui tendant l'appareil.

– Pour moi ? » s'étonna Célia en souhaitant que ce ne soit pas de nouveau Steven.

Eh bien non. C'était Randolph Knowles, l'avocat qu'elle avait engagé quand le FBI l'avait convoquée pour témoigner. Qu'avait-il de si urgent à lui dire ?

« Allô, Randolph, il y a un problème ?

– Célia, je dois vous mettre au courant. Steven a donné une longue interview au magazine *People.* Elle sera publiée après-demain. Il prétend que vous saviez qu'il escroquait vos amis. Le journal m'a demandé de faire un commentaire. J'ai refusé. L'article laisse entendre que vous vous en amusiez beaucoup tous les deux. »

Célia sentit un froid glacial l'envahir.

« Seigneur, comment ose-t-il ? fit-elle, abattue.

– Ne vous inquiétez pas trop. Tout le monde sait que Steven ment comme il respire. Ma source au cabinet du procureur général m'a dit que vous n'êtes apparemment pas citée comme témoin assisté, mais il est possible qu'ils demandent au FBI de vous interroger à nouveau après la parution de cet article. Quoi qu'il arrive, je crains que cela donne naissance à des rumeurs déplaisantes. Mais le fait que vous ayez vous-même investi deux cent cinquante mille dollars dans son fonds est un argument de poids en votre faveur. »

Un quart de million de dollars, la somme que son père lui avait laissée en héritage. Tout ce qu'elle possédait.

« Je vous tiens au courant. » Il semblait préoccupé. Elle se rappela qu'il était inscrit au barreau depuis peu. Peut-être avait-elle fait une erreur en l'engageant. Cette affaire dépassait probablement ses compétences.

« Merci, Randolph. » Elle rendit le téléphone au serveur.

« Célia, vous semblez inquiète, dit Longworth. Vous avez des ennuis ?

– Parlons d'autre chose », dit Célia au moment où le carillon sonnait pour indiquer que le dîner était servi.

12

TOUTES LES TABLES étant occupées au Queen's Cocktail Lounge, Devon Michaelson ne fut pas mécontent de pouvoir s'éloigner pour aller prendre un gin-Martini au Lido Bar. Il n'y trouva que deux couples d'apparence prospère plongés dans une profonde conversation. Quand le carillon retentit, il se dirigea vers la salle à manger.

Comme sur le *Titanic*, les passagers de première classe avaient droit au raffinement le plus exquis. La salle où ils dînaient était une version réduite de la grande salle à manger du célèbre transatlantique. Peinte en blanc crème, elle était décorée dans le style jacobéen et comportait un mobilier, tables et sièges en chêne, conçu pour apporter le maximum de confort par tous les temps. Des lustres éclatants donnaient un aspect royal à la pièce. Des chandeliers ornaient le centre des tables. Des rideaux de soie étaient tendus devant les grandes baies vitrées. Sur une estrade, un orchestre jouait en sourdine. Des nappes du plus beau lin mettaient en valeur porcelaines de Limoges et couverts en argent.

Michaelson fut bientôt rejoint par un couple d'une soixantaine d'années. Il tendit la main et se présenta : « Devon Michaelson.

– Willy et Alvirah Meehan. »

Le nom ne lui était pas inconnu. Où l'avait-il entendu ? La conversation venait de s'engager quand un autre personnage vint prendre place à leur table. Grand, brun, des yeux marron et le sourire facile, il se présenta à son tour : « Ted Cavanaugh. » Quelques instants plus tard, une cinquième personne les rejoignit. « Anna DeMille », annonça-t-elle d'une voix forte. Proche de la cinquantaine, estima Devon. Elle était d'une minceur extrême, avec des cheveux couleur d'ébène encadrant un visage banal, des sourcils du même noir et un large sourire qui découvrait ses dents.

« Quelle merveilleuse aventure ! s'exclama-t-elle. C'est mon premier grand voyage en bateau. »

Admirative, Alvirah contemplait la salle à manger. « C'est magnifique, dit-elle. Nous avons déjà fait des croisières, mais je n'ai jamais rien vu d'aussi spectaculaire. Penser que les gens voyageaient ainsi autrefois. Je n'en reviens pas.

– Chérie, sur le *Titanic* ils n'en sont pas revenus. La plupart des passagers se sont noyés, fit remarquer Willy.

– Dieu merci, cela ne nous arrivera pas », répliqua Alvirah dans un rire.

Elle se tourna vers Ted Cavanaugh. « À la réception, je vous ai entendu dire que votre père avait été ambassadeur en Égypte. C'est un pays où j'ai toujours eu envie d'aller. Willy et moi avons visité l'exposition Toutânkhamon quand elle a été présentée à New York.

– Remarquable, n'est-ce pas ? fit Ted.

– J'ai toujours pensé qu'il était honteux que tant de tombes aient été pillées, dit Alvirah.

– Je suis absolument de votre avis », approuva Ted.

Anna DeMille les interrompit : « Vous avez vu toutes ces célébrités dans la salle ? On a vraiment l'impression de faire partie de la crème de la crème. Vous ne trouvez pas ? »

Personne ne répondit car un maître d'hôtel venait de placer les hors-d'œuvre sur la table. Des toasts triangulaires généreusement garnis de caviar béluga avec de la crème aigre accompagnés d'un petit verre de vodka glacée.

Après s'être copieusement servie, Anna reporta son attention sur Devon. « Et vous, que faites-vous dans la vie ? » demanda-t-elle.

Devon était censé être un ingénieur à la retraite qui vivait à Montréal. Mais Anna voulut en savoir davantage.

« Et vous voyagez seul ?

– Oui, ma femme est morte d'un cancer.

– Oh, je suis désolée. Quand cela est-il arrivé ?

– Il y a un an. Nous avions l'intention de faire cette croisière ensemble. J'ai apporté l'urne qui contient ses cendres pour les répandre en mer. C'était son vœu ultime. »

Voilà qui devrait stopper tout interrogatoire supplémentaire, se dit-il. Mais Anna n'était pas encore satisfaite.

53

« Oh, allez-vous organiser une sorte de cérémonie de funérailles ? J'ai lu que certaines personnes
le faisaient. Si vous le désirez, je serais ravie d'y
assister.

– Non, je préfère être seul », dit-il d'une voix
qu'il s'efforça de rendre tremblante.

Mon Dieu, pensa-t-il, il n'y a donc aucun moyen
de se débarrasser de ce pot de colle.

Alvirah devina sans doute qu'il préférait éviter
toute autre question personnelle car elle s'adressa
à Anna DeMille.

« Madame DeMille, racontez-moi comment vous
avez gagné ce voyage. Nous avons nous-mêmes
gagné le jackpot à la loterie. Grâce à quoi nous
sommes ici. »

Alvirah ayant détourné l'attention d'Anna, Devon
put se concentrer sur la table voisine, à sa droite. Il
examina avec attention les perles de lady Haywood.
Magnifiques, se dit-il. Mais de la pacotille à côté
de ses émeraudes. Un défi digne de la réputation
de l'Homme aux mille visages. Interpol n'avait pas
regardé à la dépense pour s'assurer qu'il ne quit-
terait pas des yeux lady Em et le précieux collier
de Cléopâtre.

Il se rappela soudain ce qu'il avait entendu dire
à propos d'Alvirah Meehan. Elle avait permis de
résoudre un grand nombre d'affaires criminelles.
Mais il préférait qu'elle se tienne à l'écart, cette
fois-ci. Entre elle et Anna, je suis coincé. Ces
deux-là ne vont pas me faciliter la tâche, pensa-
t-il sombrement.

À la suite du caviar, d'un petit bol de potage, d'une salade et d'une tranche de terrine de poisson, arrivèrent les plats principaux, chacun accompagné d'un vin différent. Après le dessert, de petits bols à demi remplis d'eau furent placés devant chaque convive.

Willy lança à Alvirah un regard implorant. Elle observa Ted Cavanaugh et le vit plonger ses doigts dans le bol et les essuyer avec sa serviette avant de le repousser à la gauche de son assiette. Elle suivit son exemple et Willy l'imita à son tour.

« C'est ce qu'on appelle un rince-doigts ? » demanda Anna.

Je me demande quel autre nom on pourrait lui donner, faillit dire Devon.

« Encore quelques dîners comme celui-là et je ressemblerai à une tour, soupira encore Anna.

– Vous avez encore pas mal de chemin à faire », dit Willy avec un sourire.

Anna se tourna vers Devon alors que le dîner touchait à sa fin : « J'ai appris que nous sommes invités à nous divertir ce soir dans la salle de bal. Voudriez-vous m'y accompagner ?

– Je vous remercie. Mais je ne crois pas...

– Bon, dans ce cas, pourquoi pas un dernier verre ? »

Devon se leva. « Vraiment pas », dit-il d'un ton ferme.

Il avait eu l'intention de suivre lady Haywood et ses compagnons s'ils se rendaient au spectacle ou dans l'un des bars pour boire un cocktail. Il voulait tenter de s'immiscer dans leur groupe. Mais c'était peine perdue avec cette Anna DeMille qui lui collait aux basques.

« Je dois répondre à quelques coups de fil. Bonsoir à tous. »

13

AU DÎNER, lady Em avait présenté ses invités au professeur Henry Longworth, puis s'était tournée vers Célia. « Ma chère, je sais que vous avez déjà rencontré Brenda, mais je crois que vous ne connaissez pas Roger Pearson et sa femme, Yvonne. Roger est mon conseiller financier et mon exécuteur testamentaire. J'espère pouvoir me passer de ses services dans ce domaine pendant encore de nombreuses années. »

Elle ajouta en riant : « J'ai entendu quelqu'un me qualifier de "vieil oiseau coriace", et même si ce n'est pas flatteur, je pense que ce n'est pas tout à fait faux. » Si seulement c'était vrai, songea-t-elle avec mélancolie. Tous éclatèrent de rire et levèrent leur verre. « À lady Emily, dit Roger. C'est un grand honneur de nous retrouver ici avec elle. »

Célia remarqua qu'Henry Longworth levait son verre lui aussi, mais semblait un peu décontenancé par ce toast général. Il la connaît à peine, pensa-t-elle. Il a été littéralement forcé de se joindre à nous, et maintenant il est censé être honoré par sa présence. Et quand il se tourna vers elle en haussant les sourcils, Célia sut qu'elle avait deviné juste.

À la vue du caviar que le serveur apportait sur la table, lady Em dit d'un air satisfait : « Voilà comment on servait le caviar jadis sur les grands transatlantiques.

– Dans un restaurant, vous en auriez au moins pour deux cents dollars, fit remarquer Roger.

– Pour le prix de cette croisière, nous devrions en avoir un bol plein, marmonna Brenda.

– Que ça ne nous empêche pas d'en profiter, lui rétorqua Roger en souriant.

– Brenda est tellement économe, dit lady Em. Elle ne voulait pas loger dans une suite à côté de la mienne. Elle a insisté pour être à l'étage en dessous.

– Qui est suffisamment luxueux », affirma Brenda.

Lady Em se tourna vers Célia. « Vous souvenez-vous de ma phrase préférée à propos des bijoux ? »

Célia sourit. « Oui, bien sûr. "Les gens s'extasieront. Qu'ils en prennent plein les yeux." »

Suivit un éclat de rire général.

« Bravo, Célia. C'est ce que m'a dit le célèbre joaillier Harry Winston le jour où je l'ai rencontré à un dîner officiel à la Maison Blanche. »

Elle expliqua aux autres convives : « Célia est une experte en pierres précieuses. C'est elle que je consulte lorsque j'achète des bijoux ou les fais réparer ou nettoyer. Bien sûr, j'aime montrer mes plus beaux bijoux. Grands dieux, pourquoi en posséder si c'est pour les laisser dans un coffre ? Certains d'entre vous ont peut-être lu qu'au cours de ce voyage je porterai le fameux collier d'émeraudes dont on dit qu'il a été créé pour Cléopâtre. Le père de feu mon mari l'a acquis il y a plus de cent ans. Je ne l'ai jamais arboré en public. Il est tout simplement inestimable. Mais il m'a semblé qu'en raison de la beauté de ce magnifique bateau, je devrais le faire durant les soirées officielles. À mon retour à New York, j'ai prévu d'en faire don au Smithsonian Institute. Il est tellement sublime que je veux qu'il puisse être admiré de tous.

– Est-il vrai qu'il existe une statue de Cléopâtre portant ledit collier ? demanda le professeur Longworth.

– Oui, c'est exact. Et, Célia, vous savez naturellement que les émeraudes à l'époque de Cléopâtre n'étaient pas taillées comme elles le sont aujourd'hui pour mettre en valeur chacune de leurs facettes. L'artisan qui a taillé ces émeraudes était très en avance sur son temps.

– Lady Em, vous êtes certaine de vouloir vous séparer de ce collier ? objecta Brenda.

– Absolument. Il est temps que le public puisse en profiter. »

Elle se tourna vers Henry Longworth. « Au cours de vos conférences, récitez-vous quelques passages de Shakespeare ?

– Bien sûr. J'en choisis certains, souvent en fonction des demandes particulières de mes auditeurs.

– Je serai au premier rang pour vous écouter », déclara lady Em.

Tous murmurèrent qu'ils seraient également présents, sauf la femme de Roger, Yvonne, qui n'éprouvait pas un grand intérêt pour Shakespeare.

Quelques minutes plus tôt, elle avait aperçu deux ou trois personnes qu'elle fréquentait à East Hampton, et elle s'excusa pour aller les rejoindre.

La table du commandant Fairfax occupait le milieu de la salle. Comme le dîner touchait à sa fin, il se leva. « En général, nous n'organisons pas de festivités le premier soir en mer, mais nous avons fait une exception aujourd'hui. Nous avons voulu vous donner un avant-goût de l'expérience unique que vous allez vivre durant les cinq prochains jours. Ce soir, vous entendrez des extraits des opéras *Carmen* et *Tosca* chantés par Giovanni DiBiase et Meredith Carlino. Je vous souhaite une agréable soirée.

– J'en serais ravie, dit lady Em en se levant, mais je suis un peu fatiguée. Je propose à ceux qui souhaitent m'accompagner de venir prendre un dernier verre à l'Edwardian Bar. »

Comme Yvonne, Célia s'excusa, expliquant qu'elle devait préparer sa conférence. De retour dans sa cabine, elle ne put s'empêcher de penser aux conséquences des déclarations de Steven au magazine *People*, l'accusant d'être impliquée dans son escroquerie.

C'était un menteur éhonté. Il ment comme il respire. Tout ce qu'il m'a dit était faux.

La couverture médiatique qui avait suivi sans tarder l'arrestation de Steven l'avait laissée abasourdie. Ce n'était rien à côté de la suite. Le père de Steven, qui avait d'importants intérêts dans l'industrie pétrolière à Houston, l'avait appelée pour lui expliquer que Steven avait été renié par la famille. Il avait ajouté que Steven avait une femme et un enfant au Texas qui dépendaient d'eux financièrement.

Carruthers lui avait conseillé de demander quelques jours de congé quand le scandale avait éclaté, presque un mois plus tôt. Avec leur accord, elle avait décidé de prendre plusieurs semaines de vacances auxquelles elle avait droit en attendant que les choses « se tassent ».

Que se passerait-il quand ils liraient l'article après-demain ? ne cessait-elle de se demander.

Elle n'en ferma pas l'œil de la nuit.

14

APRÈS LE DÎNER, Yvonne et ses amis s'attardèrent autour d'un verre au Prince George Lounge. La nuit était avancée quand elle regagna sa cabine. Elle n'y trouva pas Roger. Il n'avait sans doute pas pu attendre pour aller au casino. Elle était certaine qu'il s'y était précipité dès que lady Em les avait quittés. Il avait toujours aimé le jeu, mais à présent c'était devenu inquiétant. Elle se souciait peu de la manière dont il passait son temps, tant qu'il continuait à assurer leur train de vie.

Elle ne dormait pas quand la porte s'ouvrit et qu'il entra, empestant l'alcool.

« Yvonne, dit-il d'une voix incertaine.

– Parle plus bas. Tu réveillerais les morts », dit-elle sèchement, avant d'ajouter : « Tu as encore perdu ce soir, hein ? Je savais que tu ne pourrais pas t'empêcher d'aller jouer.

– Ça ne te regarde pas. »

C'est sur cette note cordiale que se termina la première soirée de Roger et Yvonne Pearson à bord du *Queen Charlotte*.

15

WILLY avait suggéré à Alvirah qu'ils feraient aussi bien de ne pas assister au spectacle de la soirée ; il voulait profiter de ce moment pour lui offrir sa bague.

De retour dans leur suite, il ouvrit la bouteille de champagne qui trônait sur la table. Il remplit deux coupes et en tendit une à Alvirah. « Aux quarante-cinq années les plus heureuses de ma vie, dit-il en portant un toast. Je ne pourrais jamais vivre un seul jour sans toi, chérie. »

Les yeux d'Alvirah s'embuèrent. « Pas plus que je ne pourrais vivre un jour sans toi, Willy ! » s'exclama-t-elle avec ferveur. Elle le regarda enfouir la main dans sa poche et en sortir une petite boîte enveloppée de papier coloré. Maintenant, abstiens-toi de lui dire qu'il n'aurait pas dû t'offrir de cadeau, que c'était une dépense trop coûteuse, se chapitra-t-elle.

Quand il lui tendit la boîte, elle défit lentement l'emballage, souleva le couvercle et découvrit un saphir ovale serti de petits diamants.

« Oh, Willy, soupira-t-elle.

– Elle devrait t'aller, dit-il fièrement. J'avais emporté une de tes bagues pour m'en assurer. Tu as rencontré la gemmologue qui m'a aidé à la choisir. Elle était assise à la table voisine. C'est cette jolie brune. Elle s'appelle Célia Kilbride.

– Je l'ai remarquée. Comment pourrait-on l'ignorer ? Attends, n'est-ce pas elle dont le fiancé a escroqué un tas de gens avec son fonds spéculatif ?

– C'est elle, en effet.

– La pauvre ! » soupira Alvirah en buvant une gorgée de champagne. « Il faut que je fasse sa connaissance. »

Elle enfila la bague. « Oh, Willy, elle est parfaite, je l'adore. »

Willy laissa échapper un soupir de soulagement. Elle ne lui avait pas demandé combien elle avait coûté. Mais elle n'était pas si chère que ça. Dix mille dollars. Célia lui avait dit qu'une femme la leur avait confiée après la mort de sa mère. Elle aurait eu beaucoup plus de valeur sans cette minuscule rayure qui ne se voyait qu'au microscope.

Une autre pensée traversa soudain Alvirah. « Willy, ce pauvre Devon Michaelson. Tu peux être sûr qu'Anna DeMille va le faire tourner en bourrique. Elle a appris qu'il doit répandre les cendres de sa femme en mer. Je parie qu'elle a envie de les disperser par-dessus bord à sa place. Elle ne va pas le laisser tranquille une minute. Je comprends qu'elle veuille se remarier, et c'est un homme séduisant. Mais elle s'y prend comme un manche.

– Chérie, je t'en prie, ne commence pas à lui donner des conseils. Ne t'en mêle pas.

– J'aimerais l'aider, mais tu as raison. En revanche, j'ai l'intention de sympathiser avec lady Emily. J'ai lu tant de choses sur elle. »

Willy ne tenta pas de la dissuader. Il savait qu'à la fin de la croisière, Alvirah serait devenue la nouvelle meilleure amie de lady Emily.

Deuxième jour

16

L E LENDEMAIN à sept heures, les passagers pouvaient se rendre à un cours de yoga. Après une nuit presque blanche, Célia se força à se lever pour y assister. Le cours avait lieu dans le salon où le thé serait servi à quatre heures de l'après-midi.

Betty Madison, le professeur qui l'animait, avait écrit un best-seller sur le sujet. Célia n'en fut pas surprise. Pas d'amateurs sur ce bateau, pensa-t-elle en déroulant son tapis. Ni sur aucun des autres paquebots de croisière sur lesquels elle avait donné des conférences. Elle avait souvent invité une de ses amies proches, Joan LaMotte, à l'accompagner. Cette fois-ci, elle n'avait pas osé le lui proposer. Joan et son mari avaient perdu deux cent cinquante mille dollars dans le fonds de Steven.

La même somme que moi, pensa Célia, mais c'était moi le joueur de flûte qui entraîne tous les enfants.

Les signes avant-coureurs n'avaient pourtant pas manqué. Pourquoi ne les avait-elle pas vus ? Pourquoi avait-elle toujours accordé le bénéfice

69

du doute à Steven ? Ils aimaient faire des choses ensemble : aller dans les musées, au théâtre, au cinéma, faire du jogging dans Central Park. Quand ils sortaient avec d'autres couples, c'était toujours avec ses amis à elle. Il expliquait que les siens étaient restés au Texas. Et il estimait préférable de ne pas se lier avec ses collègues en dehors du bureau. « Question de professionnalisme », disait-il.

Rétrospectivement, on comprenait sans mal pourquoi ils n'étaient jamais sortis avec les amis de Steven. Il n'en avait pas. Le petit nombre de ses soi-disant « copains », invités au dîner de répétition, venait d'une équipe de basket avec laquelle il jouait un soir par semaine et de ses camarades de la salle de sport.

À la fin du cours, Célia regagna sa cabine et commanda son petit-déjeuner. Le bulletin du bord de quatre pages avait été glissé sous sa porte pendant la nuit. Elle craignit de trouver dans la rubrique financière la mention de l'interview que Steven avait donnée à *People*. Ce serait un sujet de commérages sensationnel. Elle l'ouvrit et vit avec soulagement qu'il n'était pas évoqué.

Mais attendons demain, quand *People* paraîtra. Cette pensée ne la quitta pas, tel un roulement de tambour dans sa tête.

17

LE COMMANDANT Ronald Fairfax naviguait pour le compte de la Castle Lines depuis vingt ans. Il avait toujours commandé des navires de croisière prestigieux, mais le *Queen Charlotte* les surpassait tous. Au lieu de s'inspirer des autres compagnies comme Carnival, qui construisaient des super-paquebots capables de contenir plus de trois mille passagers, le chantier du *Queen Charlotte* avait limité ce nombre à cent, moins que celui des anciens transatlantiques de première classe.

C'était naturellement pour cette raison qu'il y avait tant de gens célèbres à bord, désireux de compter parmi les célébrités invitées à ce voyage inaugural.

Le commandant Fairfax avait pris la mer dès la fin de ses études à Londres. Grand et large d'épaules, une masse de cheveux blancs couronnant un visage tanné par le grand large, c'était un homme qui imposait le respect. Il avait la réputation d'être un remarquable navigateur et un hôte merveilleux qui se mêlait avec grâce à ses passagers.

Toutes les personnes de renom souhaitaient être invitées à sa table, ou à l'un des cocktails privés qu'il organisait dans son élégante suite. Ces invitations étaient réservées au gratin. Écrites à la main par le commissaire du bord, Anthony Breidenbach, elles étaient glissées sous les portes des heureux élus.

Le commandant Fairfax ne pensait à rien de tout cela tandis qu'il se tenait sur la passerelle. Le bâtiment avait coûté presque le double des prévisions initiales, ce n'était un secret pour personne. C'est pour cette raison que Gregory Morrison, le propriétaire de la Castle Lines, lui avait clairement indiqué qu'aucun incident ne serait toléré à bord. Les journaux à scandale et les médias populaires allaient être à l'affût du moindre accroc pouvant entacher cette croisière inaugurale de première importance. Ils avaient déjà fait allusion aux luxueux aménagements qui rappelaient ceux du *Titanic*. À bien y réfléchir, promouvoir le navire sous cet angle n'était pas particulièrement judicieux.

Il fronça les sourcils. Ils avaient déjà été prévenus de la menace d'une tempête qui les frapperait trente-six heures avant d'arriver à Southampton.

Il consulta l'heure à sa montre. Il avait une réunion ultraconfidentielle dans sa cabine. L'agent d'Interpol connu des autres passagers sous le nom de Devon Michaelson avait demandé à le voir en privé.

De quoi Michaelson voulait-il l'entretenir ? Il avait déjà été averti de la présence éventuelle à bord de l'Homme aux mille visages.

72

Il quitta le pont et se dirigea vers ses quartiers. Quelques instants plus tard, on frappait à sa porte. Il ouvrit. Il avait repéré Devon Michaelson quand il était assis à la même table que le fils de l'ambassadeur, Ted Cavanaugh.

Fairfax lui tendit la main. « Monsieur Michaelson, je ne peux vous dire combien je suis soulagé de votre présence parmi nous.

– J'en suis moi-même heureux, répondit courtoisement Michaelson. Comme vous le savez sûrement, l'individu connu sous le nom de l'Homme aux mille visages a récemment laissé entendre, à plusieurs reprises sur divers réseaux sociaux, qu'il ferait partie de cette croisière. Il y a une heure, il a envoyé un message disant qu'il était à bord et profitait du cadre somptueux en attendant avec impatience d'enrichir sa collection de bijoux. »

Fairfax se raidit. « Serait-il possible que ces messages soient une plaisanterie ?

– Je crains que non, monsieur. Ils ont l'air tout à fait authentiques. Et ils correspondent à ce qu'on sait de lui. Il ne lui suffit pas de dérober ce qu'il convoite. Il prend un malin plaisir à semer des indices et se réjouit d'obliger les forces de l'ordre à constater leur impuissance quand il met son plan à exécution en toute impunité.

– C'est encore pire que ce que j'imaginais, monsieur Michaelson. Je pense que vous comprenez à quel point il importe que ce voyage ne soit pas entaché du moindre scandale. Y a-t-il quelque chose que moi-même et mon équipage puissions faire pour éviter une catastrophe ?

73

« – Je vous dirai seulement d'être vigilants, tout comme je le serai moi-même.

– Je suivrai votre conseil. Merci, monsieur Michaelson », dit le commandant en le raccompagnant à la porte.

Une fois seul, Fairfax se rassura à la pensée qu'un agent d'Interpol était à bord. Le chef de la sécurité Saunders et son équipe étaient parfaitement compétents. Saunders avait une excellente réputation et avait navigué avec lui lors de voyages précédents. Il saurait s'occuper discrètement de passagers turbulents. Fairfax avait l'assurance que les membres de son équipage, originaires de plus de quinze pays différents, avaient tous été passés au crible avant d'être engagés. Mais le défi posé par un voleur de bijoux d'envergure internationale était autrement plus difficile à relever.

L'idée que les choses pouvaient mal tourner ne cessait de le tourmenter tandis qu'il regagnait la passerelle.

18

C E MATIN-LÀ, comme Célia, Yvonne assista au cours de yoga. Rien ne lui importait davantage que de garder sa ligne et son apparence juvénile.

Roger dormait encore quand elle avait quitté la chambre, mais il ne s'y trouvait plus à son retour. Sans doute pendu aux basques de lady Em, lui obéissant au doigt et à l'œil, pensa-t-elle avec dédain.

Elle prit une douche, commanda un petit-déjeuner léger, enfila un pull et un pantalon et se dirigea vers le spa. Elle avait fait des réservations pour différents types de massages et de soins du visage. Le tout serait suivi, en fin d'après-midi, par une séance de maquillage.

Elle s'était déjà habituée au luxe raffiné des installations du bateau. Néanmoins, elle fut agréablement surprise par les salles de soins superbement équipées et par la dextérité et l'expérience des esthéticiennes. L'heure du déjeuner était proche et elle venait de s'installer dans une chaise longue lorsqu'elle sentit quelqu'un lui tapoter doucement l'épaule.

« Je suis Anna DeMille », se présenta la femme qui était assise à sa gauche. « Malheureusement pas une parente de Cecil B. DeMille. Vous vous souvenez de lui, naturellement, et de l'histoire qu'on raconte à son sujet. Il dirigeait une scène de bataille avec des centaines d'acteurs et était enchanté de la manière dont l'action se déroulait. Puis il a demandé au cameraman : "Vous avez tout filmé, n'est-ce pas ?" Et le cameraman a répondu : "Prêt à tourner quand vous voudrez, C.B." »

Anna rit de bon cœur. « C'est une bonne histoire à propos de mon homonyme, non ? »

Dieu du ciel, pensa Yvonne, comment ai-je pu me laisser coincer par cette pie ?

Elle se força à dire quelques mots aimables puis se leva. « Ravie d'avoir pu bavarder avec vous », mentit-elle effrontément.

Anna se tourna alors vers sa voisine de droite, une femme d'une petite soixantaine d'années qui venait de refermer son livre.

« Je suis Anna DeMille, dit-elle. Cette croisière est tellement excitante. Je n'aurais jamais pu être là si je n'avais pas gagné le gros lot de la tombola de ma paroisse. Vous vous rendez compte ! La croisière inaugurale du *Queen Charlotte* tous frais payés ! Je n'arrive toujours pas à y croire.

– C'est compréhensible. »

Anna ignora le ton glacial de son interlocutrice.

« À qui ai-je l'honneur ? demanda-t-elle.

– Robyn Reeves », répondit sèchement la femme qui rouvrit son livre.

76

Personne n'est très bavard ce matin, pensa Anna. Je vais faire un tour et voir si Devon est dans les parages. Le pauvre homme. Il doit se sentir bien seul avec pour toute compagnie les cendres de sa femme.

19

YVONNE déjeuna avec ses amies Dana Terrace et Valérie Conrad dans le petit restaurant au décor de salon de thé anglais. Elles avaient décidé de laisser leurs maris à leurs occupations. Pour leur part, elles préféraient bavarder tranquillement, sachant que leur conversation ne pourrait qu'ennuyer les hommes.

« Hal est au squash, annonça Dana.

– Clyde aussi », dit Valérie d'un ton indifférent.

Yvonne ne dit rien. Aucun doute, Roger était au casino. Elle enviait secrètement ses compagnes. Toutes deux étaient issues d'un milieu auquel elle rêvait d'appartenir. Dana était une descendante directe des pèlerins du *Mayflower*. Et le père de Valérie était un brillant investisseur lui-même issu de la meilleure société.

Depuis son enfance, Yvonne n'avait eu qu'un seul but : faire un beau mariage qui lui apporterait argent et statut social.

Ses parents, professeurs de lycée, avaient pris leur retraite en Floride lorsqu'elle était sortie diplômée de l'université de sa région. Quand elle en parlait, elle les décrivait comme de brillants universitaires. Grâce à son excellente connaissance du français, elle avait suivi des cours à la Sorbonne pendant un semestre et se vantait aujourd'hui d'avoir passé sa licence.

Dana et Valérie étaient sorties de la très select Deerfield Academy et s'étaient connues à Vassar. Comme Yvonne, elles avaient une petite quarantaine d'années et étaient très séduisantes. Mais à la différence d'Yvonne leur avenir était assuré, tandis qu'elle devait encore trouver comment atteindre les sommets.

Yvonne avait fait la connaissance de Roger Pearson quand elle avait vingt-six ans et lui trente-deux. Il avait le profil voulu. Bel homme, du moins quand elle l'avait rencontré. Diplômé de Harvard, comme son père et son grand-père, il avait fait partie des clubs les plus fermés de l'université. Et, comme eux, il était expert-comptable agréé. Contrairement à eux, cependant, il n'était pas particulièrement ambitieux. Il aimait boire et était joueur. Il avait soigneusement caché ces deux penchants. Ce qu'il ne pouvait pas cacher, c'était l'estomac proéminent qu'il avait acquis durant les presque vingt années de leur mariage.

Yvonne n'avait pas mis longtemps à découvrir le véritable Roger, joueur et, surtout, paresseux. Cinq ans auparavant, à la mort de son père, il était devenu président de la société familiale de gestion de fortunes et avait convaincu de nombreux clients, en particulier lady Emily, de rester avec lui. Elle l'avait nommé administrateur de ses biens.

En présence de lady Em, Roger était quelqu'un de différent, parlant avec autorité de finance internationale, de politique et d'art.

Yvonne et lui avaient l'apparence d'un couple heureux qui fréquentait réunions mondaines et galas de charité, occupations qu'ils affectionnaient tous les deux. Entre-temps, Yvonne s'était mise à la recherche d'un riche divorcé ou mieux d'un veuf – mais aucun n'était apparu à l'horizon. Ses deux meilleures amies, Valérie et Dana, s'étaient remariées avec des divorcés. Elle rêvait d'en faire autant.

À présent, devant un verre de prosecco et une salade, les trois femmes discutaient des agréments de la croisière et des passagers qu'elles côtoyaient. Valérie et Dana connaissaient lady Haywood et, comme tout le monde, étaient en admiration devant elle. Qu'Yvonne puisse la trouver ennuyeuse les laissa ébahies.

« Je l'ai entendue raconter cent fois les mêmes histoires sur son formidable sir Richard », leur confia Yvonne en écartant délicatement un morceau de concombre de sa salade. Pourquoi oubliait-elle toujours de prévenir le serveur qu'elle n'aimait pas le concombre ?

Elle avait apporté une liste des activités du jour. « Nous pouvons écouter un ancien diplomate détailler l'histoire des relations difficiles entre l'Occident et le Moyen-Orient.

– Je n'imagine rien de plus barbant, dit Dana en buvant une gorgée de vin.

80

– Bon, n'en parlons plus, dit Yvonne. Et que dites-vous de ça ? Un grand chef se propose de nous montrer quelques astuces pour ajouter une touche gastronomique au repas le plus simple ? Ça peut être intéressant.

– Valérie et moi avons nos cuisiniers, expliqua Dana, nous n'empiétons pas sur leur domaine. »

Yvonne fit une autre tentative. « Voilà qui pourrait être amusant : l'ouvrage classique d'Emily Post sur le savoir-vivre. Les bonnes manières au dix-neuvième et au début du vingtième siècle. J'adorerais savoir comment on se comportait dans ces années-là. »

Valérie sourit. « Ma grand-mère m'a dit que mon arrière-grand-mère vivait selon les règles de la bonne société de cette époque. Après son mariage, elle avait habité un hôtel particulier sur la Cinquième Avenue. En ce temps-là, les gens laissaient leur carte au maître d'hôtel. Il paraît qu'à la mort de mon arrière-grand-père on a tendu la façade de drap noir. Le maître d'hôtel en livrée ouvrait la porte avec la femme de chambre debout derrière lui, jusqu'à ce qu'un valet apporte des tenues noires pour le personnel.

– Mon grand-père a été un des premiers collectionneurs d'art moderne », déclara Dana à son tour. « Ou, selon Emily Post, de "ces choses effrayantes qui sont à la mode aujourd'hui avec des couleurs criardes, des formes et des figures triangulaires grotesques, et qui en dehors de leur nouveauté sont d'un extrême mauvais goût". Ma grand-mère a tenté de le forcer à s'en débarrasser.

Grâce à Dieu il n'en a rien fait, sa collection vaut des millions aujourd'hui. »

Yvonne reprit : « Eh bien, si nous voulons améliorer nos manières, commençons par cette conférence. Peut-être y apprendrons-nous comment rompre un mariage dans les règles et en contracter un autre. »

Elles partirent d'un même rire. Valérie indiqua d'un signe au serveur que leurs verres étaient presque vides. Ils furent aussitôt remplis.

« Bon, dit Dana. Qu'y a-t-il d'autre au programme du jour ?

— La conférence sur Shakespeare, annonça Yvonne.

— J'ai vu que le professeur Longworth était à votre table au dîner, dit Valérie. Comment est-il ?

— Pas spécialement un joyeux drille. Toujours les sourcils froncés. C'est sans doute pour ça qu'il a le front ridé comme une pomme.

— Et Célia Kilbride ? demanda Dana. Elle est accusée d'avoir pris part à cette escroquerie de fonds spéculatif. Je suis surprise qu'on l'ait invitée sur cette croisière. Surtout après avoir entendu le commandant nous assurer que tout sur ce bateau était le *nec plus ultra*. Comment peuvent-ils tolérer un escroc à bord ?

— J'ai lu qu'elle-même prétendait être victime de l'escroquerie, dit Yvonne. Et je sais qu'elle est considérée comme une gemmologue réputée.

— Je devrais lui montrer la bague de fiançailles que m'a offerte Herb, dit Valérie en riant. Elle avait appartenu à sa grand-mère. En regardant bien, on pouvait distinguer le diamant. Quand j'ai divorcé je la lui ai rendue. Je ne voulais pas priver une autre femme de la chance de s'en parer. »

L'une comme l'autre avaient épousé en premières noces des garçons de la bonne société et fait un mariage d'argent la seconde fois. Il faut que j'ouvre l'œil, pensa Yvonne. Ou encore mieux...

Elle attendit qu'elles aient terminé leur boisson pour lancer : « J'ai une mission à vous confier. »

Elles la regardèrent d'un air interrogateur. « Vous avez toutes les deux laissé tomber votre premier mari, dit-elle. En aviez-vous déjà un autre prêt à prendre sa place ?

— Oui, reconnut Valérie.

— Moi aussi, dit Dana.

— Dans mon cas, je vous avoue que ce qui a pu exister entre Roger et moi est terminé depuis longtemps. Alors, ouvrez l'œil pour moi.

— Maintenant, revenons aux conférences. Qu'est-ce que nous choisissons ? » demanda Valérie.

Dana répondit : « J'ai envie de m'amuser. Allons aux trois. Emily Post, Shakespeare et Célia Kilbride.

— À nous ! » dit Valérie, et elles choquèrent leurs verres.

20

ANNA DEMILLE se rappelait, encore confuse, qu'elle s'apprêtait à boire l'eau de son rince-doigts quand elle avait vu Ted Cavanaugh tremper ses doigts dans le sien. Elle était presque certaine que son geste était passé inaperçu, mais la seule pensée qu'on aurait pu la voir la consternait. C'était la raison de sa présence à la conférence sur l'étiquette. Peut-être pourrait-elle en tirer quelque enseignement. Ce serait bienvenu. La plupart des gens sur ce bateau étaient super chic.

Elle nourrissait aussi l'espoir d'y retrouver Devon Michaelson.

Elle attendit le dernier moment pour choisir un siège, s'il venait elle pourrait s'asseoir à côté de lui.

Son attente fut vaine. Elle remarqua alors que Ted Cavanaugh, le professeur Longworth et les Meehan étaient installés au premier rang.

Je peux comprendre la présence des Meehan, pensa-t-elle. Mais pourquoi Cavanaugh et Longworth ont-ils besoin d'assister à cette conférence ?

Elle prit place à côté d'un gentleman d'un certain âge qui semblait seul. Elle s'apprêtait à se présenter et à lui raconter son histoire de Cecil B. DeMille, quand la conférencière s'avança sur l'estrade.

Julia Witherspoon était une femme d'une soixantaine d'années d'aspect plutôt sévère. Après s'être présentée, elle expliqua qu'elle ne parlait en général que des règles de bonne tenue à table. Mais pour ce voyage, il semblait approprié de passer en revue la quintescence du savoir-vivre au siècle dernier.

Elle ne pouvait savoir que Ted Cavanaugh était l'un de ses auditeurs les plus attentifs. À l'époque où il n'était qu'un adolescent et nourrissait une passion pour les antiquités égyptiennes, il s'était aussi intéressé aux mœurs de la société dans les civilisations anciennes. Une conférence sur l'art de vivre au siècle dernier lui changerait les idées, et il avait besoin de ce genre de distraction.

« Alors que manquent cruellement aujourd'hui ce que l'on nommait jadis les règles de l'étiquette, vous aimerez peut-être avoir un aperçu des usages et coutumes qui prévalaient au dix-neuvième siècle et au début du vingtième. »

Elle poursuivit : « Commençons par le mariage. Quand un jeune homme offre aujourd'hui une bague à sa future femme, il obéit à une tradition qui date de plus de quatre-vingts ans. La bague de fiançailles est en général un diamant solitaire, parce qu'il est symbole de, je cite : "la persévérance et l'endurance de l'amour unique que porte le jeune marié à son épouse".

« Au premier dîner de famille après les fiançailles, le père de la jeune fille levait son verre
en s'adressant à l'assistance : "Je propose que nous
portions un toast à la santé de ma fille Mary et du
jeune homme qu'elle a décidé de faire entrer pour
toujours dans notre famille, James Manlington." »
Un souhait auquel le jeune homme ne manquait
pas de répondre avec la même délicatesse : "Je,
euh... nous vous remercions tous infiniment de
vos vœux de bonheur. Je n'ai nul besoin de vous
le dire, mais l'essentiel pour moi est de prouver,
si je le peux, que Mary n'a pas commis l'erreur de
sa vie en me choisissant, et j'espère que viendra
vite le temps où nous vous recevrons tous à notre
table que présidera Mary comme il se doit." »

Witherspoon poussa un soupir. « Quel dommage
que la vie soit si peu raffinée aujourd'hui. »

Elle s'éclaircit la voix : « Et maintenant, venons-en
au jour même du mariage. La robe de la mariée
devait être blanche. En satin et/ou en dentelle,
de préférence. Quant à la cérémonie, Emily Post
raconte : "On demanda son avis à un oncle dis-
tingué : 'Ne pensez-vous pas que ce mariage était
une vraie réussite ? Les demoiselles d'honneur
n'étaient-elles pas ravissantes ?' Sa réponse fut la
suivante : 'Absolument pas. Chacune de ces jeunes
filles était tellement poudrée et fardée qu'aucune
d'entre elles n'était agréable à regarder. Je peux
voir ce genre de cortège tous les soirs sur la scène
d'une comédie musicale...'" »

Julia Whitherspoon continua à disserter sur la
façon dont devait être meublée et tenue la mai-

son de la mariée, y compris le nombre nécessaire de domestiques, le maître d'hotel, deux portiers, une cuisinière avec deux aides, une gouvernante et deux femmes de chambre.

Elle poursuivit par les signes de deuil dictés par l'usage dans une bonne maison.

Lorsque la conférence arriva à sa fin, chacun des auditeurs se souvenait d'avoir commis un impair, ne serait-ce qu'une fois dans sa vie.

Finalement, Ted Cavanaugh n'écouta que d'une oreille les propos de Julia Witherspoon. Il avait l'esprit occupé par le défi qui l'attendait. Lady Haywood avait enfin révélé qu'elle était en possession du collier de Cléopâtre que son mari lui avait offert. Que cela lui plaise ou non, elle devait savoir que sir Richard et son père, outre leurs exploits en tant qu'explorateurs, étaient des pilleurs de tombes. Ce collier aurait dû être exposé depuis longtemps au musée du Caire. Elle n'a pas le droit d'en faire don au Smithsonian, s'enflamma-t-il en son for intérieur. Si elle le fait, cela entraînera probablement des poursuites judiciaires sans fin pour sa restitution. Je pourrais gagner beaucoup d'argent en attaquant le Smithsonian en justice, mais je ne veux pas en arriver là.

Si elle ne désire pas que son mari et le père de celui-ci soient qualifiés de pilleurs de tombes, je vais lui suggérer de rendre le collier au musée du Caire sans tarder.

Il espérait la convaincre. En tout cas, il ferait son possible.

Ted Cavanaugh n'était pas seul à ne pas consacrer toute son attention à la conférence. Le professeur Henry Longworth avait pour habitude d'assister à la présentation qui précédait la sienne. Cela lui permettait de mesurer la réaction du public, de voir le genre de sujets auxquels les gens réagissaient.

Longworth ne voulait pas avouer qu'il avait été impatient d'écouter la conférence de Julia Witherspoon. Ses années à Liverpool, marquées par la pauvreté, resteraient à jamais un souvenir amer. Il oublierait encore moins les humiliations qu'il avait subies à son arrivée à Cambridge. Il avait renversé son thé dans la soucoupe lors de son premier repas, l'avait portée à ses lèvres et avait avalé bruyamment. Il avait alors surpris les ricanements et les regards en coulisse des autres étudiants de la longue tablée. Ricanements qui s'étaient transformés en explosion de rire quand son voisin de table l'avait imité. Ensuite, tous les autres en avaient fait autant.

Henry entendait encore leurs rires résonner à ses oreilles. Voilà pourquoi il avait étudié les règles du savoir-vivre dans ses moments de temps libre. Et il s'en était félicité. Il savait que son comportement légèrement distant, tout autant que les sujets ardus de ses conférences, ajoutait un air de mystère à sa personnalité.

Ce que les autres ignoraient c'était qu'il possédait une maison dans Mayfair, acquise longtemps auparavant, alors que les prix étaient encore abordables. Il avait soigneusement pioché dans les revues de décoration qui décrivaient par le menu les demeures de la bonne société et avait fait de sa maison un modèle de bon goût. Au fil des années, il y avait ajouté tous les objets d'art rassemblés au cours de ses tournées de conférences. Seule sa femme de ménage en connaissait l'existence. Même son courrier était envoyé poste restante. La maison et les merveilles qui la meublaient étaient son havre. Vêtu de sa veste de smoking, il s'asseyait dans la bibliothèque et se plongeait dans la contemplation d'un tableau de maître ou d'une sculpture de grande valeur. Dans cette pièce, il devenait vraiment lui-même, « lord Henry Longworth ». Le monde imaginaire était devenu sa réalité. Et, après un voyage, il était toujours heureux de s'y retrouver.

Anthony Breidenbach, le commissaire de bord, annonça que la conférence du professeur Henri Longworth sur Shakespeare commencerait après une pause d'un quart d'heure. À trois heures et demie, lui succéderait la gemmologue Célia Kilbride.

21

ÉLIA se sentit honorée en voyant lady Emily, Roger Pearson et le professeur Henry Longworth assis au premier rang de l'auditorium. Et les occupants de la table voisine de la sienne au dîner de la veille étaient présents eux aussi.

Elle avait à peu près le même nombre d'auditeurs que Longworth. Peu avant de commencer, une angoisse irraisonnée l'envahit. Le trac habituel. Il se dissipa aussitôt.

« Une conférence sur l'histoire de la joaillerie devrait débuter par la définition du mot lui-même, dit-elle en préambule. Joyau est dérivé du mot *joiel*, ce qui signifie jeu en vieux français. Étymologiquement donc, le joyau est une chose qui amuse, qui fait plaisir.

« Si les premiers hommes ont créé des bijoux à partir de coquillages et autres objets, le premier métal précieux utilisé en joaillerie fut certainement l'or. On en comprend aisément la raison. L'or est largement répandu sur toute la surface du globe et les sociétés primitives pouvaient sans peine ramasser ce métal brillant dans le lit des cours d'eau.

« L'or avait en outre l'avantage d'être facile à travailler. Les anciens avaient remarqué qu'il était inaltérable, ne se ternissait ni se corrodait. Son caractère impérissable le conduisit rapidement à être associé aux dieux et à l'immortalité dans de nombreuses civilisations dont on retrouve la trace dans les textes anciens. L'Ancien Testament fait allusion au Veau d'or, et dans la mythologie grecque, Jason et les Argonautes partirent à la conquête de la Toison d'or.

« La recherche de l'or est un thème que l'on retrouve constamment dans tous les royaumes du Moyen-Orient. Le roi de Babylone écrivait : "Quant à l'or, envoyez-moi ce que vous avez de disponible le plus vite possible."

« De son côté, le roi des Hittites ordonnait : "Envoyez-moi de grandes quantités d'or, plus d'or qu'il n'en a été envoyé à mon père."

« L'or est le symbole le plus représentatif de l'Égypte ancienne parce qu'il évoque la chair des dieux et la couleur de la divinité. »

Pendant les vingt minutes suivantes, elle parla de l'évolution de la joaillerie et de l'époque où on avait commencé à utiliser différentes pierres précieuses.

Lady Em ne s'étant pas privée de faire savoir qu'elle porterait le collier de Cléopâtre, Célia avait décidé de raconter son histoire, ainsi que celle des bijoux extraordinaires qui avaient paré la reine d'Égypte durant les trente-neuf années de sa vie.

Le vif intérêt manifesté par l'assistance lui confirma qu'elle avait fait le bon choix.

Elle les régala de multiples récits sur les bijoux de l'Égypte ancienne, décrivit les parures, diadèmes, colliers, pectoraux et ceintures qui ornaient les corps, ainsi que les bracelets, bagues et anneaux de bras et de chevilles.

Elle ignorait que son auditeur le plus attentif était quelqu'un qui connaissait déjà l'histoire de tous les bijoux qu'elle avait mentionnés et qu'il approuvait en silence la justesse de son exposé.

Elle annonça au public que sa seconde conférence porterait essentiellement sur la place unique de l'émeraude dans l'univers de la joaillerie. Elle évoquerait ensuite peut-être l'histoire des diamants légendaires comme le Koh-i-Noor qui appartenait aujourd'hui aux joyaux de la Couronne britannique et le Hope qui avait été légué au Smithsonian Institute.

Célia termina en disant : « Lady Emily Haywood, qui est aujourd'hui parmi nous, est la propriétaire actuelle de l'extraordinaire collier de Cléopâtre, et je crois savoir qu'elle a l'intention de le porter au cours de notre croisière avant d'en faire don au Smithsonian Institute à son retour à New York. Comme le Hope, il sera alors admiré par des millions de visiteurs au cours des ans. »

Lady Em se leva. « Célia, vous devriez raconter la légende de la malédiction qui est attachée à ce collier.

– Vous le désirez vraiment, lady Em ?

– Absolument. »

Avec quelque hésitation, Célia expliqua en quoi consistait la malédiction en question. « Après avoir reçu l'ordre de porter le collier en mer alors qu'elle était prisonnière de Rome, Cléopâtre lui jeta un sort. "Quiconque emportera ce collier en mer ne regagnera jamais le rivage." » Elle ajouta aussitôt que les légendes, par définition, n'étaient pas fondées sur la réalité, et qu'elle était sûre que c'était le cas pour le collier de Cléopâtre.

Aux applaudissements nourris, Célia sut que sa conférence était un succès. Quelques personnes vinrent lui faire part du plaisir qu'elles avaient pris à l'écouter, et quatre femmes demandèrent si les bijoux anciens dont elles avaient hérité pouvaient avoir plus de valeur qu'elles ne le croyaient.

À cette question elle faisait toujours la même réponse : « À votre retour à New York, apportez-moi les pièces que vous voulez faire expertiser chez Carruthers et je vous en donnerai volontiers une estimation. »

L'une de ces femmes, la soixantaine bien sonnée, n'était pas du genre à accepter ce genre de réponse. Elle portait une bague au majeur de sa main gauche.

« Regardez ce diamant, il est exceptionnel, n'est-ce pas ? demanda-t-elle. Mon ami me l'a offert avant que nous embarquions. Il m'a dit que c'était un quatre carats et qu'il a été extrait d'une mine d'Afrique du Sud il y a seulement un an. »

Célia fouilla dans son sac et en sortit le petit oculaire qui lui servait de loupe. Elle le fixa à son œil et examina la bague. Il ne lui fallut qu'une seconde pour constater que la pierre n'était qu'un zircon. Elle dit : « Allons à la fenêtre afin que je puisse l'examiner à la lumière du jour. » Avec un sourire d'excuse, elle s'éloigna des autres femmes.

« Vous voyagez en groupe ? demanda-t-elle à son interlocutrice.

– Oh oui ! Nous sommes quatre amies et nous nous appelons les "Veuves en croisière". Nous parcourons le monde ensemble. Bien sûr, nous convenons toutes qu'il serait beaucoup plus agréable d'être accompagnées par nos maris, mais les choses sont ainsi et nous devons en tirer le meilleur parti.

– Mais vous avez dit que vous aviez un ami, dit Célia.

– C'est exact. Il a dix ans de moins que moi. J'ai soixante-dix ans, mais il dit qu'il a toujours préféré sortir avec des femmes plus âgées que lui. Il est divorcé.

– Excusez-moi. J'ai omis de vous demander votre nom, dit Célia.

– Alice Sommers.

– Où avez-vous rencontré ce jeune gentleman ? » demanda Célia, s'efforçant de prendre un ton détaché.

Alice Sommers se mit à rougir. « Je sais que vous allez me trouver ridicule mais je me suis mise à consulter ce site de rencontres en ligne *Vous et moi ensemble* et Dwight m'a contactée via mon profil. »

Encore un escroc, pensa Célia, et à en juger par la façon dont les quatre veuves voyageaient à travers les mers, elles étaient sûrement fortunées.

94

« Alice, dit Célia. Je vais être franche. Ce n'est pas un vrai diamant. C'est un zircon. Malgré sa belle apparence, il ne vaut rien. Ce n'est pas une chose agréable à dire et je crains que vous n'en soyez blessée et désorientée car j'ai moi-même vécu une expérience semblable. Mon fiancé m'avait acheté une superbe bague de fiançailles, mais j'ai ensuite appris qu'il incitait des gens à placer leurs économies dans son fonds d'investissement et qu'il avait utilisé cet argent, entre autres, pour m'acheter cette bague. Si j'ai un conseil à vous donner, c'est de jeter la vôtre à la mer et de profiter de cette croisière et de vos compagnes de voyage. »

Alice Sommers resta sans rien dire pendant un moment, puis elle se mordit la lèvre. « Je me sens vraiment bête, dit-elle enfin. Mes amies ont pourtant essayé de m'avertir ! Célia, accepteriez-vous de m'accompagner sur le pont et de me regarder jeter cette pacotille par-dessus bord ?

– Volontiers », dit Célia avec un sourire.

Mais, tandis qu'elle suivait Alice, elle se rendit compte qu'elle venait de lui donner de quoi alimenter les conversations. L'une de ces femmes chercherait son nom sur Internet et y trouverait tous les détails de ses fiançailles avec Steven. Et, ainsi va le monde, la rumeur se répandrait à bord comme une traînée de poudre.

Un bienfait n'est jamais récompensé, pensa-t-elle une minute plus tard tandis qu'Alice Sommers, avec un sourire joyeux, ôtait le zircon de son doigt, le lançait en l'air et le regardait disparaître dans les eaux tourbillonnantes.

22

WILLY ET ALVIRAH avaient assisté aux conférences sur le savoir-vivre, sur Shakespeare et à celle de Célia. Ils sortirent ensuite faire un tour sur le pont-promenade pour prendre l'air.

Alvirah soupira. « Oh, Willy, c'était passionnant d'apprendre tous ces détails sur les coutumes qui avaient cours il y a cent ans. Et ensuite les histoires de Célia sur la joaillerie étaient fascinantes. Mais quand le professeur Longworth a récité ces sonnets de Shakespeare, j'ai regretté de ne pas les avoir appris à l'école. C'est vrai, je me sens tellement ignorante.

– Tu n'es absolument pas ignorante, dit Willy avec ferveur. Tu es la femme la plus intelligente que je connaisse. Je parie que beaucoup donneraient cher pour posséder ton bon sens et la finesse de ton jugement sur les gens. »

Le visage d'Alvirah s'éclaira. « Willy, tu as le génie de me réconforter. Mais à propos, as-tu remarqué qu'Yvonne Pearson a filé à l'anglaise hier soir ? Elle s'est levée sans attendre la fin du dîner.

– Non, je n'ai pas fait particulièrement attention à elle, dit Willy.

– Figure-toi que je l'ai vue se diriger vers une autre table et y embrasser deux ou trois personnes. J'ai pensé qu'étant l'invitée de lady Haywood, c'était très grossier de sa part de s'en aller avant elle.

– En effet, convint Willy. Mais cela n'a pas grande importance, n'est-ce pas ?

– Autre chose, Willy, tu vantes ma connaissance de la nature humaine. Eh bien, je te parie qu'il n'y a pas une once d'affection entre Roger et Yvonne Pearson. Même si nous étions à la table voisine, j'ai bien noté qu'ils s'ignoraient manifestement.

« Mais je vais te dire qui je trouve charmant. Ce gentil jeune homme, Ted Cavanaugh. Et je suis navrée pour cette délicieuse Célia Kilbride. Quand on pense à la façon dont son malhonnête de fiancé l'a traitée. À propos, Ted ne porte pas d'alliance. À table, j'ai pu les observer tous les deux. Je me suis dit qu'ils feraient un couple superbe. Et quels beaux enfants ils pourraient avoir ! »

Willy sourit.

« Je sais ce que tu vas dire, Willy. "*Matchmaker, matchmaker, make me a match*[1]." Et, Willy, tu as remarqué l'autre femme à la table de lady Em ? Je veux dire Brenda Martin, sa dame de compagnie. Une forte femme, avec des cheveux gris, coupés court.

---

1. « Toi la marieuse, toi la marieuse », de la chanson « If I were a Rich Man » d'*Un violon sur le toit*, comédie musicale américaine (*Fiddler on the Roof*, 1964) de Jerry Bock et Sheldon Harnick d'après l'œuvre de Cholem Aleikhem. (*Toutes les notes sont de la traductrice.*)

– Oh, bien sûr que je l'ai remarquée, dit Willy. Ce n'est pas précisément une beauté.

– Tu as raison. La pauvre. Mais je suis tombée sur elle quand je me promenais ce matin pendant que tu faisais tes mots croisés. Bref, nous avons commencé à bavarder. Au début, elle n'a pas dit grand-chose, puis elle s'est un peu déridée. Elle m'a raconté qu'elle travaillait pour lady Em depuis une vingtaine d'années et qu'elle l'accompagnait partout dans le monde. J'ai fait remarquer que ça devait être fascinant. Alors, elle a ri et m'a confié que "la fascination finit par s'émousser".

– Bon, apparemment tu es parvenue à savoir tout ce que tu voulais », fit remarquer Willy. Il respira à pleins poumons. « J'aime l'odeur de la mer. Tu te souviens des dimanches que nous passions à Rockaway Beach l'été ?

– Je me souviens. Et tu peux être sûr qu'il n'existe pas de plus belle plage, y compris dans les Hamptons. De toute façon, circuler en voiture là-bas est un enfer, mais j'aime bien ces petites maisons d'hôtes où nous avons séjourné. Brenda m'a dit que lady Em possède une demeure dans les Hamptons, elles y étaient avant la croisière.

– Est-ce qu'il y a une chose que Brenda *ne t'a pas dite* ? demanda Willy.

– Non, c'est tout. Oh, si. J'ai ajouté : "Vous devez être contente de séjourner dans ce genre de maison, Brenda", elle m'a carrément répondu : "On s'y ennuie à mourir." Curieuse façon de parler de son employeur, tu ne trouves pas ? » Alvirah secoua la tête. « Willy, si j'en crois mon instinct, Brenda en a par-dessus la tête de devoir lui obéir au doigt et à l'œil. Elle m'a raconté que lady Em était en train de lire un roman et qu'elle lui avait donné la permission d'aller se promener pendant une heure. "Une heure, pas davantage"! À ton avis, ça veut bien dire que Brenda est à son service vingt-quatre heures sur vingt-quatre, et qu'elle n'en peut plus, non ?

– C'est vraisemblable », admit Willy. « Ça ne me plairait pas non plus. D'un autre côté, pourquoi Brenda chercherait-elle une autre place au point où elle en est ? Lady Em a quatre-vingt-six ans et peu de gens vivent beaucoup plus longtemps.

– Tu as raison. Mais j'ai quand même l'impression que Brenda Martin en a par-dessus la tête de lady Em. »

23

CÉLIA n'assista pas au dîner. Elle passa le reste de l'après-midi à lire dans une chaise longue sur son balcon.

Elle avait toujours besoin de se détendre après une conférence ; mais aujourd'hui elle ne parvenait pas à se concentrer sur son livre. Une pensée la taraudait. Supposons que le procureur des États-Unis décide de la mettre en examen. Que deviendrait-elle ? Elle n'avait pas les moyens de s'offrir les services d'un avocat.

La direction de Carruthers s'était montrée compréhensive jusqu'à présent, mais quand l'article de *People* sortirait, il était probable qu'ils préféreraient la virer, ou du moins lui demander de prendre un congé de longue durée sans solde.

À dix-huit heures, elle commanda son dîner, saumon-salade. Un repas frugal qu'elle fut pourtant incapable de terminer. Elle s'était changée en regagnant sa cabine, avait enfilé un pantalon et un chemisier, mais à présent elle n'avait qu'une envie, se mettre en pyjama et se coucher. Soudain épuisée, elle se rappela qu'elle n'avait pas fermé l'œil la nuit précédente.

Avant que le steward ne vienne préparer son lit, elle accrocha la pancarte NE PAS ME RÉVEILLER, JE VOUS PRIE à la poignée de la porte. Sans doute plus courtois que l'habituel NE PAS DÉRANGER, pensa-t-elle amusée.

Elle s'endormit aussitôt.

24

TENUE DE SOIRÉE requise pour le dîner, les hommes en smoking, les femmes en robe longue ou habillée. La conversation à la table d'Alvirah et de Willy tournait autour des trois conférences, passionnantes de l'avis général.

À quelques tables de là, lady Em décrivait en long et en large la maison ancestrale de sir Richard. « Une demeure magnifique, disait-elle. On se croirait à Downton Abbey[1]. Bien sûr, après la Première Guerre mondiale, les coutumes se sont simplifiées. Mais mon mari m'a dit que, du temps de son père, le personnel comptait une vingtaine de domestiques.

« Tout le monde s'habillait pour le dîner. Et le week-end la maison se remplissait d'invités. "Le prince Bertie", comme on l'appelait, en faisait partie. Comme tout le monde le sait, après que le roi Édouard VIII a renoncé à la couronne, Bertie est devenu le roi George VI, le père de la reine Élisabeth. »

---

1. *Downton Abbey* : célèbre série télévisée qui met en scène la vie d'une famille de l'aristocratie britannique et de leurs domestiques à l'époque du naufrage du *Titanic*.

Personne ne l'ignore, ricana Yvonne en son for intérieur, se forçant à garder un sourire poli et attentif.

Après le dîner, lady Em décida de se retirer directement chez elle. Mais lorsque Roger lui offrit son bras pour l'accompagner, elle lui dit : « Roger, j'aimerais avoir une conversation en privé avec vous demain matin à onze heures, dans ma suite. Venez seul.

– Comme vous voulez, lady Em, dit Roger. Y a-t-il un point particulier dont vous désirez m'entretenir ?

– Nous en parlerons demain », répondit-elle.

Quand elle le quitta à sa porte, elle ne s'aperçut pas que sa discrète convocation avait profondément troublé Roger.

25

À la fin du dîner, Devon Michaelson jugea que le moment était venu d'asseoir son identité fictive auprès de ses compagnons de table, Ted Cavanaugh, les Meehan et Anna DeMille – à savoir qu'il était veuf et voyageait à bord de ce bateau avec pour seul but de répandre en mer les cendres de feu son épouse.

«J'ai décidé de les disperser du pont supérieur demain matin à huit heures, annonça-t-il. En prenant cette résolution, je me suis dit que j'aimerais partager ce geste avec vous tous. Alvirah et Willy, vous fêtez votre quarante-cinquième anniversaire de mariage. Vous, Anna, vous avez gagné à la tombola de votre paroisse, vous avez de la chance. Ted, j'ignore si vous célébrez quelque chose, mais vous êtes invité à vous joindre à nous. Pour ma part, je fête trente-cinq ans de bonheur avec ma bien-aimée Monica.

– Oh, je tiens à être là, dit Anna DeMille avec ferveur.

– Nous aussi, bien sûr », dit gentiment Alvirah.

Devon détourna la tête comme pour dissimuler les larmes qui lui montaient aux yeux. Au lieu de

104

quoi, il pouvait scruter à son aise le collier de rubis et diamants et les pendants d'oreilles assortis qui accompagnaient la tenue de lady Em ce soir-là.

Magnifique parure, pensa-t-il. Elle vaut une fortune, mais rien en comparaison du collier de Cléopâtre.

Il reporta son attention sur ses compagnons de table. D'une voix enrouée, il dit : « Je ne vous remercierai jamais assez. »

26

YVONNE regagna directement sa cabine pendant que Roger raccompagnait lady Em à la sienne. Quand il la rejoignit, elle était d'une humeur maussade. Dana et Valérie étaient parties avec d'autres amis et ne l'avaient pas invitée à se joindre à elles.

Elle s'en prit à lui. « Je ne supporterai pas d'écouter cette vieille radoteuse cinq minutes de plus. Tu n'es pas sa propriété. Dis-lui que tu travailles pour elle du lundi au vendredi. Point barre. »

Roger l'écouta terminer sa tirade et se mit à crier à son tour. « Tu crois peut-être que ça me plaît de baiser les pieds de cette vieille peau ? Tu n'as pas compris que je dois en faire un maximum pour te garantir le style de vie auquel tu as fini par t'habituer ? Tu le sais aussi bien que moi. »

Yvonne lui lança un regard noir. « Veux-tu, s'il te plaît, baisser d'un ton. Tout le monde peut t'entendre depuis le pont.

— Et tu crois qu'on ne t'entend pas, *toi* ? s'écriat-il, moins fort cependant.

– Roger, peux-tu me dire, je te prie, pourquoi tu... » Elle s'aperçut alors qu'il était blême et que des gouttes de sueur ruisselaient sur son front. « Tu ne te sens pas bien ? Que se passe-t-il ?

– Il se passe que lady Em veut me voir demain matin, seul, dans sa suite.

– Et alors ?

– Je pense qu'elle a des soupçons.

– Qu'est-ce qu'elle soupçonne ?

– Que j'ai falsifié ses comptes depuis des années.

– Tu as quoi ?

– Tu m'as très bien entendu. »

Yvonne le regarda, stupéfaite.

« Tu plaisantes ?

– Pas du tout, ma chère.

– Et si elle a des soupçons, qu'est-ce qu'elle peut faire ?

– À son retour à New York, elle engagera probablement un cabinet d'experts-comptables pour les vérifier.

– Et cela déboucherait sur quoi ?

– Vingt années dans une prison fédérale, par exemple ?

– Tu n'es pas sérieux !

– On ne peut plus sérieux.

– Alors, que comptes-tu faire ?

– Qu'est-ce que tu suggères, que je la jette par-dessus bord ?

– Si tu ne le fais pas, je m'en chargerai. »

Ils se regardèrent un moment en silence. Puis Roger dit d'une voix tremblante : « On sera peut-être obligés d'en arriver là. »

27

ALVIRAH ET WILLY, qui passaient à ce moment-là devant la cabine de Roger et Yvonne, ne purent s'empêcher d'entendre les échanges furieux qui s'en échappaient. Alvirah s'immobilisa, curieuse de saisir le motif de leur dispute. Les derniers mots qui lui parvinrent furent « prison fédérale » avant qu'un autre couple s'avance dans le couloir et qu'elle soit obligée de reprendre sa marche.

À la minute où Willy refermait la porte de leur suite, elle se tourna vers lui. « Willy, tu as entendu ? Ils détestent cette pauvre vieille dame.

– Et ce n'est pas tout. Je suis persuadé qu'il l'arnaque. Les derniers mots que je l'ai entendu prononcer sont "vingt ans dans une prison fédérale".

– Willy, écoute-moi, j'ai l'impression qu'ils sont tous les deux aux abois. Et elle encore plus que lui à mon avis. Tu crois que l'un d'eux pourrait tenter de s'en prendre à lady Em ? »

28

LE PROFESSEUR Henry Longworth perçut la tension qui régnait à la table de lady Em et se dispensa du cocktail qui suivait le dîner. Il préféra regagner sa cabine et noter quelques remarques personnelles sur son ordinateur.

Cela ne lui prit pas longtemps. Il souligna le fond d'hostilité ambiant et les regards furtifs vers les bijoux de lady Em d'un dîneur d'une table voisine. Ces observations lui seraient utiles. Très intéressant, pensa-t-il avec un sourire.

Il passa l'heure suivante à regarder le bulletin d'information. Enfin, avant de se coucher, il pensa à Célia Kilbride. L'appel téléphonique qu'elle avait reçu la veille au bar l'intriguait. Il chercha sur Internet des informations la concernant. Et ce qu'il trouva le laissa pantois. La ravissante jeune gemmologue était peut-être impliquée dans une affaire frauduleuse de fonds spéculatif, bien qu'elle n'ait pas été mise en examen.

Qui aurait pu l'imaginer ? se demanda-t-il avec un sourire narquois. Là-dessus, il décida de se coucher. Mais il resta un long moment éveillé. Il se demandait comment se déroulerait la réception du commandant. Lady Em profiterait-elle de l'occasion pour porter la parure de Cléopâtre, *son inestimable collier d'émeraudes...* ?

29

L E COMMANDANT Fairfax était couché. Homme d'habitudes, il lisait toujours une vingtaine de minutes pour se détendre avant de s'endormir. Il était sur le point d'éteindre sa lampe de lecture quand son téléphone sonna. C'était son chef-mécanicien.

« Commandant, nous avons quelques problèmes de propulsion. Des problèmes mineurs, mais nous sommes en train de contrôler les moteurs. Nous estimons que la situation sera revenue à la normale d'ici vingt-quatre heures.

– Est-il nécessaire de ralentir ?

– Oui, monsieur. Mais nous pouvons maintenir une vitesse de vingt-cinq nœuds. »

Fairfax fit mentalement un calcul. « OK. Tenez-moi au courant », dit-il, et il raccrocha.

Il songeait à l'agitation qui les attendait à Southampton. Une armée de femmes de ménage se tiendrait prête à nettoyer le bateau de fond en comble et à le préparer pour les nouveaux passagers qui monteraient à bord. Il faudrait jeter les ordures, embarquer de nouvelles provisions.

Le tout pendant le bref intervalle entre le débarquement des passagers au milieu de la matinée et l'arrivée des nouveaux hôtes dans l'après-midi. Tout était réglé comme une horloge. Mais l'horloge devait démarrer à temps, l'arrivée du *Queen Charlotte* était prévue à six heures du matin.

Il s'efforça de se rassurer. Tout ira bien. Nous rattraperons le temps perdu pendant les vingt-quatre heures suivantes en augmentant la vitesse une fois le problème de moteur résolu. Tout se passera bien, à condition que rien d'autre ne survienne pour retarder notre arrivée.

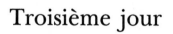

Troisième jour

30

SEPT HEURES TRENTE. Célia s'étonna de se réveiller si tôt. Mais à quoi s'attendait-elle ? Elle s'était couchée à huit heures et demie la veille, ce qui lui faisait onze heures de sommeil. Pourtant, il lui semblait encore sentir le poids du monde sur ses épaules. Allez, debout, s'exhorta-t-elle. Un tour dehors t'éclaircira les idées.

Décidée, elle enfila rapidement sa tenue de yoga et ses sneakers et monta sur le pont-promenade. Elle fut surprise d'y trouver Willy et Alvirah.

Elle s'apprêtait à les dépasser avec un salut amical de la main, mais Alvirah l'arrêta. « Oh, Célia, dit-elle, j'ai appris que vous aviez aidé Willy à choisir le ravissant saphir qu'il m'a offert. Je n'ai jamais rien eu d'aussi beau. J'aimerais beaucoup faire plus ample connaissance avec vous !

– Je suis heureuse que cette bague vous plaise, dit sincèrement Célia. Votre mari était très anxieux.

– Oh, je comprends, dit Alvirah. Il craignait mes reproches devant un cadeau trop coûteux. À propos, saviez-vous que Devon Michaelson s'apprête à disperser les cendres de sa femme dans la mer ? Il a demandé aux personnes qui étaient à sa table de se joindre à lui pour une petite cérémonie.

– Oh, dans ce cas, je ne vais pas m'attarder », dit Célia.

Mais il était trop tard. Michaelson s'avançait vers eux.

« J'ai prévenu Célia de la raison de notre présence ici », lui annonça Alvirah.

Michaelson tenait l'urne d'argent entre ses deux mains. « Je n'ai pas eu l'occasion de vous dire combien j'ai apprécié votre conférence, miss Kilbride.

– Merci, mais je vous en prie, appelez-moi Célia. Ce geste doit être un moment douloureux pour vous. Lorsque mon père est mort voilà deux ans, j'ai emporté ses cendres à Cape Cod et les ai offertes à l'océan, moi aussi.

– Vous étiez seule ?

– Non, quelques amis m'avaient accompagnée.

– Alors, peut-être vous joindrez-vous à moi, avec mes compagnons de table ? »

L'expression de Michaelson était celle d'un homme dévasté. Célia eut un serrement de cœur.

« Bien sûr, si vous le désirez. »

Une minute plus tard, Ted Cavanaugh et Anna DeMille les rejoignaient.

« Bon sang, on se pèle ici, dit Anna. J'aurais dû mettre une veste plus chaude. Mais c'est sans importance, ajouta-t-elle vivement. Nous désirons tous être présents pour vous, Devon. » Elle lui tapota l'épaule, des larmes dans les yeux.

La voilà qui joue les pleureuses en chef, pensa Alvirah. Elle jeta un coup d'œil à Willy qui lui fit un petit signe de connivence.

« Je vous remercie tous d'être à mes côtés aujourd'hui, commença Devon. Je voudrais prendre quelques minutes pour vous parler de Monica. Nous nous sommes connus à l'université à Londres il y a trente-cinq ans. Certains d'entre vous savent ce que signifie le coup de foudre. »

Alvirah hocha la tête.

Anna DeMille rivait un regard d'adoration sur Devon Michaelson qui ajouta : « Je suis un piètre chanteur, sinon la chanson que j'aurais choisie serait la préférée de Monica, du film *Titanic*, "*Nearer My God to Thee*". »

L'aumônier Kenneth Baker s'était arrêté à la hauteur de leur petit groupe. Il regarda Devon. « Je n'ai pas pu m'empêcher de vous écouter en passant. Puis-je bénir l'urne cinéraire de votre épouse ? »

Alvirah vit l'expression étonnée de Devon Michaelson, son visage empourpré et sa voix se fit hésitante quand il répondit : « Bien sûr, mon père, merci. »

À voix basse, le père Baker prononça les paroles des funérailles chrétiennes, terminant par : « Que les anges te conduisent au paradis. *Amen.* »

Avant que Devon se retourne et soulève l'urne afin de répandre les cendres dans la mer, Alvirah eut le temps de voir son expression changer. Ce n'est pas de la tristesse qu'il éprouve, se dit-elle. Il est embarrassé parce que le père Baker lui a offert de bénir l'urne. Pourquoi ?

Ils regardèrent Devon déboucher l'urne et la renverser. Les cendres s'envolèrent dans la brise avant de retomber et de disparaître dans les remous du sillage.

31

LADY EM hésitait dans le choix des bijoux qu'elle arborerait le soir au cocktail du commandant.

« Je crois que je vais opter pour le collier de Cléopâtre, dit-elle à Brenda. J'avais l'intention de le mettre demain, au dîner du commandant, mais pourquoi attendre ? Je l'ai depuis cinquante ans et je ne l'ai jamais porté en public. »

Son regard se brouilla au souvenir des dîners en tête à tête avec Richard au cours desquels il racontait l'histoire de la quête du collier par son père. Elle leva les yeux vers Brenda. « Qu'en pensez-vous ?

– Pourquoi pas ? » fit Brenda d'un ton indifférent. Elle se reprit aussitôt. « Oh, excusez-moi, lady Em, je voulais dire que vous avez eu si peu d'occasions de le montrer que vous devriez profiter de cette opportunité, surtout après la conférence de Célia Kilbride. Tout le monde sera fasciné.

– Et peut-être impatient de voir si la malédiction de Cléopâtre va se réaliser dans les prochains jours », ajouta lady Em sèchement, déconcertée de sentir un frisson la traverser.

« Certainement pas ! s'écria Brenda. Je suis à votre service depuis vingt ans, lady Em, et c'est la première fois que je vous entends prononcer pareille inanité. Et je préfère vous le dire franchement : il me déplaît de vous entendre parler ainsi. Je ne sais pas à quoi ressemble le collier de Cléopâtre, mais je suis déjà sûre de ne pas l'aimer.

– Les seuls à l'avoir vu dans les cent dernières années sont mon mari, son père et moi-même », dit lady Em.

Brenda s'était exprimée d'un ton si exalté et si sincère que lady Em se reprocha d'avoir soupçonné sa fidèle dame de compagnie de la moindre déloyauté. Je suis tellement troublée par le comportement de Roger que je me suis sans doute montrée un peu brusque à l'égard de Brenda ces derniers jours, ce n'est pas juste, se morigéna-t-elle.

Les écrins des bijoux étaient disposés sur le lit et elle les ouvrit l'un après l'autre. Le premier contenait les perles, les pendants d'oreilles et la bague qu'elle avait portés le premier soir à bord. « Ce sont probablement les pièces qui ont le plus de valeur après le collier de Cléopâtre », fit observer lady Em. « Brenda, je vous ai sûrement déjà raconté que la jeune épouse de vingt et un ans du grand ténor Caruso avait écrit ses *Mémoires*, décrivant sa vie avec lui. Elle y rapporte être allée chez Delmonico après l'opéra et avoir vu défiler à leur table tout le gratin venu le féliciter. Elle écrit : "Et j'étais drapée de vison, de perles et de ravissement."

– Je crois que vous me l'avez raconté, en effet, répondit poliment Brenda.

120

– Bien sûr, dit lady Em d'un ton enjoué. Je suppose que c'est ce qui arrive quand on vieillit, on finit par radoter. » Elle éleva à la lumière un bracelet de diamants. « Je n'ai pas sorti celui-là de son écrin depuis des années. J'ai emporté quelques-uns de mes plus précieux bijoux pour la croisière : les perles que je portais le premier soir, le collier de rubis et de diamants et, naturellement, le collier d'émeraudes. C'est ce dernier que je mettrai ce soir. Mais je suis particulièrement attachée à ce bracelet-là. Richard me l'a offert un matin où nous passions devant Harry Winston en nous promenant sur la Cinquième Avenue. Nous nous sommes arrêtés et je l'ai vu dans la vitrine. Richard m'a aussitôt entraînée à l'intérieur du magasin et, quelques instants plus tard, il était à mon poignet. Il l'avait payé quatre-vingt mille dollars. Quand j'ai protesté, il m'a dit : "Une broutille. Parfait pour un déjeuner sur l'herbe."

« Mon Dieu, il me gâtait tellement. C'était l'être le plus généreux du monde. Il a contribué à tant d'actions caritatives. » Soudain son visage se rembrunit. Elle examina le bracelet avec plus d'attention. « Il y a quelque chose d'anormal, dit-elle. Les diamants… ils n'ont plus leur bel éclat bleu. »

Elle leva les yeux sur Brenda, surprenant sur ses traits une expression à la fois consternée et apeurée. Pourquoi avait-elle l'air si inquiète ? Elle contempla à nouveau le bracelet. Ce n'était pas celui que Richard lui avait donné. Elle en était sûre et certaine. J'ai rarement porté mes bijoux au cours

121

des dernières années, pensa-t-elle. Se pourrait-il qu'elle l'ait volé et y ait substitué un faux ?

Elle en aurait mis sa main au feu. Mais, pour l'instant, Brenda ne devait rien savoir de ses soupçons. « Bien, ma chère, vous serez gentille de leur rendre leur brillant quand vous aurez une minute. Si vous n'y parvenez pas, je demanderai à Célia Kilbride de s'en charger à notre retour. »

Elle laissa échapper un soupir. « J'en ai assez de jouer avec mes bijoux. Je crois que je vais prendre un peu de repos. J'ai demandé à Roger de passer me voir à onze heures. Je désire avoir une conversation en privé avec lui. Pourquoi n'en profitez-vous pas pour vous distraire un moment ? »

32

APRÈS avoir assisté à la brève cérémonie
funèbre de Devon Michaelson, Célia s'était
laissé convaincre de rejoindre Alvirah et
Willy dans la salle à manger où était dressé un
buffet pour le déjeuner. « J'ai lu que le choix des
plats est incroyable, annonça Alvirah. Cuisine japo-
naise, chinoise, italienne, en passant par les spécialités d'Europe centrale. »

Ils étaient convenus de se retrouver à une heure,
et, en attendant, elle fit une longue marche sur le
pont-promenade.

Quand elle regagna sa luxueuse cabine, elle prit
une douche, enfila un pantalon bleu et un haut
bleu et blanc, commanda un petit-déjeuner et parcourut ses notes en vue de ses conférences suivantes. Aujourd'hui, elle parlerait d'autres joyaux
de légende à travers les âges et raconterait les histoires de bijoux uniques, offerts en gage d'amour,
en guise de réconciliation ou de récompense.

Une de ces histoires concernait l'élégante épouse
de William Randolph Hearst, qui avait découvert
que son mari avait fait construire le château San

Simeon pour sa maîtresse, l'actrice Marion Davies. Célia repassa le récit dans sa tête.

« "Quand il a débuté dans la presse, j'étais là et je lui avais déjà donné cinq fils", aurait dit Mme Hearst à un ami. Ensuite elle est allée chez Tiffany, a commandé un magnifique sautoir de perles et demandé au vendeur d'envoyer la note à son mari. La rumeur veut que lorsqu'il l'a reçue, il ne lui en a pas touché un mot.

« On raconte qu'une des héritières Hearst et son mari furent plus tard invités à un dîner habillé sur le *Britannia*, à bord duquel voyageait la reine Élisabeth, qui se rendait à Los Angeles. Mme Hearst portait les émeraudes de la famille.

« À bord du *Britannia*, la reine avait son magnifique collier d'émeraudes. Mme Hearst confia à un ami : "Comparées aux siennes, les miennes avaient l'air de sortir d'une pochette-surprise." »

La dernière histoire serait celle du roi d'Arabie saoudite qui était accompagné par sa fille à un dîner à la Maison Blanche. La princesse de vingt-deux ans fit attendre le Président pendant vingt minutes, un manquement au protocole impardonnable. Mais le fait passa inaperçu auprès des journalistes dont le regard était rivé à son collier de trois rangs, un mélange unique de pierres d'une valeur inestimable, diamants, rubis, émeraudes et saphirs.

Célia savait que les potins mondains faisaient toujours la joie des auditeurs, et en révéler quelques-uns ne manquait jamais de pimenter une conférence.

Se sentant prête pour sa prestation, elle consulta sa montre. Une heure moins le quart, le temps de rejoindre Alvirah et Willy au buffet. On peut difficilement appeler ça un self-service, songea-t-elle, se rappelant les autres luxueux bateaux de croisière où existait le même genre de commodités. Quand un passager avait fait ses choix, un serveur était toujours là pour porter son plateau à sa table et lui servir la boisson qu'il désirait.

Un dernier coup d'œil à sa montre lui confirma qu'elle avait le temps de téléphoner à son avocat. Elle voulait savoir si l'article du magazine *People* avait eu un impact sur l'opinion de la justice à son encontre. Randolph Knowles n'était pas à son bureau. Sa secrétaire promit qu'il la rappellerait. Célia ne put s'empêcher de demander : « Des nouvelles du bureau du procureur ?

– Non, aucune. Oh, ne quittez pas. Maître Knowles vient juste de rentrer. » Célia l'entendit dire : « Miss Kilbride au téléphone. » Puis, au seul ton de la voix de Randolph, elle sut que les nouvelles n'étaient pas bonnes. Elle alla droit au but. « Que se passe-t-il, Randolph ?

– Les circonstances ne jouent pas en votre faveur, Célia, répondit-il. Votre ex-fiancé est un menteur tellement convaincant que le procureur vient de me prévenir : ils ont l'intention de demander au FBI de vous interroger à nouveau dès votre retour. »

Célia resta hébétée. Elle avait un vol de retour direct depuis Londres le jour où ils débarquaient à Southampton. C'est-à-dire dans peu de temps à compter d'aujourd'hui. Elle avait de mauvais souvenirs des visages de marbre des agents du FBI qui l'avaient questionnée.

Randolph continuait : « Célia, ils vous ont déjà cuisinée et ils vous ont crue. Ce n'est qu'un obstacle de plus à surmonter. » Mais son ton trahissait ses doutes.

« Je l'espère », soupira Célia avant de raccrocher. Si seulement je n'avais pas promis aux Meehan de me joindre à eux, regretta-t-elle. Mais c'était le cas et, quelques minutes plus tard, un serveur l'aidait à s'installer à la table où ils étaient assis.

Alvirah l'accueillit avec un grand sourire. « Célia, comme je vous l'ai déjà dit, nous sommes heureux d'avoir l'occasion de bavarder avec vous. Willy m'a dit qu'il était dans ses petits souliers en entrant chez Carruthers pour demander le prix des bagues qu'il avait repérées en vitrine, mais ensuite vous êtes arrivée et il s'est senti plus à son aise. »

Elle n'ajouta pas qu'elle mourait d'envie de lui parler de son escroc d'ex-fiancé. Elle était certaine que dès que le procès s'ouvrirait, le *Globe* lui demanderait de le couvrir.

Mieux valait attendre avant d'aborder le sujet. « Nous devrions aller faire notre choix, suggéra-t-elle. Ensuite nous pourrons bavarder. »

Mais quelques minutes plus tard, alors que Willy savourait allègrement ses sushis et qu'elle-même avait déjà avalé la moitié d'une assiette de linguinis aux palourdes, elle remarqua que Célia avait à peine touché à sa salade de poulet.

126

« Si vous n'aimez pas ça, Célia, vous pouvez prendre autre chose », dit-elle.

Célia sentit soudain une boule lui serrer la gorge et les larmes lui monter aux yeux. Elle chercha fébrilement ses lunettes de soleil dans son sac. Mais son geste n'avait pas échappé à Alvirah. « Célia, dit-elle d'une voix emplie de compassion, nous n'ignorons pas ce que vous endurez.

– Je suppose que tout le monde est au courant. Et ceux qui l'ignoraient jusqu'à présent vont le découvrir aujourd'hui.

– Ce qu'a fait votre fiancé est malheureusement courant, mais tout le monde est navré que vous soyez mêlée à cette histoire.

– Sauf mes plus proches amis qui ont perdu toutes leurs économies et qui m'ont reproché de les avoir présentés à Steven.

– Vous avez perdu de l'argent vous aussi, dit Willy.

– Deux cent cinquante mille dollars ! Tout ce que j'avais », dit Célia.

Malgré elle, elle trouvait un certain réconfort à s'épancher auprès de ces gens qui n'étaient après tout que des étrangers. Lui revint à l'esprit que le jour où elle l'avait aidé à choisir la bague, Willy lui avait raconté qu'Alvirah avait créé un groupe de soutien pour gagnants à la loterie, afin qu'ils ne se fassent pas rouler par des escrocs. Il lui avait été sympathique au premier regard et Alvirah lui avait plu à la minute où il lui en avait fait le portrait.

C'était un vrai soulagement de pouvoir partager son anxiété avec des gens aussi bienveillants.

Les mots se bousculèrent soudain dans sa bouche. « Steven a donné une interview au magazine *People*, dans lequel il dit que je l'ai aidé à créer son fonds d'investissement en lui présentant mes amis. Ce sera repris dans tous les médias à partir d'aujourd'hui. À présent, à cause de cet article, le FBI veut à nouveau me questionner, dès mon arrivée à New York.

– Mais vous leur avez *déjà dit* la vérité, dit Alvirah, d'un ton sans appel.

– Naturellement.

– Et ce Steven Machin-chose vous a menti à vous et à tous les autres ?

– Oui.

– Dans ce cas, pourquoi n'aurait-il pas menti de la même façon aux journalistes de *People* ? »

L'attitude rassurante d'Alvirah dissipa un peu l'inquiétude qui accablait Célia. Mais pas complètement. Elle préférait taire pour l'instant la menace qui pesait sur sa situation chez Carruthers. Elle savait que le directeur était contrarié que l'une des employées de la société soit liée à un scandale financier. Plus elle y réfléchissait, plus elle était convaincue qu'à son retour à New York, elle serait priée de prendre un congé sans solde. Je ne tiendrai même pas trois mois avec le loyer de l'appartement et les autres dépenses courantes comme la Sécurité sociale, les factures d'eau et d'électricité et le reste, sans compter les frais d'avocat. Et ensuite ? Quelle société de joaillerie voudra m'engager ?

Alors que ces sombres pensées lui traversaient l'esprit, elle refoulait ses larmes et se forçait à sourire. «J'ai l'impression de m'être confessée, dit-elle.

– Maintenant écoutez-moi bien, Célia.» La voix d'Alvirah était ferme. «Vous n'avez besoin d'absolution d'aucune sorte, sous quelque forme que ce soit. Mangez votre salade. Les choses vont s'arranger. Je le sens. »

33

OMME ON L'A VU, la cabine de Brenda se trouvait à l'étage au-dessous de la suite de lady Em. Elle était plus petite, mais jouissait également d'un service à l'étage. Comme lady Em lui avait donné quartier libre pour pouvoir parler à Roger, Brenda se rendit dans la salle du buffet. Même en proie à l'anxiété la plus vive, elle conservait un solide appétit. Elle se dirigea vers les spécialités chinoises et choisit une soupe Won Ton, du riz sauté au porc et un dumpling. Puis, sur une impulsion, elle prit un biscuit de la chance. Tandis qu'un serveur apportait son plateau à une petite table près de la fenêtre, elle parcourut la salle du regard. À six tables de celle vers laquelle elle se dirigeait, elle aperçut Célia en compagnie d'Alvirah et de son mari. Ils semblaient plongés dans leur conversation. Ceux-là ne parlent sûrement pas pour ne rien dire, se dit-elle avec un sourire ironique.

Ses yeux s'emplirent de haine en regardant Célia. C'était elle qui pouvait l'envoyer en prison.

« Voilà, m'dame », dit le serveur, un bel Asiatique, en disposant les plats sur la table.

Brenda ne le remercia pas. Et quand il lui demanda si elle désirait une boisson, elle répondit d'un ton hautain : « Du café avec de la crème et du sucre. »

Que faire à présent que lady Em se mettait soudain dans la tête que ses bijoux étaient peut-être des faux ? Pendant des années, elle les avait tous ignorés à l'exception des plus belles pièces de sa collection. Et pendant des années elle l'avait agrandie, achetant une bague de dix mille dollars par-ci ou un bracelet de quarante mille dollars par-là, comme elle l'avait fait un jour dans l'île de Saint-Thomas. Elle portait sa nouvelle acquisition trois ou quatre fois, puis la reléguait dans le coffre-fort de son appartement.

Brenda commença à savourer la soupe Won Ton et pensa à Ralphie. Ils étaient ensemble depuis leur rencontre, cinq ans auparavant. Elle n'avait jamais parlé de lui à lady Em, naturellement. Ralph était un agent d'assurances de soixante-sept ans qu'elle logeait dans le trois-pièces que lady Em avait acheté à son intention, et où elle passait ses week-ends libres. Trop rares, songea-t-elle avec aigreur. Il n'y a que lorsqu'elle est au lit et que sa femme de chambre demeure sur place que je peux m'échapper.

Lorsqu'elle avait mentionné à Ralph l'incroyable collection de bijoux de sa patronne, il lui avait demandé si elle les mettait souvent. Elle lui avait raconté qu'elle achetait souvent un collier, des pendants d'oreilles, une bague ou un bracelet qui avaient attiré son regard dans une vitrine, les portait quelque temps

131

puis les oubliait ou ne se donnait plus la peine de les mettre. Elle n'assurait que les pièces qui valaient plus de cent mille dollars.

Et c'est ainsi que tout avait commencé. Ralph avait un ami bijoutier qui travaillait de concert avec eux pour substituer de fausses pierres à celles qui étaient dans le coffre-fort de lady Em. C'était un jeu d'enfant. Brenda avait la combinaison du coffre. Elle prenait un bijou et le confiait à Ralphie qui l'apportait au bijoutier, chargé de créer une pièce similaire. Quand elle était prête, Brenda la replaçait dans le coffre. La seule pièce qui ne s'y trouvait pas et qu'elle n'avait jamais vue était le collier de Cléopâtre.

Repoussant sur le côté son bol de soupe vide, Brenda attaqua le riz sauté au porc. Elle se maudissait d'avoir été assez stupide pour s'intéresser au bracelet « campagnard » que sir Richard avait acheté pour lady Em quand ils se promenaient dans la Cinquième Avenue. Lady Em y était particulièrement attachée. Dieu sait que j'ai entendu cette histoire assez souvent pour savoir que j'aurais dû le laisser là où il était, pensa-t-elle amèrement.

Ralphie et elle avaient engrangé plus de deux millions de dollars grâce à la vente des bijoux de lady Em, mais que leur arriverait-il si lady Em faisait expertiser ce bracelet par Célia Kilbride ? Sans compter tous les autres qu'ils avaient remplacés. Elle les traduirait en justice, ni plus ni moins. C'était ce qu'elle avait fait autrefois avec un cuisinier qui gonflait les factures de ses achats. « Je vous paie très bien, lui avait-elle dit. Maintenant, c'est à vous de payer pour votre cupidité. »

Brenda termina son assiette et alla chercher un dessert. Elle choisit une généreuse tranche de gâteau au chocolat et regagna sa table. On l'avait déjà débarrassée à l'exception de sa tasse de café, qui avait été remplie à nouveau.

Voilà comment j'aime voyager, pensa-t-elle. Du moins j'aimais ça jusqu'au jour où j'ai rencontré Ralphie et en suis tombée amoureuse. Je dois admettre que ces vingt années avec lady Em n'ont pas manqué d'intérêt, tous ces voyages autour du monde, les pièces de théâtre à Broadway, les gens que j'ai connus.

Lorsqu'elles regagneraient New York le jeudi suivant, ce serait le début de la fin – et cela ne traînerait pas. Mais s'il arrivait quelque chose à lady Em en cours de route, il n'y aurait plus aucune inquiétude à avoir, et les trois cent mille dollars que sa généreuse patronne avait l'intention de lui léguer dans son testament seraient dans sa poche.

Brenda ouvrit son biscuit de la chance. *De grands changements vont survenir dans votre vie. Soyez prêt.* Bon, ça pouvait être de bon ou de mauvais augure. Elle froissa le bout de papier et le jeta.

Elle jeta un coup d'œil vers la table de Célia et des Meehan au moment où ils repoussaient leurs chaises. Une pensée la traversa. Les doutes de lady Em pouvaient-ils la pousser à montrer son bracelet à Célia *avant* le retour à New York ? Dans ce cas, Célia pourrait-elle affirmer que ce genre de bijou n'aurait jamais eu sa place dans la vitrine de Harry Winston ? Bien sûr que oui.

C'était une possiblité effrayante.

34

SON ENTRETIEN avec lady Em avait confirmé les inquiétudes de Roger. Elle avait abordé le sujet en douceur. « Roger, vous savez combien je vous suis reconnaissante de la façon dont vous avez géré mes affaires, mais je suis très âgée et j'ai des problèmes cardiaques. Comme vous le savez, toute ma fortune ira en principe aux associations caritatives que j'ai toujours soutenues. S'il y avait des irrégularités dans mes actifs ou des interrogations sur leur origine, je veux qu'on y voie tout à fait clair. C'est pourquoi, bien que je vous fasse entièrement confiance, à vous et au travail que vous avez accompli, j'ai pensé qu'il serait bon de demander à un expert-comptable extérieur de s'assurer que mes affaires sont parfaitement en ordre. »

Lady Em avait écarté les protestations de Roger d'un geste de la main tout en disant qu'elle ne voulait pas être en retard à son rendez-vous chez le coiffeur.

Deux heures plus tard, Yvonne et Roger Pearson étaient les premiers à leur table pour le service du déjeuner dans la salle à manger. Ils y étaient arrivés dans l'espoir de parler à lady Em. Ils tâcheraient de la dissuader de dépenser une somme importante pour une vérification inutile de ses finances.

Roger avait passé une nuit presque blanche à mettre au point une stratégie si lady Em abordait le sujet.

Il lui ferait remarquer que toutes les associations caritatives avaient leur propre conseiller juridique qui examinerait attentivement les clauses de son testament et ses actifs. Pourquoi s'inquiéter ? Il lui objecterait que pendant toutes ces années le fisc avait vérifié ses déclarations d'impôts et qu'il n'avait jamais ordonné d'audit, pas une seule fois. « Et croyez-moi, lady Em, dirait-il, ils ont passé vos déclarations au peigne fin. »

Il se persuada si bien qu'il finirait par la convaincre qu'il se sentit rasséréné. Alors qu'Yvonne et lui s'asseyaient à la table en attendant la vieille dame, il lui lança : « Arrête de faire cette tête d'enterrement. Tu n'es pas tellement intéressante, tu sais.

– Tu ne t'es pas regardé », répliqua sèchement Yvonne, mais elle se força à prendre une expression plus aimable.

Au bout d'un quart d'heure, ils surent qu'ils déjeuneraient seuls et commandèrent leur repas. Au moment où on les servait, le professeur Henry Longworth entra dans la salle à manger et s'approcha d'eux.

« Nous n'avons pas eu beaucoup l'occasion de bavarder, dit-il avec un sourire. Je serais très heureux de faire plus ample connaissance avec vous. »

Roger lui retourna le compliment tandis que Yvonne se demandait si le professeur allait leur parler de Shakespeare. Elle avait supporté patiemment la conférence de la veille et n'avait pas l'intention d'assister à la suivante. Elle n'éprouvait aucun intérêt pour sa conversation.

L'inquiétude qui l'habitait agita à nouveau ses pensées. Si lady Em ordonnait un audit de ses finances, Roger irait en prison. Elle n'avait pas la moindre confiance dans sa capacité à la faire changer d'avis.

Dans ce cas, quelles solutions s'offraient à elle ? Divorcer de Roger avant que n'éclate l'inévitable scandale ? Cela lui permettrait de rester à l'écart des ennuis judiciaires, mais si on découvrait qu'il avait détourné l'argent à son profit, ils gèleraient probablement le plus gros de ce qu'il y avait sur leurs comptes.

Une autre possibilité lui vint à l'esprit : l'assurance vie de cinq millions de dollars de Roger dont je suis la seule bénéficiaire. S'il lui arrivait quelque chose, je toucherais cet argent, pensa-t-elle.

Et il aime s'asseoir sur la rambarde de notre balcon même quand la mer est agitée.

35

L A DEUXIÈME CONFÉRENCE de Célia attira une assistance encore plus nombreuse que la première. Elle sourit en voyant lady Em s'asseoir près d'Alvirah et de Willy au premier rang. Alvirah bavardait avec lady Em et il était clair que les deux femmes ne tarderaient pas à se lier d'amitié. Quand elle s'avança vers le lutrin, le silence se fit. Avant de prendre la parole, Célia regarda Alvirah qui lui adressa un sourire d'encouragement.

Ma nouvelle amie, pensa-t-elle.

Après avoir remercié le public de sa présence, Célia commença : « Les émeraudes sont entrées en usage dans la joaillerie peu de temps après l'or. Le mot "émeraude" signifie vert en grec ancien. Les premières mines connues se trouvaient en Égypte. Les chercheurs attestent l'existence de ces mines dès 330 avant Jésus-Christ et elles étaient encore en exploitation en 1700. On dit que Cléopâtre préférait les émeraudes à toutes les autres pierres précieuses. »

Célia parla des propriétés curatives des émeraudes et de leur utilisation par les premiers médecins qui croyaient que la meilleure méthode pour soigner les yeux était de regarder longuement une émeraude. Le réconfort apporté par sa couleur verte soulageait la fatigue et la tension. En réalité, ils ne se trompaient pas. Même aujourd'hui la couleur verte est reconnue pour ses propriétés apaisantes.

D'après la légende, porter une émeraude était censé révéler la sincérité, ou l'absence de sincérité, d'un serment d'amoureux. Elle était aussi censée faire de vous un orateur éloquent. Montrant son pendentif, Célia dit : « N'en possédant pas, je ne peux vous faire la démonstration de cette théorie aujourd'hui. » Suivit un éclat de rire général.

Puis elle parla de différents bijoux qui avaient appartenu aux pharaons et aux rois et avaient été utilisés comme rançon, ou pour payer des dettes, et de pierres précieuses qui avaient la réputation d'avoir des propriétés curatives.

Quand la séance des questions-réponses fut close, l'un des auditeurs intervint : « Miss Kilbride, vous nous avez donné à tous l'envie d'avoir davantage de bijoux ou de porter les nôtres au quotidien.

– Malheureusement, beaucoup de gens les gardent dans un coffre à la banque et ne les sortent jamais, répondit Célia. Bien sûr, il faut y faire attention, mais pourquoi ne pas en profiter ? »

Le déjeuner avec Alvirah et Willy et le succès manifeste de la conférence remontèrent le moral de Célia. Elle regagna sa cabine. Sa longue promenade sur le pont, son réveil matinal et la conférence l'avaient éreintée, et elle décida de faire une sieste avant de se préparer pour le cocktail du commandant et le dîner qui suivrait.

Ce qui lui rappela autre chose. Elle porterait ce soir la robe hors de prix qu'elle avait achetée pour sa lune de miel qui, heureusement, n'avait jamais eu lieu.

Autant suivre mon propre conseil et en profiter, pensa-t-elle. Ce n'est pas demain la veille que je pourrai refaire ce genre de folies.

36

EVON MICHAELSON se demanda s'il n'avait pas
fait une erreur en invitant ses compagnons
de table à sa petite cérémonie funéraire
matinale. Il savait que son mouvement de surprise
quand le père Baker avait proposé de bénir l'urne
n'avait pas échappé à Alvirah Meehan, ni peut-être
aux autres. Son espoir était qu'ils le croient athée.

En réalité, il avait été éduqué dans une famille
catholique très pieuse. Pourtant, bien qu'il se soit
éloigné de toute pratique religieuse, il pouvait imaginer l'indignation de sa mère en apprenant qu'il
avait laissé un prêtre prononcer une prière sur des
cendres de cigare.

Personne ne doit s'interroger à mon sujet, pensa-
t-il. Je ne peux pas me permettre le luxe de com-
mettre des erreurs.

Yvonne, Dana et Valérie finissaient leur deuxième verre de vin. Elles avaient passé la fin de
la matinée et le début de l'après-midi à se dorer
au soleil près de la piscine. Valérie consultait la
liste des activités.

« Écoutez, l'interrompit Yvonne. Il va y avoir une conférence sur les Hamptons, y compris l'histoire d'une sorcière authentique originaire d'East Hampton.

– Je peux vous dire de qui il s'agit, proposa Dana. C'est sûrement Julie Winston, l'ancien mannequin qui a récemment épousé le président-directeur général de Browning Brothers. Je me suis retrouvée à côté d'elle à un bal de charité et...

– Si on parle de sorcières, je parie que c'est d'Ethel Pruner. Nous étions sept avec elle dans un comité chargé d'arrangements floraux et nous avons toutes décampé dès la première réunion. »

Valérie leva les deux mains en riant. « Je crois qu'il s'agit d'une sorcière qui vivait en 1600. La conférence commence dans un quart d'heure. Qu'en dites-vous ?

– Allons-y », firent Dana et Yvonne d'une même voix.

Le conférencier se présenta : Charles Dillingham Chadwick. C'était un homme mince à l'aube de la cinquantaine, chauve, de taille moyenne. Il avait cette particularité propre aux gens des Hamptons de parler dans sa barbe, mais il avait aussi l'œil malicieux et ne manquait pas d'humour.

« Merci à tous d'être venus. Un de mes plus heureux souvenirs d'enfance est d'avoir entendu mon père expliquer que notre famille remontait à l'époque du *Mayflower* et que nos ancêtres avaient jadis possédé une immense étendue de terre dans ce qui s'appelle aujourd'hui les Hamptons. Mon souvenir le plus triste est d'avoir appris qu'ils avaient vendu leur terre pour une misère il y a cent ans. »

Tout le monde s'esclaffa. Dana murmura à Valérie et Yvonne : « Ça s'annonce beaucoup plus drôle que nous le pensions. »

Chadwick s'éclaircit la voix et continua : « J'espère que vous serez comme moi émerveillés d'apprendre qu'un ensemble de tranquilles villages de fermiers et de pêcheurs sur la pointe est de Long Island est devenu l'un des plus célèbres lieux de villégiature pour milliardaires. Mais commençons par une histoire de querelle de voisinage qui a failli voir un des premiers colons des Hamptons, dirons-nous, rôtir au barbecue.

« Aux premiers temps des Hamptons les puritains tenaient le haut du pavé. Trente-cinq années avant les abominables procès des sorcières de Salem dans le Massachusetts, East Hampton a connu sa propre expérience de possession diabolique.

« En février 1658, peu après avoir donné naissance à un enfant, la jeune Elizabeth Gardiner, âgée de seize ans, tomba malade et commença à divaguer, clamant qu'elle était victime de sorcellerie. Elle mourut peu après, non sans avoir accusé sa voisine Goody Garlick d'être à l'origine de ses tourments. La pauvre Goody avait déjà été la cible d'accusations du même acabit. Par exemple d'être coupable de la mort mystérieuse du bétail.

« Un compte rendu des rapports de la cour de justice des Hamptons de l'époque révèle que les gens passaient leur temps à s'accuser, se disputer et se poursuivre en justice pour un oui ou pour un non – je serais tenté d'ajouter que la situation n'a pas tellement changé depuis. La jeune femme, donc, était promise à un sort funeste.

« Mais Goody Garlick allait bénéficier d'une sorte de grâce, dirons-nous, lorsque les magistrats d'East Hampton, incapables de prendre une décision, renvoyèrent son cas à une plus haute cour, à Hartford, la colonie qui possédait les Hamptons à l'époque.

« Son cas fut entendu par le gouverneur John Winthrop Jr. Winthrop était un érudit qui croyait que les forces magiques de la nature influaient plus sur le cours des événements que les hommes. Il était sans doute un peu snob. Il avait en effet du mal à admettre qu'une femme de fermier, peu instruite, puisse accomplir des actes de sorcellerie. Elle fut disculpée et la cour en profita pour dispenser des conseils judicieux aux habitants querelleurs des Hamptons. Je cite : "Il est souhaité et attendu par cette cour que vous vous comportiez en vertueux et paisibles voisins sans offenser M. Garlick et son épouse, et qu'ils en fassent autant à votre égard."

« Cette anecdote est-elle importante ? Je le pense. Après la décision de Winthrop, East Hampton ne connut plus d'histoires de sorcellerie, alors que le sujet continua à paralyser les communautés du Massachusetts pendant des années encore. Quant à savoir si les habitants des Hamptons se comportent en bons voisins, cela reste encore à prouver. »

37

L E COCKTAIL du commandant avait lieu dans sa vaste et superbe suite. Murs bleu clair et vert pâle, mobilier dans les mêmes tons. Boissons et canapés présentés par de souriants serveurs. Célia avait retenu ses cheveux noirs sur sa nuque avec un clip en or, les laissant tomber sur ses épaules. Elle portait une robe vert mousse en mousseline de soie chatoyante. Ses seuls bijoux étaient les boucles d'oreilles qui avaient appartenu à sa mère.

Elle ne remarquait pas que le regard du commandant, comme celui de la plupart des hommes présents, s'attardait sur elle tandis qu'elle bavardait avec d'autres passagers. Lady Em arriva peu après. Elle était vêtue d'une simple robe noire qui mettait en valeur le fabuleux collier d'émeraudes à trois rangs qui avait autrefois paré la reine d'Égypte et n'était pas apparu en public depuis un siècle. D'une beauté fascinante, chaque émeraude étincelait d'un éclat unique. Les cheveux de neige de lady Em étaient harmonieusement rassemblés au-dessus de sa tête ; avec ses grands yeux noisette bordés de longs cils, témoins de sa beauté passée, et son port élégant, elle avait un air d'autorité presque royal. Outre ses boucles d'oreilles en diamants taillés en poire, elle ne portait que son alliance en diamants, afin qu'aucun autre bijou ne vienne distraire la fascination qu'inspirait son collier.

Comme Célia, elle avait décidé d'oublier ses soucis pour la soirée. Elle voulait jouir de l'effet qu'elle produisait. Cela lui rappelait ces jours lointains où la *prima ballerina* qu'elle était alors s'inclinait devant le public de salles bondées à craquer sous un tonnerre d'applaudissements.

Et, bien qu'il fût toujours présent à son esprit, il lui semblait revoir Richard quand ils s'étaient rencontrés à Londres pour la première fois, un soir où il était venu l'attendre dans les coulisses. Richard, bel homme, courtois, qui s'était dégagé de la foule de ses admirateurs, lui avait pris la main et l'avait baisée.

Et il ne l'avait jamais lâchée, pensa-t-elle mélancoliquement en acceptant un verre de vin.

Alvirah portait l'ensemble beige préféré de Willy. Tard dans l'après-midi, elle était allée se faire coiffer et s'était même permis un discret maquillage.

Comme toujours, le commandant Fairfax se montra un hôte parfait. Son inquiétude ne se décelait ni sur son visage ni dans son comportement. Il avait trois soucis : l'Homme aux mille visages qui se trouvait peut-être dans cette pièce en ce moment même, à convoiter les émeraudes de lady

Haywood, la tempête qui menaçait, et le problème de moteur qui les avait déjà retardés.

Ted Cavanaugh fut l'un des premiers à se présenter devant lui. Fairfax n'ignorait pas ses antécédents. Fils d'un ancien ambassadeur en Égypte et à la cour de St. James, il était connu pour son acharnement à retrouver des antiquités dérobées. Le commandant avait une fille de vingt-trois ans. Voilà le genre de garçon que Lisa pourrait nous ramener à la maison, pensa-t-il. Séduisant, brillant, d'une excellente famille. Au lieu de son musicien chevelu, joueur d'harmonica de surcroît.

Il tendit la main à Ted. « Bonsoir, monsieur Cavanaugh. J'espère que vous êtes satisfait de votre croisière.

– Absolument », répondit Ted avec une énergique poignée de main.

Fairfax sourit.

Son attention fut distraite par l'arrivée de Devon Michaelson, l'agent d'Interpol qui se faisait passer pour un ingénieur à la retraite. Il traversa la pièce pour le saluer, mais en fut empêché par Anna DeMille qui se précipitait à côté de Michaelson. Il se tourna alors vers le couple à sa gauche. On l'avait renseigné à leur sujet. Les Meehan avaient gagné quarante millions de dollars à la loterie quelques années plus tôt, et Mme Meehan était devenue une chroniqueuse célèbre dans la presse, et avait également su résoudre plusieurs affaires criminelles.

« Monsieur et madame Meehan, dit-il avec le sourire affable sous lequel il dissimulait toujours ses préoccupations.

– Alvirah et Willy, je vous en prie, le reprit Alvirah. Commandant, c'est un véritable privilège de participer au voyage inaugural de ce merveilleux bateau. Nous en garderons un souvenir inoubliable. »

Au même moment la porte s'ouvrit brutalement et Yvonne Pearson entra en trombe. « Mon mari est passé par-dessus bord ! hurla-t-elle. Mon mari est tombé à la mer ! »

38

DEVANT la détresse d'Yvonne, le commandant
Fairfax la prit aussitôt par le bras. « Venez
avec moi », dit-il en l'entraînant dans un
salon privé. En chemin, il téléphona à John Saunders, son chef de la sécurité, et le somma de le
retrouver au bureau du commissaire du bord. Ce
n'est que lorsque la porte du petit bureau fut refermée en hâte derrière John Saunders que les deux
hommes commencèrent à interroger Yvonne.

« Madame Pearson, dit Fairfax, dites-moi précisément ce que vous avez vu et entendu concernant
ce qui est arrivé à votre mari. »

Yvonne se mit à parler de façon entrecoupée,
tentant de refouler ses sanglots. « Nous, c'est-à-dire
Roger et moi, étions dans notre suite. Nous bavar-
dions sur le balcon. Nous avions bu quelques verres,
Roger était assis sur la rambarde. Je lui ai demandé
d'en descendre. Il m'a répondu de m'occuper de
mes affaires. Et ensuite, il est tombé. » Yvonne
enfouit sa tête dans ses mains et se mit à sangloter.

« Madame Pearson, reprit le commandant, je sais
combien vous êtes bouleversée et je suis désolé

de devoir vous poser toutes ces questions. Je vous assure que nous désirons autant que vous retrouver votre mari. Mais avant de décider de rebrousser chemin pour essayer de le retrouver, je dois savoir exactement ce que vous avez vu. »

Yvonne essuya ses larmes en acceptant le mouchoir que lui tendait Saunders. Tout en reniflant, une pensée lui vint à l'esprit. Elle avait sans attendre fait irruption au milieu du cocktail pour annoncer que Roger était tombé à la mer. Elle n'aurait pas dû se précipiter, songea-t-elle fiévreusement. Combien de temps faudrait-il au bateau pour faire demi-tour et repartir en arrière ? À moins qu'ils n'envoient tout de suite un canot à sa recherche ? Pourtant le commandant ne semblait pas tellement pressé, conclut-elle un peu déboussolée.

« Je suis désolée. C'est tellement horrible. Je dois avouer que j'ai été furieuse quand Roger m'a dit de m'occuper de mes affaires. Je suis rentrée à l'intérieur de la cabine et j'ai refermé violemment la porte coulissante derrière moi. Quand je suis ressortie sur le balcon, une minute plus tard, pour lui dire qu'il était l'heure de se rendre au cocktail, Roger n'était plus là. » Elle fondit à nouveau en larmes, puis envisagea de s'écrouler, voire de simuler une syncope, mais elle n'était pas sûre de ses talents d'actrice.

Ce fut Saunders qui posa la question suivante en lui tendant un autre mouchoir : « Madame Pearson, vous venez de dire qu'"une minute plus tard" vous êtes ressortie sur le balcon, et que votre mari avait disparu. Si nous attachons tant d'importance aux détails, c'est parce que dans la plupart des cas, lorsqu'on nous signale la chute d'un passager en mer, il s'agit d'une fausse alerte. La personne soi-disant disparue est presque toujours retrouvée quelque part à bord, quelquefois malheureusement à un endroit où elle ne devrait pas être. Qu'avez-vous fait exactement pendant la minute entre le moment où vous avez vu pour la dernière fois votre mari sur le balcon, assis sur la rambarde, et celui où vous êtes allée le chercher pour vous rendre au cocktail ? »

Yvonne fit un effort pour dissimuler l'énorme vague de soulagement qui l'envahissait. « Je suis allée un instant aux toilettes.

— Avez-vous fermé la porte derrière vous ?

— Naturellement.

— Donc, vous êtes restée dans la salle de bains au moins une minute, dit le commandant. Et serait-il possible que votre mari ait quitté votre suite pendant que vous... » Il hésita : « que vous étiez là... avec la porte fermée ?

— Il me semble que dans ce cas j'aurais entendu la porte du balcon s'ouvrir et se refermer, répondit-elle. Mais, vous savez, la chasse d'eau est plutôt bruyante.

— C'est vrai, et je m'en excuse, dit le commandant. Mais comprenez que si je ralentis ou que nous faisons demi-tour, nous n'arriverons pas à Southampton dans les délais. Ce serait une perturbation majeure pour nos hôtes, dont la plupart doivent se rendre immédiatement à l'aéroport où leurs vols sont prévus. Je préconise d'entreprendre une fouille complète du navire pour tenter de retrouver votre mari. Si nous n'avons pas de succès, nous prendrons alors les dispositions nécessaires. »

Le chef de la sécurité, John Saunders, tendit une feuille de papier et un stylo à Yvonne. « Madame Pearson. Dans ce genre de situations regrettables, il existe une procédure que nous sommes tenus de suivre. Je vais vous demander de remplir ce formulaire et d'indiquer par écrit ce qui s'est passé dans votre cabine à l'heure où vous avez vu votre mari pour la dernière fois. Quand vous aurez terminé votre déposition et que vous en aurez vérifié l'exactitude, vous et moi signerons ce formulaire. »

En son for intérieur, Yvonne exultait. « Je vous suis tellement reconnaissante de faire l'impossible pour retrouver mon pauvre Roger. »

39

YVONNE avait refusé l'offre du commandant Fairfax de la faire raccompagner à sa cabine par un de ses hommes. « Je vais bien, ne vous inquiétez pas, avait-elle dit. J'ai seulement besoin d'un peu de solitude afin de pouvoir prier pour mon pauvre Roger. »

Après son départ, le commandant demanda à Saunders : « Qu'est-ce que vous en pensez ?

– Elle a admis qu'elle ne l'avait pas vu tomber par-dessus bord. Elle a aussi déclaré qu'ils avaient beaucoup bu tous les deux. Et c'était avant qu'ils décident de se rendre à votre cocktail. Je ne suis pas convaincu qu'il soit tombé à l'eau.

– Moi non plus, reconnut Fairfax. La dernière fois que s'est produit un incident semblable sur un bateau que je commandais, l'épouse avait certifié avoir vu son mari emporté par une vague. Si le type était vraiment passé par-dessus bord, il avait eu une sacrée chance. On l'a retrouvé sain et sauf dans le lit d'une passagère plusieurs niveaux plus bas.

– Alors que comptez-vous faire ? » demanda Saunders.

Fairfax n'eut pas le temps de répondre. Son téléphone sonnait. Il le décrocha et, bien que le mode haut-parleur fût désactivé, Saunders entendit chaque mot qui sortait de la bouche de Gregory Morrison, l'irascible propriétaire du bateau.

« C'est quoi tout ce bordel ?

– Une passagère vient de déclarer que son mari était peut-être...

– Je sais tout ça, bon sang ! hurla Morrison. Je veux savoir quelles sont vos intentions ?

– M. Saunders et moi avons interrogé la v... », il avait failli dire la veuve, mais se reprit : « L'épouse de l'homme qui est peut-être tombé à la mer. Ils avaient tous deux beaucoup bu, et elle reconnaît qu'elle ne l'a pas réellement vu passer par-dessus bord. Mon intention est...

– Je vais vous dire ce que nous n'allons pas faire, Fairfax. Quoi qu'il arrive, il est hors de question que ce bateau fasse demi-tour. Je ne veux pas entendre parler de manœuvre Williamson. »

Le commandant se massa les tempes tout en gardant le téléphone plaqué à son oreille. La manœuvre Williamson consistait à faire un demi-tour complet à grande vitesse. Comme tous les commandants, il avait été formé à cette manœuvre. S'il avait été convaincu que Pearson était tombé par-dessus bord, il aurait donné l'ordre de l'effectuer et sommé l'équipage de mettre en batterie les projecteurs à haute puissance et de balayer la surface de l'eau. Les canots de sauvetage équipés de moteurs hors-bord auraient été mis à la mer. Toutes les procédures étaient détaillées dans le manuel de sécurité.

Mais elles n'étaient obligatoires que dans le cas où un témoin oculaire, de préférence deux, avaient vu le passager passer par-dessus bord. Dans le cas présent, il avait un témoin alcoolisé, l'épouse, qui, après avoir été questionnée un peu sérieusement, avait reconnu qu'elle n'avait pas vu son mari tomber à l'eau. Et un propriétaire qui allait l'empêcher coûte que coûte de prendre les mesures nécessaires pour retrouver Pearson.

« Je vais demander qu'on procède à une fouille complète du bateau. Nous avons les passeports de tous les passagers. Je vais faire faire des copies de la photo de Pearson et les distribuer aux membres de l'équipage chargés de la recherche.

— Très bien », fit Morrison, apparemment calmé. « Mais je ne veux pas qu'on donne l'ordre aux passagers de regagner leurs cabines. Les membres de l'équipage devront frapper aux portes et s'enquérir de ce Pearson. S'il est dans l'une d'elles, il répondra. »

La conversation fut interrompue avant que Fairfax ait pu articuler un mot.

Ce fut Saunders qui parla le premier : « Je vous le demande pour la deuxième fois, qu'est-ce qu'on fait ?

— Vous avez entendu ce qu'a dit le proprio, dit Fairfax. Pour le moment, on se contente de fouiller le bateau. »

40

FAITES que l'on sauve Roger Pearson, priaient à part elles lady Em, Brenda et Célia, tout en étant conscientes que l'espoir de le voir se maintenir à la surface des eaux houleuses était quasi nul.

La voix de Fairfax retentit dans les haut-parleurs. « Ici votre commandant. Nous essayons de retrouver un certain M. Roger Pearson. Monsieur Pearson, si vous entendez cet appel, veuillez contacter la passerelle. Si un passager a vu M. Pearson au cours des dernières vingt minutes, qu'il se fasse connaître. Ce sera tout. Merci. »

Célia s'exprima la première : « Je me demande si c'est la procédure habituelle, de fouiller d'abord le bateau quand on croit que quelqu'un a pu tomber à la mer. »

Lady Em se tourna vers Brenda. « Allez retrouver Yvonne, dit-elle. Il faut qu'elle ait quelqu'un de proche auprès d'elle.

« Je crains de ne pas lui être très utile moi-même », confia-t-elle à Célia, une fois que Brenda eut quitté les lieux.

Lady Em était dévastée par le regret et la colère. Elle avait conscience qu'en annonçant à Roger sa décision de faire contrôler sa fortune par un cabinet d'audit elle avait pu le conduire à enjamber délibérément la rambarde. Elle ne l'avait pas vu au déjeuner, mais l'avait croisé sur le pont-promenade à cinq heures. Il avait fiévreusement essayé de la convaincre de ne pas se lancer dans une dépense aussi inutile. Elle l'avait interrompu en disant : « Je ne discuterai pas. Ma décision est irrévocable. Et franchement, je comprends mal que vous vous y opposiez aussi violemment. »

C'étaient les dernières paroles qu'elle lui avait adressées. Est-il tombé, ou l'ai-je poussé à se suicider ? se demanda-t-elle.

Vingt minutes plus tard, comme un membre de l'équipage allait d'une table à l'autre, incitant chacun à profiter du dîner, elle s'empara du menu à regret.

« J'ai l'impression que nous avons surtout besoin d'un alcool fort, suggéra le professeur Longworth.

— Excellente idée », dit vivement Célia qui avait remarqué que lady Em semblait soudain très lasse. Et très vieille. Elle dégage une telle énergie que nous oublions son âge. Et, bien sûr, Roger était un ami proche, qui avait travaillé pour elle pendant de nombreuses années.

Ils gardèrent le silence pendant le dîner, chacun plongé dans ses réflexions.

41

À la table voisine la réaction avait été identique. Willy avait même insisté pour qu'Alvirah prenne comme lui un Martini-vodka. Devon Michaelson, Ted Cavanaugh et Anna DeMille étaient dans le même état d'esprit. Ce fut Anna qui exprima le sentiment général : « Quand on pense qu'hier soir à la même heure, le pauvre homme était assis à quelques mètres de nous. »

L'annonce du commandant expliquant le déroulement des recherches les avait laissés sceptiques. Ted donna spontanément son opinion : « Ce qu'a raconté sa femme, à savoir qu'il était tombé par-dessus bord, n'a pas dû les convaincre. »

Cette remarque rappela à Alvirah la dispute qu'ils avaient surprise la veille en passant devant la cabine d'Yvonne et Roger. Est-ce qu'il s'agissait seulement d'un accès de mauvaise humeur ? Roger avait lancé à Yvonne qu'il risquait une condamnation d'au moins vingt ans de prison. Cela l'aurait-il poussé à sauter par-dessus bord ? Elle était certaine que Willy partageait cette intuition.

Anna DeMille regrettait que Roger n'ait pas attendu un peu plus longtemps avant de tomber à l'eau. Elle s'était particulièrement amusée au cocktail du commandant. Il y avait un tas de gens intéressants. Elle s'était un instant éloignée de Devon et rapprochée de Bee Buzz, la star du rap, et de sa femme, Tiffany. Ils s'étaient montrés tous deux très amicaux et avaient ri quand elle avait précisé qu'elle n'était pas apparentée à Cecil B. DeMille. Ça changeait de la façon dont on lui tournait le dos sur le pont quand elle essayait d'engager la conversation. Puis, au moment où tout le monde s'asseyait pour entendre les dernières nouvelles concernant Roger Pearson, Anna avait trébuché et Devon Michaelson l'avait entourée de son bras pour la retenir. Elle aurait voulu qu'il ne la lâche plus. Plus tard elle avait feint de trébucher à nouveau, mais il n'avait pas semblé le remarquer. Elle regarda autour d'elle.

« Quand on pense que nous nous sommes tous mis sur notre trente et un pour faire la fête, dit-elle inconsidérément. Cela laisse songeur, non ?

– On ne sait jamais ce que la minute suivante vous réserve, n'est-ce pas ? » renchérit Alvirah.

Ni Devon Michaelson ni Ted Cavanaugh ne daignèrent répondre, tous deux étaient en proie à leurs propres soucis.

42

LOIN DERRIÈRE le *Queen Charlotte* qu'il voyait s'éloigner avec désespoir, Roger Pearson nageait, nageait, s'efforçant de garder un rythme lent et régulier. Ne pas paniquer, se disait-il. Je suis bon nageur. Si je continue à avancer, j'ai peut-être une chance de m'en tirer.

Il aspirait de grandes bouffées d'air. Nous sommes dans un couloir de navigation très fréquenté, se rappela-t-il. J'aurai peut-être la chance de voir un autre navire croiser non loin. Il faut que j'y arrive. Même si je finis en prison, peu m'importe. Elle m'a fait tomber. *Elle m'a poussé.* Elle ira en prison avec moi. Et si on ne me croit pas, j'ai encore une carte dans ma manche. Je peux résilier cette assurance de cinq millions de dollars. C'est probablement pour cette raison qu'elle a voulu me supprimer. Eh bien, je vais me battre de toutes mes forces, avec acharnement. Il faut que je vive pour faire annuler cette assurance.

C'est alors qu'il se souvint des cours de survie en mer qu'il avait appris à la piscine quand il était scout. Une méthode qui avait marché en entraînement. Qu'en serait-il maintenant quand il s'agissait de sauver sa peau ?

Retenant sa respiration, Roger plongea sous l'eau et se démena pour ôter son pantalon. Battant des deux pieds pour continuer à flotter, il parvint à faire un double nœud avec les jambes du pantalon. Puis il passa la boucle ainsi formée par-dessus sa tête, le nœud vers l'arrière. La phase suivante, la plus difficile, consistait à s'agiter pour faire entrer le maximum d'air dans le pantalon par la ceinture et de serrer aussitôt cette dernière le plus fort possible pour le retenir.

Un réel sentiment d'espoir l'envahit quand le pantalon empli d'air forma un coussin qui flottait à la surface de l'eau. Pour tester sa bouée de fortune, il s'immobilisa. Sans effort de sa part, il pouvait maintenant se laisser porter par sa brassière improvisée.

Trop conscient que l'air ne manquerait pas de s'échapper lentement et qu'il lui faudrait répéter l'opération, il était malgré tout assuré de s'être octroyé un répit pour garder la tête hors de l'eau sans succomber à l'épuisement. Pendant assez longtemps ?

Une vague le recouvrit, lui emplissant les yeux d'eau salée, mais il les ferma et persévéra.

43

IL AVAIT FALLU éviter à tout prix que Roger soit arrêté. Après sa promenade sur le pont, il était revenu dans la cabine pâle et en sueur. « C'est inutile, avait-il dit. J'ai essayé de la convaincre de renoncer, en vain, cela n'a fait qu'éveiller ses soupçons. »

En repensant à son geste, Yvonne se sentit soudain prise de panique. Roger était resté assis sur la rambarde pendant quelques minutes, puis il avait dit : « Ça remue trop. » Au moment où il essayait de reprendre pied sur le balcon, il avait failli perdre l'équilibre. C'était alors qu'elle s'était précipitée et l'avait poussé de toutes ses forces.

Avant de tomber, il l'avait regardée, l'air interdit. Puis au moment où son corps basculait, il avait hurlé : « Non, non, non !... » La dernière image qu'elle avait de lui était celle de ses jambes et de ses pieds passant par-dessus bord.

Elle savait qu'elle avait fait une erreur en n'attendant pas plus longtemps avant d'aller clamer que Roger était tombé à la mer. Elle avait l'impression que quelques minutes seulement s'étaient écoulées avant que le commandant et les autres membres de l'équipage se mettent à fouiller le bateau à sa recherche.

C'est alors qu'elle s'était souvenue que Roger était un excellent nageur et qu'il avait fait partie de l'équipe de natation de son université. Et si jamais on le retrouvait en vie ? Elle n'arriverait pas à lui faire croire qu'elle l'avait fait tomber accidentellement en voulant l'aider.

La pensée que Roger puisse s'en tirer était si terrifiante qu'elle tremblait de tout son corps quand le médecin vint lui administrer un calmant. Brenda lui proposa de s'envelopper dans un plaid sur le canapé.

Elle devait se débarrasser de Brenda. Cette femme lui montrait une sympathie inhabituelle, lui offrant même de rester avec elle pour la nuit.

Au moment où Brenda s'apprêtait à la recouvrir de son maudit plaid, leur parvinrent des coups frappés à la porte en face dans le couloir. Un matelot criait d'une voix forte : « Excusez-moi, nous recherchons un certain M. Roger Pearson. Est-il dans cette cabine ? »

On lui répondit que non et le matelot s'approcha de la porte suivante.

Brenda se tourna vers Yvonne. « Voulez-vous que je reste ou que je vous laisse seule ?

– Merci, Brenda, mais je pense que je peux rester seule. Il faudra sans doute que je m'y habitue. Mais je vous remercie encore, tout ira bien. »

Quand Brenda fut enfin partie, Yvonne se leva et se servit un double scotch. Elle leva son verre en hommage à Roger. Tu te seras donc suicidé pour éviter vingt ans de prison. Combien de temps lui faudrait-il attendre avant de toucher les cinq millions de dollars de l'assurance ? Elle les obtiendrait peut-être dans le courant de la semaine suivant son retour à New York. Et si Roger avait détourné une partie des fonds de lady Em, où étaient-ils passés ? Avait-il un compte secret qu'elle ignorait ? En tout cas, une chose était certaine, si jamais le FBI l'interrogeait, elle les convaincrait sans mal qu'elle ignorait tout des finances de son mari.

Sur cette pensée réconfortante, la veuve joyeuse décida de s'offrir un deuxième Chivas Regal bien tassé.

44

« ENTREZ », dit Fairfax lorsque Saunders frappa à la porte. « Vous avez trouvé quelque chose ?

— Rien, commandant. Personne ne l'a vu depuis au moins deux heures. Je suis certain qu'il n'est pas sur le bateau.

— Ce qui signifie qu'il est probablement passé par-dessus bord à l'heure que sa femme nous a indiquée.

— C'est à craindre, monsieur. »

Fairfax resta un instant silencieux. « Les Pearson occupaient une suite sur le pont supérieur, n'est-ce pas ?

— Exact.

— Il est donc tombé d'au moins dix-huit mètres. Quelles chances de survie, selon vous ?

— Très faibles, voire nulles, monsieur. Il est tombé en arrière et il avait bu. S'il a survécu à la chute, il y a de fortes chances que le choc l'ait laissé inconscient. Dans ce cas, il aura coulé rapidement, surtout si on considère le poids de ses vêtements mouillés. Même si nous étions partis à sa recherche sur-le-champ, je crois que l'issue n'aurait pas été différente.

– Je sais, et je suis d'accord avec vous, soupira le commandant. Je vais appeler Morrison et le mettre au courant. Je veux que vous appeliez le père Baker et lui demandiez de venir me voir ici.

– Très bien, monsieur », dit Saunders en se dirigeant vers la porte.

Morrison décrocha immédiatement. Après lui avoir expliqué comment ils étaient arrivés à la conclusion que Pearson était sans doute mort, le commandant le prévint qu'il avait l'intention d'aller prévenir son épouse et qu'il serait accompagné de l'aumônier du bord.

La voix sonore de Morrison retentit dans l'appareil. « Je sais que vous saurez très bien lui apprendre la triste nouvelle. Dites-lui n'importe quoi pour qu'elle retrouve son calme. Il est hors de question que nous fassions demi-tour. »

45

ON EÛT DIT que personne n'avait sommeil. Bien que le spectacle de la soirée, un duo de chanteurs interprétant de grands airs d'opéra, ait été annulé, dans les bars les tables et les fauteuils étaient occupés. Le casino était encore plus bondé qu'à l'accoutumée.

S'efforçant d'échapper à ses pensées, lady Em avait invité ses amis à prendre un dernier verre en sa compagnie. C'est là que Brenda les retrouva après avoir quitté Yvonne. Tout le monde lui demanda de ses nouvelles.

Très vite le bruit commença à se répandre que les recherches pour retrouver Roger Pearson étaient restées vaines. Le commandant et l'aumônier Baker avaient rendu visite à sa femme pour lui annoncer que son mari avait très certainement disparu en mer et qu'il était inenvisageable d'engager le bateau dans une opération de recherche.

Ted Cavanaugh avait choisi une table pour quatre. Alvirah et Willy l'accompagnaient, et Alvirah ne manqua pas de remarquer que Ted s'était précipité pour s'installer à une table proche de

166

celle de lady Em. Il ne lui échappa pas non plus que lady Em avait croisé le regard du jeune homme et s'était brusquement détournée. Devon Michaelson avait à nouveau décliné leur invitation. Anna DeMille s'était emparée d'un siège au bar, à côté d'un homme de son âge qui semblait seul.

Soudain, lady Em quitta sa table. « Brenda réglera ma note », dit-elle. Elle faisait un effort visible pour garder une voix égale. « Je suis épuisée. Je vous souhaite à tous une bonne nuit. »

Brenda se leva d'un bond. « Je vais vous accompagner. »

À Dieu ne plaise, espèce de voleuse, pensa lady Em, mais sa réponse fut simple et définitive : « Non, ce ne sera pas nécessaire. »

Elle sentait des élancements dans l'épaule gauche qui se diffusaient le long de son bras. Elle devait regagner sa suite au plus vite et prendre une pilule de trinitrine.

En partant, lady Em passa près de la chaise de Ted Cavanaugh, hésita, puis continua.

Alvirah nota combien elle avait l'air sombre et, perplexe, se fit la remarque qu'elle semblait irritée de le voir.

Quelques minutes plus tard, au moment où tout le monde s'apprêtait à partir, elle parvint à échanger quelques mots avec Célia. « Je n'ai pas eu l'occasion, au cocktail du commandant, de vous dire que vous étiez ravissante ce soir. Comment allez-vous ?

– Ni mieux ni plus mal », lui répondit Célia, avant d'ajouter : « Vous êtes toujours persuadée au fond de vous que les choses finiront par s'arranger, n'est-ce pas ? »

Ted Cavanaugh avait surpris leur conversation. D'abord étonné, il avait compris pourquoi la jeune femme ne lui était pas inconnue. Célia Kilbride était la fiancée de Steven Thorne, l'escroc du fonds spéculatif. Beaucoup la croyaient impliquée dans la fraude. Il se demandait si c'était la vérité. Dieu sait pourtant qu'elle avait le visage d'un ange !

46

L'HOMME AUX MILLE VISAGES ne s'attarda pas à pleurer la disparition de Roger Pearson. À dire vrai, la diversion tombait à pic. Tout le monde à bord ne parlait que de ça – pour déplorer l'accident, bien entendu. C'était non seulement un grand malheur pour la famille et les amis de Roger, mais aussi un incident regrettable pour la Castle Lines. Le voyage inaugural du *Queen Charlotte* resterait à jamais dans les mémoires marqué par cette tragédie. Le luxe qui régnait à bord serait oublié.

C'est dommage, se dit-il, saisi du frisson habituel qui le parcourait quand il se préparait à passer à l'attaque. La plupart du temps, il s'emparait de l'objet qu'il convoitait sans être confronté à la déplorable nécessité de mettre fin à une vie. Il en serait peut-être autrement ce soir. Il était malheureusement peu probable que lady Em ne se réveille pas durant la visite qu'il s'apprêtait à lui faire. Il l'avait entendue se plaindre d'avoir le sommeil très léger.

Mais il ne pouvait attendre plus longtemps. Au cocktail du commandant, il avait compris que ce dernier pressait la chère vieille dame de lui confier la garde de son collier. Si elle suivait son conseil, il n'aurait probablement plus aucune chance de s'en emparer.

Pendant cette soirée, il avait eu du mal à en détacher son regard. Il n'était pas seulement magnifique. Il était la perfection même.

Et dans quelques heures, d'une manière ou d'une autre, il serait en sa possession.

47

ALVIRAH ET WILLY avaient à peine regagné leur suite qu'elle lui demanda d'un ton inquiet : « Willy, as-tu remarqué que lady Em a commencé à se diriger vers Ted Cavanaugh puis qu'elle a brusquement changé d'avis ?

– J'ai pensé qu'elle lui disait bonsoir, sans plus, dit Willy. Qu'y a-t-il de surprenant ?

– Il y a quelque chose d'étrange dans la manière dont il la suit à la trace, dit fermement Alvirah.

– Qu'est-ce que tu insinues, chérie ?

– Crois-moi. Je suis sûre qu'il la file. Ce soir au cocktail, il s'est dirigé droit vers elle, les yeux rivés sur son collier. Je l'ai entendu dire : "C'est le plus fabuleux bijou de l'antiquité égyptienne que j'aie jamais vu."

– C'est juste un aimable compliment », dit Willy avec un bâillement, espérant qu'Alvirah comprendrait qu'il avait surtout envie de gagner son lit.

« Willy, je marchais cet après-midi sur le pont-promenade pendant que tu faisais tes mots croisés. Lady Em se trouvait à cinq mètres devant moi. Quelqu'un m'a dépassée rapidement. C'était Ted

Cavanaugh. Il s'est dirigé vers lady Em et s'est mis à lui parler. Je ne t'apprends rien, la plupart des gens qui se baladent sur le pont-promenade ne cherchent pas à entamer une conversation avec de quasi-inconnus, et encore moins avec quelqu'un comme lady Em.

– Lady Em n'est pas le genre de personne avec qui on a envie de faire copain-copain, reconnut Willy.

– Je suis absolument certaine qu'il lui a dit quelque chose de désagréable, car en le quittant elle s'est retournée et hâtée de rentrer à l'intérieur comme si elle voulait lui échapper.

– En tout cas, elle l'a sûrement remis à sa place avant de partir », dit Willy en ôtant sa veste de smoking. « Chérie, la journée a été longue. Est-ce qu'on ne pourrait pas... ?

– J'ai remarqué autre chose l'autre soir », l'interrompit Alvirah, en défroissant sa robe. « Nous étions particulièrement bien placés pour observer ce qui se passait à la table de lady Em, et je ne pouvais m'empêcher de la regarder. Elle me fascine. Mais ensuite, je me suis intéressée à Yvonne et Roger.

« Willy, ces deux-là avaient une expression à vous figer les sangs. Surtout Yvonne. Elle avait un air tellement méchant quand elle le regardait. Je me demande ce qu'elle ressent maintenant, après ce terrible accident. Toi, par exemple, comment te sentirais-tu si nous étions fâchés et que je tombais à l'eau ?

– Chérie, nous ne sommes jamais fâchés, donc la question ne se pose pas.

– Sans doute, mais je me dis quand même qu'Yvonne doit être bourrelée de remords si Roger et elle se sont querellés avant l'accident. »

Alvirah n'avait pas sommeil et aurait aimé prolonger la conversation, mais elle vit Willy bâiller à nouveau et décida de remettre leur discussion au lendemain. Pourtant, une fois couchée, elle ne parvint pas à trouver le sommeil. Son instinct lui disait qu'ils n'en avaient pas fini avec cette histoire.

48

L A REBUFFADE que Brenda avait essuyée quand elle avait proposé à lady Em de la raccompagner à sa cabine était bien la preuve que sa patronne était au courant de la substitution de ses bijoux. Elle savait aussi ce qui arriverait lorsque les soupçons de lady Em seraient confirmés.

Dans sa cabine, Brenda se souvint dans les moindres détails du sort qu'elle avait réservé à Gérard, le cuisinier qui était à son service depuis vingt ans. Il l'avait suppliée de ne pas déposer plainte quand elle avait découvert qu'il la volait. Lady Em lui avait répondu qu'un séjour en prison lui ferait le plus grand bien. Elle avait ajouté : « J'ai payé les frais de scolarité de vos trois enfants dans de bonnes universités. Je me suis souvenue de leurs anniversaires. J'avais confiance en vous. Maintenant partez. Je vous verrai au tribunal. »

C'est exactement ce qu'elle me dira, pensa Brenda, affolée. Je ne le supporterai pas. Elle avait presque réussi à surmonter ses crises de claustrophobie, mais à présent elle avait l'impression terrifiante qu'on la poussait dans une cellule de prison dont la porte se refermait bruyamment sur elle.

Elle n'avait qu'un moyen de s'en sortir. Lady Em avait déclaré au cours de la soirée qu'elle ne se sentait pas bien. Si elle venait à mourir, le médecin du bord constaterait qu'elle souffrait d'insuffisance cardiaque. Elle prenait quantité de médicaments. J'ai la clé de sa suite, se dit Brenda. Quand elle sortira se promener, j'entrerai et mélangerai certains d'entre eux. Ses pilules pour le cœur sont très fortes. Mêlées à d'autres, elles peuvent déclencher une crise cardiaque. C'était le seul moyen d'échapper à la prison. À moins de trouver une meilleure idée.

Qui sait ?

49

APRÈS s'être débarrassée de Brenda, Yvonne savoura ses deux scotchs, puis appela le maître d'hôtel de l'étage. S'il s'étonna d'entendre la veuve, soi-disant éplorée, commander un menu entrée-plat-dessert accompagné d'une bouteille de pinot noir, il n'en laissa rien paraître. Avec l'obséquiosité de mise, il la servit en lui rappelant que si elle désirait quoi que ce soit, il serait à sa disposition toute la nuit.

Il revint à temps enlever la table roulante du dîner, quelques minutes avant l'arrivée du commandant et du père Baker, ce en quoi elle lui fut reconnaissante. Alors que le commandant lui expliquait pourquoi ils ne feraient pas demi-tour pour rechercher Roger, Yvonne détourna la tête, inquiète à l'idée d'avoir les yeux rougis par le whisky. Mais elle se reprit. Elle était une veuve en pleurs, il était normal qu'elle ait les yeux rouges. Et si quelques scotchs m'aident à surmonter cette tragédie, qui me le reprochera ?

Lorsqu'ils furent partis, Yvonne se servit un verre de vin et réfléchit à l'avenir. Normalement, elle

176

allait toucher l'assurance vie de Roger. Cinq millions de dollars. Combien de temps dureraient-ils ? L'appartement de Park Avenue et la maison d'East Hampton étaient entièrement payés, mais seraient sûrement saisis si la malversation de Roger était découverte. Et avec le style de vie luxueux auquel elle était habituée, cinq millions de dollars seraient vite volatilisés.

Savourant lentement son verre, Yvonne passa en revue les options qui s'offraient à elle. Il était clair que lady Em allait commander cet audit extérieur dès son retour à New York. Y avait-il un moyen de l'en empêcher ? Après tout, une malédiction était attachée au collier de Cléopâtre. « Quiconque emportera ce collier en mer ne regagnera jamais le rivage. » Avec un sourire narquois, Yvonne se demanda si, comme son mari, lady Em aimait s'asseoir sur la rambarde de son balcon.

Pendant un long moment, elle continua à tourner dans son esprit les solutions à ses problèmes. Elle n'avait eu aucun mal à se débarrasser de Roger.

En serait-il de même avec lady Em ?

50

AVEC UN SOUPIR de soulagement, Célia referma la porte de sa cabine et déposa sa pochette sur la table basse. Comme il paraissait loin le moment où elle avait déjeuné avec les Meehan et été réconfortée par l'optimisme communicatif d'Alvirah. Elle n'ignorait pas que certains passagers l'avaient reconnue. Ils savaient qu'elle était l'ex-fiancée, peut-être la complice, de Steven Thorne et elle avait surpris à plusieurs reprises l'expression embarrassée des uns et des autres.

Elle resta longtemps assise au bord de son lit, à se convaincre de tenir bon. Rétrospectivement, elle se demandait si elle n'avait pas commis une erreur en portant cette robe ce soir-là. Elle lui avait valu de nombreux compliments, mais les auteurs de ces éloges se demandaient peut-être si elle lui avait été offerte par Steven avec de l'argent sale. Il était même possible que d'autres victimes de Steven soient à bord du *Queen Charlotte* en ce moment même. Les gens qui s'étaient laissé leurrer par sa promesse de rendements mirobolants venaient d'horizons très divers.

Je ferais mieux de ne pas penser à tout ça, se dit-elle en retirant ses boucles d'oreilles. Le téléphone sonna.

Son interlocutrice alla droit au but. « Célia, dit lady Em. Je sais que ma demande va vous paraître abusive, mais pourriez-vous venir me rejoindre dans ma suite ? C'est extrêmement important. Et cela peut sembler ridicule, mais pourriez-vous apporter votre microscope avec vous ? »

Célia ne put dissimuler la surprise dans sa voix : « Si vous voulez. » Elle s'apprêtait à demander à lady Em si elle se sentait souffrante, mais elle se contenta d'ajouter : « J'arrive tout de suite. »

La porte de la suite de lady Em était entrouverte. Célia frappa un coup hésitant, puis la poussa et entra dans la pièce. Lady Em était assise dans un grand fauteuil à oreilles recouvert de velours rouge. Célia eut l'impression d'être en présence d'une reine sur son trône. Il y avait quelque chose de majestueux chez cette femme. Mais c'est avec lassitude qu'elle s'adressa à Célia : « Merci beaucoup, Célia. Je n'avais pas prévu de vous demander de venir me retrouver à cette heure. »

Célia sourit. D'un pas rapide, elle traversa la pièce et s'assit sur la chaise la plus proche de lady Em. Voyant son visage profondément marqué par la fatigue, elle lui demanda sans détour : « Lady Em, que puis-je faire pour vous ?

– Célia, avant de vous expliquer pourquoi je vous ai priée de venir ici, je veux que vous sachiez deux choses. La première est que je suis au courant des agissements déplorables de votre fiancé.

Et sachez que je suis absolument convaincue que vous n'avez rien à y voir.

– Merci, lady Em. Vous l'entendre dire compte beaucoup pour moi.

– C'est tellement réconfortant de pouvoir parler franchement à quelqu'un de confiance. Dieu sait qu'il y a peu de personnes au monde à qui je peux me fier aujourd'hui. Et c'est pourquoi je me sens tellement coupable. Je suis sûre que la mort de Roger n'est pas un accident, mais un suicide, et cela par ma faute.

– Votre faute ! s'exclama Célia. Mais comment pouvez-vous raisonnablement penser que... ? »

Lady Em leva la main. « Écoutez-moi, Célia. L'explication est très simple. J'étais à un cocktail quelques jours avant notre départ. Il y a plusieurs dizaines d'années Richard et moi avons engagé la société de conseil du grand-père de Roger pour s'occuper de la gestion de nos affaires. Puis nous avons continué avec le père de Roger. Lorsque celui-ci est mort dans un accident, j'ai été fidèle à Roger. Mais à ce cocktail, j'ai rencontré un vieil ami qui m'a conseillé de me méfier. Selon lui, Roger n'était pas le modèle d'intégrité que son père et son grand-père avaient été. Des bruits couraient selon lesquels d'anciens clients de Roger le soupçonnaient d'avoir allègrement puisé dans leurs comptes. Mon ami m'a suggéré de faire vérifier l'état de mes finances par un cabinet indépendant.

« J'ai été tellement troublée par cet avertissement que j'ai informé Roger de ma décision de faire procéder à un audit. » D'une voix soudainement attristée, elle poursuivit : « J'ai connu Roger enfant. Quand j'avais mon yacht, j'invitais souvent son père et sa mère à passer leurs vacances avec moi. Naturellement, ils emmenaient Roger avec eux. Je disais en riant qu'il était le fils que je n'avais pas eu. Eh bien, il a révélé qu'il était un piètre fils.

– Qu'auriez-vous fait si l'audit avait montré que vous aviez raison ?

– Je l'aurais poursuivi en justice, dit fermement lady Em. Et il le savait. Il y a quelques années, le chef cuisinier qui était à mon service depuis vingt ans et dont j'avais financé les études des enfants, s'est mis à tricher sur les notes d'alcool et de nourriture. Je reçois beaucoup et j'ai mis longtemps à m'en apercevoir. Il a été condamné à deux ans de prison.

– Il les méritait. "Quiconque vole son prochain, surtout si celui-ci s'est montré bon envers lui, mérite la prison." »

Lady Em resta silencieuse un instant, puis demanda : « Célia, avez-vous apporté votre microscope ?

– Oui, bien sûr. Cela s'appelle un oculaire. »

Pour la première fois, Célia s'aperçut que lady Em tenait un bracelet à la main. Elle le lui tendit.

« Voulez-vous regarder ce bijou et me dire ce que vous en pensez ? »

Célia sortit son oculaire de son sac. L'approchant de son œil, elle fit lentement pivoter le bracelet devant la lentille. « Malheureusement, je n'en pense pas grand-chose. Les diamants sont de qualité médiocre, de cette sorte que l'on trouve dans les bijouteries discount.

– Je m'y attendais. »

Les lèvres de la vieille dame tremblaient. Elle demeura un moment comme perdue dans ses pensées avant d'ajouter : « Et, c'est bien triste, cela signifie que Brenda, ma fidèle assistante qui m'accompagne depuis vingt ans, est aussi une voleuse. »

Elle reprit le bracelet. « Je vais le remettre au coffre et faire comme si de rien n'était. Je crains d'avoir déjà laissé transparaître mes doutes devant Brenda. »

Elle porta la main à son cou et défit le fermoir du collier de Cléopâtre. « Célia, j'ai vraiment agi comme une vieille folle en emportant ce trésor avec moi durant ce voyage, j'en ai bien peur. J'ai changé d'avis à propos du don que je voulais faire au Smithsonian Institute. Une fois rentrée à New York, je le remettrai à mes avocats, et leur demanderai d'arranger avec le cabinet de M. Cavanaugh sa restitution à l'Égypte. »

Célia devinait la réponse, mais elle posa néanmoins la question : « Qu'est-ce qui vous a fait changer d'avis ?

– M. Cavanaugh est un charmant jeune homme. Il m'a convaincue que, quel que soit le prix qu'avait payé le père de Richard pour acquérir ce collier, il provenait du pillage d'une tombe. Le plus légitime est de le restituer au peuple égyptien.

– Si vous m'aviez demandé mon avis, lady Em, je vous aurais dit la même chose. Vous avez pris la bonne décision.

– Merci, Célia. »

Lady Em effleura d'un doigt son collier. « Ce soir, pendant le cocktail, le commandant Fairfax m'a suppliée de le lui confier pour qu'il le mette à l'abri dans son coffre personnel et poste un garde devant sa cabine afin d'en assurer la sécurité. Il m'a dit qu'Interpol l'avait averti qu'il était possible que l'Homme aux mille visages, le voleur de bijoux international, soit sur notre bateau. Je lui ai répondu que j'avais l'intention de le porter demain soir, mais je pense maintenant que ce serait une erreur. »

Faisant glisser le collier de son cou, elle le tendit à Célia. « Je vous en prie, prenez-le. Mettez-le dans le coffre de votre cabine et donnez-le au commandant demain matin. Je resterai dans ma suite toute la journée. J'y prendrai mes repas et laisserai Brenda libre de faire ce qu'elle veut. Franchement, j'ai besoin d'un peu de calme pour décider quoi faire au sujet des malversations de Brenda et de Roger.

– Je ferai ce que vous voulez », dit Célia. Elle prit le collier puis enlaça lady Em et l'embrassa sur le front. « Aucune de nous deux ne mérite de vivre des épreuves pareilles, mais nous les surmonterons.

– Oui, j'en suis sûre. Bonsoir, Célia. »

Célia se dirigea vers la porte et disparut dans le couloir.

51

C'ÉTAIT la malheureuse victime d'un homme qui ne s'était pas contenté de la flouer, mais avait tenté de l'associer à son crime. La pauvre enfant, pensa lady Em en s'apprêtant à se coucher. Je suis contente de lui avoir confié le collier. Il sera plus en sûreté dans le coffre du commandant.

Elle se sentait soudain exténuée. J'ai l'impression que je vais enfin pouvoir dormir, se dit-elle en s'assoupissant. Environ trois heures plus tard, elle fut brusquement réveillée par la sensation d'une présence dans sa chambre. Dans le clair de lune, une silhouette s'avançait vers son lit.

« Qui êtes-vous ? Sortez ! » cria-t-elle avant de sentir quelque chose de doux s'abattre sur elle et lui couvrir le visage. « Je ne peux pas respirer, j'étouffe… », tenta-t-elle de protester. Elle essaya désespérément de repousser le poids qui la suffoquait, mais n'en eut pas la force.

Alors qu'elle perdait conscience, son ultime pensée fut que la malédiction du collier de Cléopâtre s'était finalement accomplie.

Quatrième jour

52

LADY EM avait demandé qu'on lui apporte son petit-déjeuner à huit heures. Raymond Broad, le maître d'hôtel, frappa, puis ouvrit en poussant son chariot. La porte de la chambre était entrouverte et il vit lady Em endormie dans son lit. Hésitant, il décida de retourner à l'office et de téléphoner pour la prévenir que son petit-déjeuner était servi.

N'obtenant pas de réponse après plusieurs sonneries prolongées, Raymond commença à s'inquiéter. Lady Em était âgée. Il avait vu un bel éventail de médicaments dans l'armoire de la salle de bains quand il avait rangé ses affaires. Ce ne serait pas la première fois qu'une personne très âgée mourrait au cours d'une croisière.

Avant d'appeler le médecin, il retourna chez elle, frappa à la porte entrouverte de la chambre et l'appela. Aucune réaction. Après avoir un peu tergiversé, il entra. Il lui toucha la main. Comme il le craignait, elle était froide. Lady Emily Haywood était morte. Bouleversé, Raymond se précipita sur le téléphone posé sur la table de chevet.

C'est alors qu'il vit le coffre ouvert et les bijoux éparpillés sur le sol. Mais il préféra ne pas y toucher. Il n'avait pas envie d'être accusé de vol. Il téléphona au médecin du bord.

Soixante-huit ans, grisonnant, le Dr Edwin Blake avait pris sa retraite trois ans plus tôt après une carrière de chirurgien vasculaire réputé. Il était veuf depuis longtemps avec trois enfants adultes, et un de ses amis membre de la Castle Lines lui avait proposé le poste de chef du service médical à bord d'un paquebot de la ligne. L'idée de voyager lui plaisait, et c'est avec enthousiasme qu'il avait accepté d'assurer cette fonction sur le *Queen Charlotte*.

Après avoir reçu l'appel de Raymond, il se précipita jusqu'à la suite de lady Em. Un seul regard lui suffit pour savoir qu'elle était bien morte. Mais un détail le frappa aussitôt : un de ses bras pendait hors du lit, et l'autre faisait un angle bizarre au-dessus de sa tête. En se penchant, il remarqua du sang séché au coin de sa bouche.

Saisi d'un soupçon, il regarda autour de lui. L'autre oreiller gisait sur le couvre-lit. Il le retourna et y vit alors une trace de sang révélatrice. Ne voulant pas que Raymond puisse deviner ses pensées, il hésita un instant avant de dire : « J'ai bien peur que cette pauvre femme ait atrocement souffert avant d'être emportée par une crise cardiaque. »

Il prit Raymond par le bras et le reconduisit hors de la chambre, puis ferma la porte derrière lui : « Je vais informer le commandant Fairfax du décès de lady Haywood. Sachez que vous ne devez en dire mot à personne. »

L'autorité qui se dégageait de sa voix ôta toute envie à Raymond de se ruer sur le téléphone pour mettre au courant tous ses amis du personnel. « Bien entendu, monsieur, mais c'est bien triste, n'est-ce pas ? Lady Haywood était une dame charmante. Et penser qu'hier seulement ce terrible accident est arrivé à M. Pearson. »

Ce décès n'est pas un accident, pensa sombrement le Dr Blake, s'apprêtant à aller trouver le commandant. Puis il s'arrêta. « Raymond, je voudrais que vous montiez la garde devant cette porte. Personne, je dis bien personne, ne doit entrer ici avant mon retour. Est-ce clair ?

– Absolument. L'assistante de lady Em a une clé. Ce serait terrible qu'elle entre avant d'avoir été informée de ce qui est arrivé, n'est-ce pas ? »

Ou avant qu'elle essaye de détruire des indices qui l'accuseraient de meurtre, pensa Edwin Blake.

53

LE CHEF de la sécurité Saunders, le Dr Blake et le commandant Fairfax arrivèrent ensemble dans la suite de lady Em. Avant de faire transporter le corps à la morgue du bateau, on photographia sous tous les angles le visage de la vieille dame, la position de son bras droit et les taches de sang sur l'oreiller.

Le vol paraissait sans conteste le mobile du crime. Saunders se dirigea vers le coffre ouvert et en inspecta le contenu. Outre les divers bagues et bracelets dispersés sur le sol, il constata qu'un certain nombre de bijoux avaient été répandus sur l'étagère intérieure. Il y avait aussi des écrins ouverts dans le bas de la penderie, en partie dissimulés par les longues robes du soir.

« Le collier d'émeraudes est-il là ? » demanda calmement le commandant.

Saunders l'avait vu au cou de lady Em lors du dîner. « Non, monsieur, il n'y est pas. Ce qui confirme que nous avons affaire à un cambriolage, suivi d'un meurtre. »

54

GREGORY MORRISON était un milliardaire flamboyant qui avait réalisé son rêve d'enfant : devenir propriétaire d'une compagnie de croisières.

Il avait été assez avisé pour ne pas suivre les conseils de son père, capitaine de remorqueur, qui le poussait à laisser tomber ses études après le lycée et à se lancer sans tarder dans le remorquage de paquebots vers la haute mer. Au lieu de quoi, il s'était inscrit à l'université, en était sorti parmi les premiers de sa promotion et avait ensuite obtenu son MBA. Par la suite, devenu analyste dans une entreprise de la Silicon Valley, il avait su repérer les start-up qui développaient les technologies les plus prometteuses. Quinze ans après avoir créé son propre fonds d'investissement, il l'avait vendu et était devenu milliardaire.

Morrison était alors revenu au rêve de sa vie. Il avait acheté son premier bateau aux enchères, l'avait entièrement restauré et s'était mis en tête d'organiser sa première croisière. Avec l'aide d'une agence de relations publiques de premier plan, il avait fait le siège de personnalités importantes dans différentes professions, les invitant à participer au voyage inaugural. En échange de cette croisière gratuite, il avait obtenu qu'elles partagent avec leurs innombrables *followers* sur Facebook et Twitter leurs impressions. Succès assuré. Sa nouvelle compagnie de croisières était vite devenue célèbre.

Les réservations étaient closes deux ans à l'avance. Avait suivi rapidement l'acquisition d'un deuxième, puis d'un troisième et d'un quatrième navire, jusqu'à ce que les Croisières Gregory Morrison deviennent le premier choix des amateurs de ce mode de voyage.

Morrison avait alors soixante-trois ans. Il avait la réputation d'être un redoutable perfectionniste et de passer à la moulinette tout ce qui se mettait en travers de son chemin, les hommes comme le reste. L'essentiel de ce qu'il avait accompli jusqu'alors lui avait servi de tremplin pour réaliser son rêve ultime : construire et faire naviguer un transatlantique qui ne ressemblerait à aucun autre, et qui ne serait jamais surpassé en termes de luxe et d'élégance.

Il voulait l'emporter sur le *Queen Mary*, le *Queen Elizabeth* et le *Rotterdam*. Il ne voulait ni associés ni actionnaires. Le bateau qu'il ferait construire serait son chef-d'œuvre personnel. En étudiant les dossiers des installations de tous les autres paquebots, il avait constaté que le plus magnifique, le plus luxueux de tous, était le *Titanic*. Il avait donné l'ordre à son architecte d'en reproduire à l'identique le splendide escalier et la salle à manger des premières classes. On y trouverait également des aménagements dignes de cette époque, y compris un salon-fumoir pour les gentlemen, des courts de squash et de racquetball, mais aussi une piscine olympique.

Les suites et les cabines seraient beaucoup plus vastes que sur les lignes concurrentes. Et le raffinement des salles à manger dépasserait même celui qui avait fait la gloire du *Titanic*. Les passagers de première classe disposeraient de couverts en argent massif, les autres en métal argenté. La vaisselle serait de la plus fine porcelaine.

Comme sur le *Queen Elizabeth* et le *Queen Mary*, les murs seraient ornés de portraits de monarques anglais et de membres des familles royales européennes. Aux yeux de Gregory Morrison, le plus petit détail avait son importance quel qu'en soit le prix. Il avait choisi le nom de *Queen Charlotte*, en l'honneur de la princesse Charlotte, l'arrière-petite-fille de la reine Élisabeth II.

Ce que Gregory n'avait pas prévu c'était le coût démesuré d'une entreprise de cette taille. Il était absolument essentiel que ce voyage inaugural soit un succès retentissant, sans quoi sa lubie risquait de mettre à mal ses finances.

Il regrettait amèrement d'avoir laissé son agence de relations publiques utiliser le nom du *Titanic* dans ses communiqués de presse. La presse avait ignoré l'allusion à la splendeur de l'ancien paquebot, pour se concentrer sur le souvenir de sa funeste première traversée.

Pendant les trois premiers jours de la croisière, il resta attentif à perfectionner tout ce qui lui semblait devoir l'être.

Massif, de haute taille, avec des yeux au regard perçant et une masse de cheveux argentés, Morrison était un personnage d'envergure. Tout le monde le craignait, depuis le chef et le personnel de cuisine jusqu'aux employés derrière leurs bureaux et aux serveurs des restaurants et des cabines. Ainsi donc, quand le commandant Fairfax demanda à le voir, la réaction de Morrison ne l'étonna pas :

« Qu'est-ce qu'il y a encore ?

– Je pense que nous devrions avoir cette conversation en privé dans votre suite, monsieur.

– J'espère que vous n'allez pas m'annoncer qu'un autre passager est passé par-dessus bord, gronda Morrison. Montez immédiatement. »

Sa porte était déjà ouverte quand Fairfax, John Saunders et le Dr Blake arrivèrent. À la vue du médecin, il s'exclama : « Ne me dites pas que quelqu'un d'autre est mort !

– Je crains que ce ne soit pire, monsieur, dit le commandant. Car ce n'est pas n'importe qui. Lady Emily Haywood a été trouvée ce matin sans vie dans la chambre de sa suite. »

Morrison explosa littéralement. « Lady Emily Haywood ! Bon sang, qu'est-ce qui lui est arrivé ? »

Ce fut le Dr Blake qui répondit. « Lady Haywood n'est pas décédée de mort naturelle. Elle a été étouffée avec un oreiller appliqué sur son visage.

Il ne fait aucun doute dans mon esprit qu'il s'agit d'un homicide. »

Le visage de Morrison habituellement rougi par la vie en mer devint soudain d'un gris terreux.

Serrant et desserrant les poings, il demanda : « Hier soir, elle portait le collier de Cléopâtre. L'avez-vous retrouvé dans sa chambre ?

– Le coffre était ouvert, les bijoux éparpillés sur le sol. Le collier de Cléopâtre ne s'y trouvait pas », dit Saunders avec calme.

Morrison demeura silencieux pendant une longue minute. Sa première préoccupation, c'était de s'assurer de garder le secret sur ce meurtre. Et d'éviter la terrible publicité qui s'ensuivrait inévitablement si la nouvelle se répandait.

« Qui d'autre est au courant ? demanda-t-il.

– En dehors de nous quatre, Raymond Broad, le maître d'hôtel de la suite de lady Em. C'est lui qui a découvert le corps. Je lui ai dit qu'elle était apparemment décédée de mort naturelle, répondit le Dr Blake.

– Bon. Le fait qu'il s'agisse d'un assassinat ne doit sous aucun prétexte sortir de cette cabine. Fairfax, vous allez rédiger un communiqué transmis par radio annonçant que lady Haywood est morte paisiblement dans son sommeil. Et pas un mot sur la disparition du collier.

– Si je peux faire une suggestion, monsieur, quand les autorités monteront à bord à Southampton, leur première question sera de demander quelles mesures ont été prises pour conserver intacte la scène de crime et vérifier qui est entré

195

ou sorti de la suite de lady Em. Maintenant, il nous faut y retourner pour faire transporter le corps à la morgue, dit Saunders.

– Ne peut-on attendre le milieu de la nuit ? demanda Morrison.

– Monsieur, je ne pense pas que ce soit une bonne idée ; cela pourrait éveiller les soupçons, dit le Dr Blake. Puisque nous devrons de toute façon faire l'annonce du décès de lady Em, il ne paraîtra pas anormal que le corps, recouvert bien entendu, soit transporté à la morgue.

– Alors, emmenez-la quand la plupart des passagers seront en train de déjeuner, ordonna Morrison. Que savons-nous du maître d'hôtel ? »

Saunders répondit : « Comme je l'ai dit, c'est lui qui a découvert le corps. Hier soir, elle a demandé que son petit-déjeuner lui soit servi dans sa chambre, ce qu'il s'apprêtait à faire. Au moment où il l'a trouvée, elle était morte depuis au moins cinq ou six heures. L'auteur du crime a agi vers trois heures du matin. En ce qui concerne M. Broad, il travaille sur les bateaux de votre compagnie depuis quinze ans, y compris à la Morrison River Cruises. On ne lui a jamais reproché le moindre manquement.

– Et le tueur, il est entré par effraction dans sa chambre ?

– La serrure de la porte ne semble pas avoir été fracturée.

– Qui d'autre avait une clé de la suite ?

– Nous savons que son assistante de longue date, Brenda Martin, en avait un double, dit

Saunders. Mais laissez-moi vous rappeler que, si les rumeurs sont exactes, le voleur international qu'on appelle l'Homme aux mille visages serait à bord du bateau. En fait, à en croire les messages sur Internet, il aurait même annoncé lui-même sa présence. Un individu de cet acabit doit savoir comment neutraliser la serrure d'une porte.

– Pourquoi ne m'a-t-on pas dit que ce bandit était à bord ? » rugit Morrison.

Cette fois, c'est Fairfax qui répondit. « Je vous ai fait parvenir une note, monsieur, vous informant qu'un membre d'Interpol voyageait parmi les passagers pour renforcer la sécurité.

– Visiblement, cet idiot ne s'est pas tué à la tâche !

– Monsieur, intervint Saunders, devons-nous avertir le département juridique et leur demander leur assistance ?

– C'est hors de question ! explosa à nouveau Morrison. Je veux qu'on arrive à Southampton à temps sans aucun autre incident et qu'on me débarrasse de ce foutu cadavre.

– Autre chose, monsieur. Les bijoux répandus sur le sol ont probablement beaucoup de valeur. Si nous les laissons tels quels, nous courons le risque qu'ils... » il s'interrompit « ... qu'ils disparaissent. Si nous entrons et les retirons...

– Je sais, le coupa Morrison. Nous courons le risque de contaminer la scène de crime.

– J'ai pris l'initiative, monsieur, de poster un garde devant la porte de la suite », dit Saunders.

Morrison ignora sa remarque. « Vous êtes certains que le maître d'hôtel n'y est pour rien ? Si c'est lui, je ne veux pas le savoir. Vous n'ignorez pas, j'en suis sûr, que si un membre de l'équipage est reconnu coupable du crime, le propriétaire du bateau est entièrement responsable en cas de poursuites judiciaires. » Morrison se mit à faire les cent pas dans la pièce en serrant les poings. « Nous connaissons cette Brenda Martin, son assistante, dit-il. En dehors d'elle, qui faisait partie des invités de lady Haywood ?

— Roger Pearson, l'homme qui est tombé à la mer, son conseiller financier et gérant de sa fortune ; lui et sa femme Yvonne.

— J'ai vu certaines personnes à sa table, hier, dit Morrison. Qui était cette ravissante jeune femme ? J'ai fait sa connaissance au cocktail, mais j'ai oublié son nom.

— Célia Kilbride, une de nos conférenciers. Il y avait aussi le professeur Longworth, dit Saunders.

— Elle est spécialiste en pierres précieuses », ajouta le commandant Fairfax.

« Monsieur Morrison, dit Saunders, je crois qu'il serait souhaitable que je parle aux passagers qui occupent les suites voisines de celle de lady Haywood pour savoir s'ils ont entendu des bruits inhabituels ou vu quelqu'un dans le couloir.

— Jamais de la vie. Ce serait révéler immédiatement qu'il y a un problème. Notre boulot n'est pas de résoudre un crime. Je me fiche de connaître le coupable, tant que ce n'est pas un employé de la compagnie. » Morrison s'interrompit un instant, plongé dans ses pensées. « Rappelez-moi encore une fois ce qu'a raconté le maître d'hôtel. »

Saunders résuma. « Il s'appelle Raymond Broad. Son récit paraît convaincant. Comme vous le savez, quand un repas est commandé pour une heure donnée, nos maîtres d'hôtel, après avoir frappé à la porte, sont autorisés à entrer dans la suite et à y laisser la table roulante. C'est un service nécessaire pour nos passagers les plus âgés, dont beaucoup sont durs d'oreille. Comme la porte de la chambre de lady Em était ouverte, il dit qu'il a regardé à l'intérieur, vu qu'elle était encore couchée, et qu'il l'a appelée pour la prévenir que son petit-déjeuner était servi. Voyant qu'elle ne répondait pas, il a regagné son office, a téléphoné dans sa chambre, sans obtenir de réponse. Il s'est alors inquiété et est retourné chez lady Haywood. Cette fois, il est entré dans la chambre. C'est alors qu'il a vu le coffre ouvert et les bijoux éparpillés sur le sol. Il s'est approché du lit, a eu l'impression qu'elle ne respirait pas. Il a touché sa main et constaté qu'elle était froide. Il a utilisé le téléphone de la suite pour appeler le Dr Blake.

– Dites-lui que s'il veut garder son job il ferait mieux de la boucler sur tout ça. Faites-lui bien comprendre qu'elle est morte pendant son sommeil. Voilà tout. »

55

L E PROFESSEUR Longworth était assis seul à sa table quand Brenda Martin le rejoignit. Cette femme est décidément sans le moindre charme, pensa-t-il en l'accueillant avec un sourire poli.

« Comment va lady Em ce matin ? demanda-t-il. J'étais inquiet pour elle hier soir. Elle était très pâle.

– N'ayant pas de nouvelles ce matin à neuf heures, je me suis dit qu'elle prenait son petit-déjeuner dans sa suite », répondit Brenda en commandant au serveur qui se tenait à côté d'elle son copieux petit-déjeuner habituel : jus d'orange, melon, œufs pochés sauce hollandaise, saucisses et café.

C'est à ce moment qu'Yvonne Pearson arriva à leur table. « Je ne peux plus supporter cette solitude, expliqua-t-elle avec des trémolos dans la voix. J'ai besoin de compagnie. » S'efforçant de son mieux de simuler une profonde affliction, elle ne s'était presque pas maquillée. Et comme elle n'avait emporté aucun vêtement noir dans ses bagages, elle s'était rabattue sur un jogging gris avec pour seul bijou son alliance de diamants. Elle avait dormi profondément et savait qu'elle n'avait pas l'apparence exténuée de circonstance. Elle parvint néanmoins à prendre l'air abattu et murmura avec un profond soupir : « J'ai pleuré toute la nuit. Je revoyais mon cher Roger sur cette maudite rambarde. Si seulement il m'avait écoutée. Je l'ai si souvent supplié de ne pas s'asseoir dessus. » Elle fit mine de chasser une larme et s'empara du menu.

Brenda hocha la tête avec compassion, mais le professeur Longworth, fin connaisseur de la nature humaine, avait vu clair dans son jeu. C'est une bonne comédienne, pensa-t-il, mais je doute fort que ces deux-là formaient un couple heureux. Il était manifeste qu'il y avait beaucoup de tension entre eux. Roger était aux petits soins avec lady Em, et Yvonne ne cachait pas son exaspération.

À cet instant la voix du commandant résonna dans tout le bateau, annonçant le décès de lady Em durant son sommeil.

Brenda étouffa un cri, se leva et sortit précipitamment de table. « Pourquoi ne m'a-t-on rien dit ? Pourquoi ne m'a-t-on rien dit ? »

Henry Longworth et Yvonne Pearson échangèrent un regard stupéfait, puis contemplèrent leur assiette d'un air hébété.

À leur table, Alvirah, Willy, Anna DeMille et Devon Michaelson restèrent interdits. Ce fut Anna qui parla la première. « Deux morts en deux jours, souffla-t-elle, ma mère disait : "Jamais deux sans trois."

– C'est un dicton très répandu, mais une superstition de bonne femme, j'en suis sûre », dit Alvirah.

Pourvu que ce ne soit qu'une superstition, pensa-t-elle en son for intérieur.

56

CÉLIA était restée éveillée une partie de la nuit. Détenir le collier de Cléopâtre ne serait-ce que pour quelques heures était une responsabilité écrasante. Le fait que son assistante personnelle, Brenda Martin, et son conseiller financier, Roger Pearson, aient probablement dépouillé lady Em l'écœurait. Quelle tristesse, à quatre-vingt-six ans, de s'apercevoir que des personnes censées être de confiance, que vous preniez pour des amies, des employés généreusement payés, étaient capables de se montrer aussi malhonnêtes à votre égard. C'est malheureux que lady Em n'ait pas de parent proche pour la soutenir.

Je pourrais en dire autant en ce qui me concerne, songea-t-elle mélancoliquement. Depuis le début de son histoire lamentable avec Steven, son père lui manquait de plus en plus. Elle regrettait qu'il ne se soit jamais remarié et ne lui ait donné ni frères ni sœurs ou plutôt ni demi-frères ni demi-sœurs. Seuls quelques-uns des amis qui avaient investi dans le fonds de Steven la croyaient complice de cette machination. Néanmoins, la plupart lui avaient battu froid. Les économies qu'ils avaient mises de côté pour les études de leurs enfants ou l'achat d'une maison s'étaient volatilisées. Coupable par association, pensa-t-elle avec amertume tandis que ses yeux se fermaient enfin.

Elle sombra dans un sommeil lourd et il était neuf heures et demie quand elle fut réveillée par la voix du commandant Fairfax. « C'est avec un immense regret que nous vous informons du décès de lady Emily Haywood dans le courant de cette nuit... »

Lady Em est *morte*! Non. C'est impossible. Célia se redressa et bondit hors de son lit, affolée. Savent-ils que le collier de Cléopâtre n'est plus dans sa chambre ? Est-ce qu'ils ont ouvert le coffre pour vérifier ? Que vont-ils penser si je me rends tout de suite chez le commandant et que je lui remets le collier en expliquant dans quelles circonstances lady Em me l'a confié ?

Arrête d'être paranoïaque, se dit-elle. Tu ne crains rien.

Tournant ces pensées dans sa tête, elle retrouva peu à peu son calme. En remettant le collier au commandant, elle prouverait sa bonne foi. Quel malfaiteur se donnerait la peine de dérober un objet pour le restituer ensuite quelques heures plus tard ?

Ces sombres réflexions furent interrompues par la sonnerie du téléphone. C'était son avocat, Randolph Knowles. « Célia, je suis désolé, mais je viens de parler au FBI, et ils tiennent absolument à vous interroger dès votre retour à New York. »

Elle venait à peine de raccrocher quand le téléphone sonna à nouveau. C'était Alvirah. « Célia, je ne voudrais pas que vous soyez prise au dépourvu. J'ai regardé les nouvelles de ce matin. L'article de *People* est déjà repris dans tous les médias. » Elle fit une pause. « Et vous avez sûrement entendu l'annonce du commandant concernant la mort de lady Em.

– Oui, je viens de l'entendre.

– Le commandant n'en a rien dit naturellement, mais le bruit circule partout à bord qu'elle aurait été assassinée et que le fabuleux collier de Cléopâtre a disparu. »

Célia se laissa tomber sur le canapé, effondrée. Lady Em assassinée ? Le collier disparu ? Elle tenta de reprendre ses esprits, d'aborder calmement les terribles conséquences que cette nouvelle pouvait entraîner pour elle.

C'est moi qui suis en possession du collier. J'étais dans la cabine de lady Em quelques heures avant sa mort, avant qu'elle soit assassinée. Qui croira qu'elle me l'a confié ? Avec cette histoire qui sort aujourd'hui dans *People* où Steven affirme que j'ai été complice de son escroquerie, qui va croire que je ne l'ai pas volé alors que j'en avais l'occasion ? N'importe quel antiquaire véreux paierait une fortune pour ce collier, avant de le vendre à un collectionneur prêt à dépenser la même fortune pour jouir d'un tel trésor. Ces incroyables émeraudes pourraient aussi être vendues une par une à des joailliers. Et qui avait les contacts nécessaires pour organiser une vente privée ? Qui mieux qu'une gemmologue qui voyage dans le monde entier, c'est-à-dire moi ?

Elle alla ouvrir son coffre, en sortit le collier et contempla les émeraudes. Jamais elle n'aurait imaginé qu'elle songerait un jour sérieusement à sortir sur le balcon et le jeter à la mer.

57

QUAND Brenda arriva devant la suite de lady Em, elle trouva un garde posté devant la porte. « Je suis désolé, madame, mais par ordre du commandant personne n'a l'autorisation d'entrer avant notre arrivée à Southampton.

– Je suis l'assistante personnelle de lady Em depuis vingt ans. Je peux sûrement... »

Le garde l'interrompit : « Je regrette, madame. Ordres du commandant. »

Brenda tourna les talons et repartit dans le couloir, redressant les épaules, faisant mine d'être indignée. Une indignation que j'éprouverais si je me souciais d'elle, pensa-t-elle. Mais c'est fini désormais. Fini de la suivre comme un toutou, de prévenir le moindre de ses désirs ou de ses caprices.

Ralphie ! Elle pourrait passer tout son temps avec lui à présent. Elle ne serait plus obligée de le cacher aux yeux de lady Em qui aurait sûrement réprouvé sa présence. L'appartement dans lequel elle vivait avec Ralphie appartenait à lady Em. Elle aurait quand même pu me le léguer, pensa-t-elle. Qui sait combien de temps ses gestionnaires me permettront d'y rester ? En attendant, je ne paye pas de loyer. J'y resterai jusqu'à ce que quelqu'un me dise de déguerpir.

Ses pensées revinrent à lady Em. Elle me laisse trois cent mille dollars. Ralphie et moi avons mis deux millions à gauche, grâce à la substitution et la vente des bijoux. Je suis libre ! Plus besoin de lui faire les courbettes auxquelles je me suis pliée pendant tant d'années.

En tout cas, quand ils feront l'estimation de ses bijoux et découvriront que beaucoup de pièces ne valent pas grand-chose, je n'aurai rien à craindre. Ils penseront qu'avec sa manie d'en acheter ici et là au cours des années, elle a pu se faire rouler par un bijoutier. Lady Em n'assurait que les bijoux qui valaient plus de cent mille dollars. Ce sont ceux-là auxquels ils s'intéresseront. Ralphie et moi n'avons pas touché aux bijoux assurés.

Cette pensée rassura Brenda jusqu'à ce qu'il lui vienne à l'esprit que lady Em avait peut-être demandé à Célia Kilbride d'examiner son bracelet « campagnard ». Il faut que j'en sache un peu plus sur cette gemmologue, se dit Brenda en ouvrant son ordinateur. Elle entra « Célia Kilbride » dans Google. Le premier article qui sortit sur elle concernait son éventuelle implication dans le scandale financier de son ex-fiancé. Mais les yeux de Brenda s'agrandirent quand elle vit apparaître le titre : « Lady Emily Haywood, la célèbre philanthrope, trouvée assassinée sur un bateau de croisière de luxe. »

Après avoir rapidement parcouru l'article, Brenda referma l'ordinateur. Sa respiration s'accéléra. Elle s'en serait tirée, si lady Em était morte dans son sommeil. C'est ce qui arrive en général aux gens très âgés. Mais s'il est prouvé qu'elle a été assassinée, qu'est-ce que ça changerait pour elle ?

Cela pourrait au contraire nous mettre à l'abri des soupçons, Ralph et moi. L'article dit que le collier de Cléopâtre a disparu. C'est la preuve que l'assassin a probablement ouvert le coffre de lady Em. À moins qu'on pince le coupable, personne ne saura combien de bijoux ont été volés. Si on me le demande, je dirai que lady Em avait l'habitude d'en faire copier certains. Que pour ce voyage elle avait emporté plusieurs pièces authentiques et quelques copies. Le voleur avait sans doute pris les plus belles et laissé les autres.

Brenda se sentit réconfortée. Cela expliquait aussi la présence du garde à la porte de la suite et qu'on ne l'ait pas laissée entrer. La compagnie essayait de camoufler le meurtre et le vol en déclarant qu'elle était morte de mort naturelle.

Bien. Lady Em n'était plus là et elle avait un bon alibi concernant les bijoux ; mais elle n'était pas complètement tirée d'affaire.

Mettons que lady Em ait dit à Célia qu'elle me soupçonnait d'avoir substitué une copie au bracelet authentique, irait-elle prévenir la police à leur arrivée à Southampton ? Ou pouvait-elle en faire part dès maintenant au commandant qui demanderait lui-même à la police d'intervenir ? S'il s'agit d'un assassinat, Célia se sentira peut-être obligée de rapporter tout ce que lady Em lui a dit. Mais si elle est impliquée dans le scandale du fonds spéculatif, sera-t-elle crédible ?

Dans ce cas, ce sera sa parole contre la mienne, se dit Brenda nerveusement, en regagnant la salle à manger. Elle demanda au serveur de lui apporter un autre café et un muffin aux myrtilles. Cinq minutes plus tard, alors qu'elle portait un morceau du muffin à sa bouche, elle se figea. Je suis la seule à avoir une clé de la suite de lady Em, pensa-t-elle. Je vais attirer les soupçons. Et dans ce cas, que va-t-il m'arriver ?

58

TED CAVANAUGH finissait son petit-déjeuner et terminait une conversation téléphonique avec son associé, quand fut diffusée par haut-parleurs l'annonce de la mort de lady Em. Il faillit en laisser tomber sa tasse de café.

Il était navré pour lady Em, naturellement, mais il pensa aussitôt au collier de Cléopâtre, espérant qu'il avait été mis en sécurité. Curieux de savoir si la nouvelle était parvenue à la presse, il pianota sur son téléphone. L'information circulait déjà.

« *Lady Emily Haywood assassinée, le célèbre collier pourrait avoir disparu* », titrait Yahoo News. Ce n'est pas possible, se dit-il, bien qu'il fût certain que la nouvelle ait été vérifiée. L'annonce du commandant ne faisait pas allusion à un meurtre. Il y avait toujours des rumeurs incontrôlées qui circulaient sur le Net, mais celle-là était trop extraordinaire pour être fausse. L'article se poursuivait en précisant qu'au cours de la nuit lady Haywood avait été étouffée avec un oreiller dans son lit. Il rapportait également qu'on avait retrouvé son coffre ouvert et des bijoux éparpillés sur le sol.

Le collier de Cléopâtre. Quelle tragédie s'il était perdu. C'était le dernier bijou que Cléopâtre avait réclamé alors qu'elle s'apprêtait à se suicider plutôt que d'être prisonnière d'Octave.

Il songea aux objets d'art que ses associés et lui avaient permis de restituer à leurs propriétaires légitimes. Des toiles appartenant à des familles disparues à Auschwitz. Des tableaux et des sculptures destinés au Louvre qui avaient été volés dans la France occupée au cours de la Seconde Guerre mondiale. Et ils avaient poursuivi en justice les antiquaires qui avaient revendu à des acheteurs crédules des copies d'œuvres de valeur comme si elles étaient authentiques.

Il passa rapidement en revue les personnes à bord qui étaient proches de lady Em.

Brenda Martin, bien sûr.

Roger Pearson, mais il était mort. Sa veuve et lady Em étaient-elles liées ?

Et Célia Kilbride ? Lady Em avait assisté à ses conférences, bavardé avec elle, et elle l'avait invitée à sa table.

Il entra « Célia Kilbride » dans Google. Le premier article était une interview dans le magazine *People* de son ex-fiancé, accusé de malversations, qui jurait qu'elle avait participé à son escroquerie.

En tant qu'avocat il savait qu'après la parution de cette interview le FBI serait obligé d'examiner de plus près l'implication éventuelle de Célia dans l'affaire. Ses frais d'avocat devaient être exorbitants.

Avait-elle été poussée à voler le collier ? Dans ce cas, comment était-elle entrée dans la chambre de lady Em ?

Il essaya d'imaginer ce qui s'était passé dans la suite. Lady Em s'était-elle réveillée, l'avait-elle trouvée en train d'ouvrir le coffre ?

Prise de panique, Célia Kilbride avait-elle saisi un oreiller et étouffé lady Em ?

Tandis que ces pensées se bousculaient dans sa tête, Ted revoyait malgré lui Célia Kilbride faisant son entrée au cocktail du commandant la veille, absolument ravissante tandis qu'elle saluait avec chaleur les autres invités.

59

EXTÉNUÉ, luttant contre le désespoir, Roger Pearson avait vu le soleil se lever. Ses bras étaient lourds comme du plomb. Ses dents claquaient. Une pluie froide lui avait permis de boire un peu d'eau douce, mais l'avait ensuite laissé tremblant et frissonnant.

Continuer à nager, garder bras et jambes en mouvement, lui demandait un effort immense. Les premiers symptômes d'hypothermie n'allaient pas tarder à le gagner. Il ne savait pas s'il aurait assez d'énergie pour regonfler le pantalon lorsque l'air manquerait. Ma bouée de fortune ne va pas durer beaucoup plus longtemps, se dit-il.

C'est alors qu'il crut rêver. Un bateau voguait dans sa direction. Roger avait depuis longtemps abandonné toute croyance religieuse, mais il se surprit en train de prier. Mon Dieu, faites que quelqu'un regarde dans ma direction. Faites que quelqu'un me voie.

Même l'athée en appelle à Dieu dans les situations désespérées, fut sa dernière pensée. À bout de forces, il s'obligea néanmoins à attendre d'être en vue du bateau pour faire des signaux. Il se débattait à présent pour rester à la surface de la houle qui le submergeait, lui emplissait les narines, l'écartait du navire qui s'approchait.

60

LVIRAH ET WILLY faisaient leur promenade quotidienne sur le pont tout en poursuivant leur conversation. « Willy, il y avait un risque que le collier de Cléopâtre soit volé, mais que quelqu'un étouffe cette pauvre femme pour s'en emparer est purement abominable.

– La cupidité est un mobile odieux », dit Willy d'un air sombre, puis il remarqua qu'Alvirah portait le saphir qu'il lui avait offert peu auparavant. « Chérie, tu ne portes jamais de bijoux pendant la journée excepté ton alliance. Pourquoi as-tu mis ta nouvelle bague ?

– Parce que je ne veux pas que quelqu'un s'introduise dans notre cabine et la pique, répondit Alvirah. D'ailleurs, je te parie que la plupart des gens à bord ont eu la même réaction. Et s'ils ne portent pas leurs bijoux, ils les trimballent avec eux. Willy, cette croisière s'est déroulée à merveille pendant les premiers jours. Puis le pauvre Roger Pearson est tombé par-dessus bord et aujourd'hui on a assassiné lady Em. Qui l'aurait imaginé ? »

Willy ne répondit pas. Il contemplait les nuages sombres qui s'amassaient dans le ciel au-dessus d'eux et sentait s'amplifier le roulis du bateau. Je ne serais pas surpris que nous rencontrions du mauvais temps, pensa-t-il. J'espère que l'histoire du *Titanic* ne se reproduira pas : du luxe à ne plus savoir qu'en faire, et à la fin, le désastre.

Quelle idée folle. Il saisit la main d'Alvirah et la pressa dans la sienne.

61

L'HOMME AUX MILLE VISAGES avait écouté d'un air lugubre le commandant annoncer la mort de lady Em.

Je regrette d'avoir été obligé de la tuer, pensa-t-il. Cela n'a servi à rien. Le collier n'était plus là. Ni dans son coffre. Ni dans les tiroirs de la chambre. Je n'ai pas eu le temps de fouiller dans le salon, mais je suis sûr qu'elle ne l'aurait pas laissé là, à la vue de tous.

Où est ce foutu collier ? Qui l'a pris ? N'importe qui peut l'avoir suivie et l'avoir vue entrer dans sa suite. Qui peut avoir la clé ?

En faisant les cent pas sur le pont-promenade, il finit par se calmer et échafauder un plan. Les gens qui participent à cette croisière ne sont certainement pas le genre à barboter un collier, décida-t-il.

Visiblement, elle ne s'était pas sentie bien au dîner, ceux qui, comme moi, l'ont observée s'en sont rendu compte. Son assistante, Brenda, est-elle montée la rejoindre dans sa suite après le dîner ? C'est possible, voire probable.

Il semblait y avoir une certaine tension entre elle et sa patronne. Brenda était-elle en possession du collier à présent ?

À quelques mètres devant lui sur le pont, il aperçut les Meehan. Il se méfiait instinctivement d'Alvirah. Il s'était renseigné. Mieux valait qu'elle ne se mêle pas de cette affaire, pensa-t-il.

Il ralentit le pas pour éviter de les rattraper. Il avait besoin de temps pour réfléchir, mettre un plan à exécution. Il ne restait que trois jours jusqu'à l'arrivée à Southampton, et il était hors de question qu'il quitte le bateau sans le collier de Cléopâtre.

Brenda était la seule à sa connaissance qui avait la clé de la suite de lady Em. Il savait ce qu'il avait à faire.

62

CÉLIA fit une heure de jogging, puis prit une douche, s'habilla et commanda un café et un muffin. La question « Que faire ? » tournait en boucle dans sa tête. Supposons que j'aille remettre le collier au commandant, me croira-t-il ? Me fera-t-il coffrer au contraire ? Je peux peut-être effacer mes empreintes sur le collier et l'abandonner dans un endroit où on le trouvera ? C'est une possibilité. Mais admettons que quelqu'un me voie ou qu'une caméra me filme ? Que se passerait-il alors ? Avaient-ils été autorisés à fouiller les cabines ? Non, sinon ils auraient déjà trouvé le collier dans mon coffre.

Affolée à cette pensée, Célia regarda autour d'elle. Elle se dirigea vers le coffre, l'ouvrit et en sortit le collier. Elle s'était habillée pour sa causerie et portait une veste et un pantalon. La veste était ample, fermée par un bouton à l'encolure. Le pantalon avait des poches profondes. Pouvait-elle garder le collier sur elle ? Les mains tremblantes, elle enfouit l'encombrant joyau dans la poche gauche et se plaça devant la glace.

On ne distinguait aucun renflement.

C'est le mieux que je puisse faire, pensa-t-elle, désespérée.

63

KIM VOLPONE n'aimait rien tant qu'une bonne marche avant le petit-déjeuner. Elle voyageait à bord du *Paradise* en direction de Southampton. La forte pluie de la nuit s'était calmée et le soleil venait de percer les nuages. Le pont était presque désert.

Elle respirait à pleins poumons, savourant l'odeur de la brise marine. Quarante ans, divorcée depuis peu, elle faisait cette croisière en compagnie de son amie Laura Bruno, profitant de l'existence après en avoir enfin terminé avec les pénibles formalités de répartition des biens avec son mari. Celui-ci, Walter, s'était révélé une sorte de Walter Mitty[1], un rêveur sans aucun sens des réalités.

Elle interrompit un instant sa marche et contempla l'horizon. Elle cligna des yeux, croyant distinguer quelque chose sur la mer. Des débris flottants poussés par le courant ? Peut-être, mais ce quelque chose semblait animé d'un mouvement rythmique.

---

1. Personnage principal du film de Ben Stiller (2013), *La Vie rêvée de Walter Mitty*, un homme ordinaire qui s'évade à travers ses rêves.

À quelques mètres d'elle, un homme d'un certain âge était accoudé à la rambarde, un bras passé autour de sa compagne. Il portait une paire de jumelles au cou. Kim s'approcha.

« Excusez-moi, monsieur, je ne crois pas que nous nous connaissions. Je m'appelle Kim Volpone.

— Enchanté. Ralph Mittl, et voici ma femme Mildred.

— S'il vous plaît, Ralph, puis-je vous emprunter vos jumelles un instant ? »

Il accepta, non sans hésitation. « Faites attention, je vous prie. J'y tiens beaucoup.

— Ne vous inquiétez pas », promit Kim d'un air absent en lui prenant son instrument des mains.

Elle passa la courroie autour de son cou et effectua la mise au point. Quand elle le pointa sur ce qui bougeait, elle retint son souffle. Elle croyait voir un bras s'agiter d'avant en arrière dans l'eau. Elle étouffa un cri et rendit les jumelles à leur propriétaire.

« Regardez là-bas, dit-elle. Qu'est-ce que vous voyez ? »

Surpris par son ton péremptoire, Ralph prit les jumelles, les régla à nouveau à sa vision et les pointa vers l'horizon.

« Il y a quelqu'un au loin ! s'exclama-t-il en se tournant vers elle. Je vais continuer à surveiller. Courez dire à un homme d'équipage de prévenir le commandant. Il y a un homme à la mer. Il essaye de faire des signaux à notre bateau. »

Dix minutes plus tard, une chaloupe avec quatre hommes à bord était mise à la mer et se dirigeait rapidement vers le malheureux qui tentait tant bien que mal de se maintenir à la surface.

64

LE COMMANDANT Fairfax et John Saunders avaient obtempéré à l'ordre de Morrison de venir immédiatement le retrouver dans sa suite. « Comment cette histoire a-t-elle pu fuiter ? hurla Morrison au bord de l'apoplexie. Qui leur a raconté ce qui était arrivé ?

— Je peux simplement présumer que c'est l'Homme aux mille visages qui en a été la source, répondit Saunders.

— Et le Dr Blake ? Et le maître d'hôtel ? »

Fairfax se raidit mais s'efforça de dissimuler sa colère.

« Même si ma vie en dépendait, j'affirmerais que le Dr Blake est incapable de révéler une information. Et en ce qui concerne Raymond Broad, comme je vous l'ai dit, nous n'avons pas la certitude qu'il se soit rendu compte que lady Haywood avait été victime d'un acte criminel. Si je devais prononcer une hypothèse, j'abonderais dans le sens de M. Saunders. C'est probablement un exemple des fanfaronnades de l'Homme aux mille visages sur les réseaux.

– Attendez une minute. Et ce type, le détective d'Interpol ? Comment s'appelle-t-il ? demanda Morrison.

– Devon Michaelson, monsieur, répondit le commandant Fairfax.

– Dites-lui que je veux le voir sans tarder », tonna Morrison.

Fairfax se saisit du téléphone. « Appelez la cabine de Devon Michaelson. » Trois sonneries plus tard, l'intéressé décrochait : « Monsieur Michaelson, je suis dans la suite de M. Morrison. Il voudrait vous voir immédiatement.

– Bien sûr, je viens tout de suite. »

Un silence de trois longues minutes régna dans la pièce. Puis Devon Michaelson frappa à la porte.

Morrison alla droit au but. « Il paraît que vous êtes un agent d'Interpol, dit-il. Il y a eu un meurtre à bord et un bijou d'une immense valeur a été volé. Votre tâche n'était-elle pas d'empêcher que cela se produise ? »

Michaelson ne tenta pas de dissimuler son irritation. Il répliqua d'un ton glacial : « Monsieur Morrison, je présume que vous allez me fournir les vidéos des caméras de sécurité placées dans la salle à manger et dans les couloirs qui mènent à la suite de lady Haywood. »

Le commandant Fairfax intervint : « Vous n'êtes probablement pas au courant du règlement qui existe sur la plupart des paquebots de croisière. Comme nous tenons à préserver la vie privée de nos passagers, nous ne plaçons pas de caméras dans les couloirs.

– Ce qui signifie que vous préservez de la même façon la vie privée d'un voleur et d'un assassin. Vous est-il venu à l'esprit qu'avec tous les objets de valeur que vos riches passagers conservent dans leurs suites il eût été approprié de poster un garde vingt-quatre heures sur vingt-quatre ?

– Vous n'allez pas m'apprendre comment gouverner mon bateau, dit sèchement Morrison. Des gardes partout ! Je fais naviguer un paquebot de luxe, pas une prison. Mais je suis convaincu que vous êtes un excellent détective et que vous avez la solution de toute l'affaire. Pourquoi ne pas nous mettre au courant de ce que vous savez ? »

Le ton de Michaelson resta aussi glacial. « Je peux vous dire que je surveille de très près un certain nombre de gens.

– Je veux savoir qui, exigea Morrison.

– L'expérience m'a appris à m'intéresser d'abord à la personne qui a découvert le corps. Très souvent celle-ci ne dit pas tout ce qu'elle sait. Je suis donc en train d'approfondir mes recherches sur le passé de votre maître d'hôtel, Raymond Broad.

– Je peux vous assurer que tous les employés de ce bateau ont fait l'objet d'une enquête très minutieuse avant d'être engagés, insista Saunders.

– Je n'en doute pas. Mais je peux vous dire que les capacités d'investigation d'Interpol dépassent largement celles dont vous disposez.

– Qui d'autre ? demanda Morrison.

– Il y a plusieurs autres passagers dont le passé a retenu mon attention. Pour commencer, je n'en nommerai qu'un seul, M. Edward Cavanaugh.

– Le fils de l'ambassadeur ? s'exclama Fairfax interdit.

– Ted, comme il se nomme lui-même, voyage beaucoup en Europe et au Moyen-Orient. J'ai vérifié ses voyages aériens, tampons de passeport et fiches d'hôtel. Qu'il s'agisse d'une coïncidence ou non, il a été proche des endroits où l'Homme aux mille visages a exercé ses talents au cours des sept dernières années. Et il n'a pas hésité à afficher son intérêt pour le collier de Cléopâtre. Et maintenant que j'ai répondu à vos questions, je vous prie de m'excuser. »

Lorsque la porte se fut refermée derrière lui, le commandant Fairfax dit : « Monsieur Morrison, il y a autre chose. J'ai été submergé d'appels et de mails des médias qui veulent savoir comment lady Em est morte et si le collier a été volé. Quelles réponses vous paraissent envisageables ?

– Nous nous en tenons à notre communiqué : lady Em est morte de cause naturelle, point final », répliqua Morrison.

Fairfax demanda : « Nous savons que le collier de Cléopâtre a disparu. Ne devrions-nous pas avertir les passagers de se montrer vigilants avec leurs objets de valeur ?

– Pas un mot concernant la disparition ou le vol de bijoux, aboya Morrison. C'est tout. »

Fairfax et Saunders prirent ces mots pour un congé et quittèrent les lieux.

Bien qu'il ne soit que dix heures du matin, Morrison se dirigea vers le bar et se servit un grand verre de vodka. Peu enclin à prier d'habitude, il invoqua Dieu. « Je vous en supplie, faites que ce ne soit pas un employé qui l'ait tuée. »

Dix minutes plus tard, il reçut un appel de son agence de relations publiques. Outre les rumeurs selon lesquelles lady Em avait été assassinée et son collier volé, on s'attendait à ce que Célia Kilbride, citée dans l'article de *People*, soit interrogée par le FBI en raison de son éventuelle implication dans une fraude concernant un fonds spéculatif. Étant donné qu'il s'agissait d'une conférencière invitée sur le *Queen Charlotte*, le commandant et lui devaient se tenir prêts à répondre aux questions des passagers.

« En effet, ça me concerne en premier lieu ! » rugit-il avant de raccrocher et de rappeler son chef de la sécurité.

Quand Saunders arriva, Morrison lui demanda d'un ton cassant : « Étiez-vous au courant qu'une de nos conférenciers, Célia Kilbride, est soupçonnée dans le cadre de cette enquête sur un fonds spéculatif ?

– Non, je l'ignorais. Les conférenciers sont engagés par le responsable des activités de la Castle Lines. Personnellement, je me concentre plutôt sur les passagers et les employés.

– Quand est prévue la prochaine conférence de Kilbride ? »

Saunders sortit son iPhone, pianota et répondit : « Cet après-midi dans l'auditorium ; mais ce n'est pas une conférence à proprement parler, c'est un entretien avec le commissaire du bord, Breidenbach, chargé des divertissements, et elle répondra également aux questions des spectateurs.

– Bon, dites-lui de rayer ça de ses obligations. Il ne manquerait plus que les gens apprennent que j'ai engagé une voleuse pour donner des conférences sur mon bateau ! »

Saunders répliqua prudemment : « Monsieur Morrison, je pense que nous avons intérêt à modifier le moins possible le calendrier des activités à bord jusqu'à la fin du voyage. Si nous annulons la prestation de miss Kilbride, nous risquons non seulement de décevoir les passagers qui ont prévu de venir l'écouter, mais aussi de donner l'impression que nous la soupçonnons du vol et du meurtre commis dans la suite de lady Haywood. Est-ce raisonnable ?

– Elle est gemmologue, n'est-ce pas ?

– C'est exact.

– Ça signifie donc que son intervention portera sur les bijoux, d'accord ? Avez-vous réfléchi au fait que la plupart des passagers savent que Kilbride fait l'objet d'une enquête pour avoir été mêlée à une escroquerie ?

– Je dirais qu'ils le savent, en effet. Cependant, puisque *nous* savons qu'un meurtre a été commis à bord, et que l'agent d'Interpol n'a pas mentionné Célia Kilbride, vous laisseriez entendre par défaut qu'elle est impliquée. Ce qui pourrait avoir des conséquences particulièrement fâcheuses. S'il s'avère qu'elle n'est pas coupable, elle pourrait vous poursuivre pour diffamation. Je vous recommande instamment de ne pas déprogrammer son entretien. »

Morrison réfléchit. « OK. Si elle parle pendant une heure, je saurai au moins qu'elle n'est pas dans la cabine d'une autre vieille dame en train de lui faire son affaire. Ne changeons pas le programme. Je prendrai même la peine d'y aller. »

65

À quinze heures vingt, Célia était dans les coulisses de l'auditorium. Jetant un coup d'œil derrière le rideau, elle vit que presque toutes les places étaient occupées. Alvirah et Willy Meehan, Ted Cavanaugh, Devon Michaelson et Anna DeMille étaient assis au premier rang. À côté d'eux, elle reconnut un autre homme, Gregory Morrison, le propriétaire du *Queen Charlotte*. Pourquoi est-il là ? se demanda-t-elle, la bouche soudain sèche.

Elle se souvint brusquement que, la veille, lady Emily était elle aussi assise au premier rang. Instinctivement, sa main palpa la poche où était caché le volumineux collier.

Puis elle entendit Anthony Breidenbach annoncer son nom. S'obligeant à sourire, elle entra en scène et lui serra la main pendant qu'il la présentait. « Célia Kilbride est une gemmologue reconnue, attachée à la célèbre maison Carruthers de New York. Son expertise en matière de pierres précieuses et ses connaissances historiques nous ont tous fascinés lors de ses précédentes conférences.

Elle répondra d'abord à mes questions, puis à celles de l'assistance. » Tous deux s'installèrent sur des chaises qui se faisaient face.

« Célia, ma première question concerne les pierres de naissance et ce qu'elles symbolisent. Commençons par l'ambre.

– L'ambre est la pierre du signe du Taureau. Les médecins de l'Antiquité la prescrivaient pour éviter les migraines, les problèmes cardiaques et de nombreuses autres affections. Les Égyptiens plaçaient un morceau d'ambre dans les tombeaux pour s'assurer que le corps de leurs morts resterait intact, répondit Célia, à l'aise maintenant qu'elle se trouvait en terrain familier.

– Et l'aigue-marine ?

– C'est la pierre de naissance du mois de mars, associée au signe des Poissons. On dit qu'elle apporte joie, bonheur, l'harmonie dans le mariage. Les anciens Grecs pensaient qu'elle était la pierre sacrée de leur dieu Poséidon. C'est la pierre parfaite à emporter en vacances et en croisière.

– Passons à quelques pierres de premier plan, dit le commissaire. Par exemple le diamant.

– Le diamant est la pierre de naissance d'avril, du Bélier. » Célia sourit. « On dit qu'il représente la pureté, l'harmonie, l'amour et l'abondance. Ceux qui avaient la chance d'en posséder un croyaient qu'il les protégeait de la peste.

– Et l'émeraude ?

– L'émeraude est aussi une pierre du Taureau. C'est la pierre de naissance du mois de mai. Elle est censée garantir l'amour et attirer la richesse.

À la Renaissance, les émeraudes s'échangeaient dans l'aristocratie en signe d'amitié. C'est la pierre sacrée de Vénus.

– À présent, parlez-nous de l'or.

– L'or n'a pas sa place dans le calendrier astrologique. Il est intimement mêlé à la divinité et aux dieux associés au soleil. Il est symbole de bonne santé. On disait que les boucles d'oreilles en or amélioraient la vue, et chez les marins et les pêcheurs qu'il évitait la noyade. »

Au moment où elle finissait sa phrase, Célia pensa à Roger Pearson. Si Anthony Breidenbach eut la même pensée, il n'en montra rien.

« Très bien, c'est au tour de l'assistance à présent, dit-il. Levez la main si vous avez une question. Mon assistante vous apportera le micro. »

Célia avait craint que la première question porte sur le collier de Cléopâtre. Au lieu de quoi, une femme lui demanda de parler du collier d'émeraudes et de diamants que sir Alexander Korda avait acheté pour l'actrice Merle Oberon en 1939.

« C'était une merveille, dit Célia. Il comportait vingt-neuf émeraudes. On a dit qu'elles avaient presque toutes la même taille et la même forme. C'étaient les mêmes pierres que celles dont se paraient les maharadjas dans l'Inde du quinzième siècle. »

Dès que Célia eut terminé, une douzaine de mains au moins se levèrent. Les questions se succédèrent. « Quelle est l'histoire du diamant Hope ? » « Quels sont les bijoux de la couronne britannique ? » « Est-il vrai que la tradition d'offrir un diamant à la fiancée est le fruit d'une formidable campagne

de marketing de De Beers dans les années 1930 ? »
Une question d'actualité suscita l'hilarité générale :
« La bague qui a été volée à Kim Kardashian valait-
elle vraiment quatre millions de dollars ? »

Ce n'est qu'à la fin de la séance que quelqu'un
évoqua le collier de Cléopâtre. « A-t-il vraiment été
volé et lady Haywood a-t-elle été assassinée ?

– J'ignore si le collier a été dérobé, répondit
Célia, et je n'ai aucune raison de croire la rumeur
selon laquelle lady Haywood ne serait pas morte
de cause naturelle. »

Un point pour vous, pensa Morrison. Il se féli-
cita d'avoir laissé Kilbride donner sa conférence.
Jusqu'à ce que soit posée la dernière question.

« Miss Kilbride, beaucoup d'entre nous, vous
comprise, ont assisté au cocktail du commandant et
au dîner qui a suivi. Nous avons vu lady Emily porter le collier de Cléopâtre. En dépit des rumeurs
persistantes, le personnel du bord nie qu'il ait pu
être volé. Pouvez-vous le confirmer ?

– Personne ne m'a contactée à propos du collier, dit Célia soudain moins à son aise.

– Et n'y avait-il pas une malédiction attachée à
ce collier, selon laquelle quiconque l'emporterait
en mer ne regagnerait jamais le rivage ? »

Célia entendait encore lady Em rire de la malédiction. « En effet, dit-elle. La légende dit qu'un
sort maléfique avait été jeté au collier.

– Merci, Célia, et merci à tous ceux qui sont ici
aujourd'hui », dit Breidenbach en se levant sous
les applaudissements de la salle.

66

YVONNE PEARSON, Valérie Conrad et Dana Terrace avaient assisté à la conférence de Célia. Elles descendirent boire un verre à l'Edwardian Bar. Yvonne avait expliqué à ses amies qu'elle ne supportait pas de se retrouver seule dans sa cabine. « Je ne peux m'empêcher de revoir Roger sans cesse, avait-elle dit tristement d'une voix tremblante. Et je passe mon temps à imaginer le terrible moment où il est tombé. J'étais à la porte du balcon et je l'ai prévenu. "Roger, je t'en prie, ne t'assieds pas sur la rambarde. Tu vas passer par-dessus bord." Il a ri et dit : "Ne t'en fais pas, je suis bon nageur." » Elle fit mine d'écraser une larme.

Valérie et Dana s'émurent. « C'est affreux, la plaignit Valérie.

– Je ne peux rien imaginer d'aussi horrible, surenchérit Dana.

– Je vais devoir vivre avec ce souvenir chaque jour de ma vie, se désola Yvonne.

– Avez-vous pensé à organiser une cérémonie funèbre ou un simple service en sa mémoire ? demanda Dana.

– J'ai eu du mal à rassembler mes esprits, dit Yvonne. Mais il y aura un service, naturellement. Dans deux semaines, sans doute. Je pense que c'est un délai convenable dans les circonstances actuelles. »

Et à ce moment, j'aurai touché l'argent de l'assurance, ajouta Yvonne *in petto*.

« Vous dites que vous avez assisté à la cérémonie durant laquelle cet homme a dispersé les cendres de sa femme en mer ? interrogea Dana.

– Oui, au moins, lui, il avait ses cendres », répondit Yvonne.

Valérie lui tapota la main. « Yvonne, nous espérons que vous allez surmonter cette épreuve. Roger avait-il une assurance vie ?

– Oui, Dieu merci. Il avait une police de cinq millions de dollars. Mais naturellement, nous avons d'autres actifs, actions et obligations.

– Tant mieux, car je suis à peu près sûre que la compagnie d'assurances ne paiera pas immédiatement à moins que le corps soit retrouvé. »

Yvonne n'avait pas pensé à cette éventualité. Elle remercia en secret le ciel que lady Em ait été assassinée avant d'avoir eu le temps de demander un audit de sa situation financière.

« Yvonne, il est beaucoup trop tôt pour en discuter, mais essayez de penser à l'avenir, dit Valérie. Vous êtes séduisante, vous êtes jeune, vous n'avez pas d'enfants ni d'autres obligations. Vous serez une riche veuve. Je suis désolée pour ce pauvre Roger, mais voyons la situation du bon côté.

Si vous aviez divorcé, vous auriez dû tout partager avec Roger. Aujourd'hui, tout est à vous seule.

– Oh, je n'ai jamais considéré les choses sous cet angle-là, murmura Yvonne en secouant la tête.

– Comme vous nous l'avez demandé l'autre jour, nous allons nous mettre en quête d'un homme qui vous convienne », promit Dana.

Ayant réglé la vie sentimentale d'Yvonne à l'aide d'un deuxième cocktail, elles concentrèrent leur attention sur Célia Kilbride.

« Sa dernière conférence était passionnante, dit Yvonne.

– Elle ne ressemble vraiment pas à quelqu'un capable d'étouffer une vieille dame, fit observer Valérie. Vous étiez à la même table qu'elle, Yvonne. Quelle impression vous a-t-elle faite ?

– Elle était plutôt silencieuse, mais je pense qu'elle doit avoir son lot de soucis. Je n'aimerais pas être interrogée par le FBI. »

Et c'est ce qui m'arriverait si lady Em était encore en vie, pensa-t-elle. Il n'est pas impossible que Roger ait mentionné mon nom sur certains documents qu'il a utilisés pour camoufler ses malversations. Si c'est Célia qui a tué lady Em, Dieu la bénisse.

« Si Célia est en possession du collier, que va-t-elle en faire ? demanda Dana. Il n'a pas de prix. À moins de le vendre à un prince saoudien, je ne vois pas qui pourrait l'acheter.

– Elle peut le démonter et vendre les émeraudes séparément, suggéra Valérie. Elle en tirera une fortune. N'oubliez pas que c'est son métier. Elle doit connaître une quantité d'acheteurs qui ne chercheront pas à en connaître la source. »

Changeant de sujet, elles tournèrent leur attention vers Ted Cavanaugh. « Beau comme un astre, dirent-elles en chœur.

– Et vous avez remarqué qu'il essayait constamment de se rapprocher de lady Em ? Le premier soir, quand elle s'est assise à une table, il s'est précipité pour se trouver à la table voisine, dit Yvonne. J'étais assise à côté de lady Em et j'ai vu qu'il a presque bousculé une ou deux personnes pour avoir la table à notre *gauche*. Il était avec ce couple qui a gagné à la loterie, ainsi qu'avec Devon Michaelson, le veuf éploré qui avait probablement une petite amie avant la mort de sa femme, et la dame de l'église du Middle West...

– Et le spécialiste de Shakespeare ? demanda Dana.

– Celui qui hausse tout le temps les sourcils ? dit Valérie en l'imitant.

– Lui-même, confirma Dana. Pour moi, il n'a pas la tête d'un tueur.

– Non, mais il adore parler de crimes, manifestement », insista Yvonne. Sa voix prit un ton pénétré : « "Va-t'en, tache damnée ; va-t'en, te dis-je... Tout l'océan du grand Neptune suffira-t-il à laver ce sang sur ma main ?" Vous voyez le genre. »

Dana et Valérie éclatèrent de rire. « Vous faites une grande lady Macbeth, dit Dana. Quelqu'un a quelque chose contre un autre Manhattan ?

– Absolument personne », dit Valérie en appelant le serveur.

67

TED CAVANAUGH assista à la discussion sur la joaillerie et fut impressionné par le talent dont Célia faisait montre dans ses réponses à toutes les questions qui lui étaient posées. Il fut une fois de plus frappé par sa beauté. Et il admira son sang-froid quand on l'interrogea sur la mort de lady Em.

Toute l'assistance devait être au courant de l'article de *People* et des allégations concernant son éventuelle implication dans l'escroquerie menée par son ex-fiancé.

La séance terminée, certains voulurent s'entretenir avec elle. Ted attendit que le dernier fût parti pour retenir la jeune femme au moment où elle s'apprêtait à franchir la porte. Ils s'étaient salués durant le cocktail, sans plus.

« Ted Cavanaugh, dit-il en lui tendant la main. Vous vous souvenez peut-être de moi, nous nous sommes vus au cocktail du commandant. J'imagine qu'après avoir parlé aussi longtemps vous devez avoir la gorge sèche. Puis-je vous offrir un verre de vin ou une boisson quelconque ? »

La première réaction de Célia fut de refuser, mais elle se reprit. Elle n'avait nulle envie de se retrouver seule avec le poids de ses pensées. Et celui du collier, de surcroît.

« Volontiers, répondit-elle.

– Le Regency Bar est tout près d'ici. Nous pourrions l'essayer.

– Pourquoi pas ? »

Quelques minutes plus tard, le serveur disposait leurs verres sur la table. Chardonnay pour Célia, vodka on the rocks pour Ted.

Ted s'en tint à son intention d'éviter toute mention de la mort de lady Em ou du collier de Cléopâtre. Il préféra l'interroger sur son parcours : « Je suppose, Célia, que vous avez fait de longues études pour devenir une gemmologue aussi réputée. Avez-vous suivi les cours d'une école spécialisée ? »

C'était une question simple sur un sujet sans risque. « Je suis allée en Angleterre en sortant de l'université et j'ai obtenu une bourse de la Gemmological Association of Great Britain. Mais, comme le disait l'un de nos professeurs, "il faut une vie entière pour devenir un maître en gemmologie".

– Comment vous êtes-vous intéressée à ce genre de métier ? »

Ted ne fut pas sans remarquer le trouble qui apparut sur le visage de la jeune femme. Célia se souvenait d'avoir eu une conversation similaire avec le professeur Longworth quelques jours plus tôt, à propos de ses débuts dans la profession de joaillier. Seulement quelques jours plus tôt ? Elle s'était sentie embarrassée alors, mais curieusement il n'en était pas de même avec Ted Cavanaugh.

« Mon père était gemmologue. Quand j'étais petite, j'adorais mettre des bijoux, faux naturellement, à mes poupées. Il a commencé à m'apprendre la différence entre les imitations et les bijoux authentiques, et à utiliser un oculaire. » Elle s'interrompit puis ajouta : « Il est mort voilà deux ans. Il m'a laissé deux cent cinquante mille dollars, que j'ai perdus dans une escroquerie. »

Elle le regarda franchement. « J'ai lu ce qui vous était arrivé, reconnut Ted.

– Vous savez donc que beaucoup de gens pensent que j'ai participé à cette escroquerie et que j'ai contribué à leur faire perdre toutes leurs économies.

– J'ai lu l'interview que votre ex-fiancé a donnée au magazine *People*...

– C'est un tissu de mensonges ! »

Ted resta un moment silencieux avant d'assurer : « Si cela peut vous consoler, je ne vous imagine pas en voleuse. Pas plus qu'en meurtrière. » Pourquoi une telle affirmation ? se demanda-t-il. Parce que j'en suis intimement convaincu, s'avoua-t-il. Parce que c'est la vérité.

« Pourquoi s'en prend-il à moi ?

– À mon avis, il se venge d'abord parce que vous l'avez laissé tomber. Deuxièmement, il cherche le meilleur processus de négociation pour obtenir une remise de peine. Il s'est pratiquement confessé dans cet article, mais il sait que les services du procureur général détiennent assez de preuves pour le faire condamner. Il leur raconte que vous êtes impliquée et qu'il coopérera avec eux contre vous. C'est sa stratégie.

– Mais je suis une victime moi aussi, protesta Célia.

– Je sais, Célia. Je sais. »

Il changea de sujet. « Vous dites que votre père était gemmologue et qu'il est mort il y a deux ans. Et votre mère ?

– Elle est morte quand j'avais à peine deux ans.

– Des frères et sœurs ?

– Aucun. Mon père ne s'est jamais remarié. Et vous savez, je lui en veux un peu. J'aurais adoré avoir des frères et des sœurs. »

Ted pensa à sa propre histoire. Sa mère et son père étaient toujours en vie et en bonne santé, et il était très proche de ses deux frères. « Je suis certain que vous avez beaucoup d'amis. »

Célia secoua la tête. « J'en avais. J'ai peur d'avoir perdu ceux qui ont investi dans le fonds de Steven.

– Ils ne peuvent vous en tenir responsable.

– Je les ai présentés à Steven et il est très convaincant. Cela ne me rend pas extrêmement sympathique auprès d'eux. Ils m'en veulent d'être à l'origine de la perte de l'argent qu'ils ont placé. »

J'imagine que cela n'est pas facile pour vous non plus, faillit dire Ted, mais il se tut. Il s'inclina en arrière dans son siège, but une gorgée de vodka, et regarda Célia. Il était sûr au plus profond de lui-même qu'elle était innocente du meurtre de lady Em et qu'elle n'avait rien d'une voleuse. Son regard est si triste, pensa-t-il. La vie n'a pas été tendre avec elle.

68

BRENDA assista à la discussion et fut forcée d'admettre que Célia s'y entendait en matière de pierres précieuses. Elle connaissait lady Em, pensa Brenda. Je ne serais pas étonnée que celle-ci lui ait demandé d'examiner son bracelet « campagnard ». Mais même dans ce cas, ce serait la parole de Célia contre la mienne, se rassura-t-elle. Et avec son fiancé qui la mêle à ses malversations, sa parole ne vaut pas cher.

Ralphie lui avait envoyé un mail exprimant ses regrets après la mort de lady Em. Judicieusement, il n'avait fait aucune allusion aux bijoux.

Brenda monta à l'étage supérieur, salua d'un sourire les personnes qu'elle reconnaissait. Plusieurs lui avaient offert leurs condoléances, sachant qu'elle avait été l'assistante de lady Em pendant de longues années. Dans sa chambre, elle se dirigea sans attendre vers le téléphone et appela Ralphie.

Quand il décrocha, elle l'avertit : « N'en dis pas trop. On ne sait jamais si ces conversations ne sont pas enregistrées.

– Je comprends, répondit Ralph. Comment vas-tu, chérie ? »

Brenda piqua un fard. C'était si agréable, après tant d'années, d'avoir quelqu'un qui vous appelait « chérie ». Même sa mère n'était pas portée sur les formules d'affection.

« Je vais bien, lui assura-t-elle, même si j'ai le cœur brisé après ce qui est arrivé à lady Em. Mais cela signifie aussi que je suis libérée de mes obligations auprès d'elle, d'être en permanence à sa disposition. Nous allons enfin pouvoir nous marier, si tu le souhaites toujours. Je serai de retour dimanche.

– Je t'attendrai, bien sûr, dit Ralphie. Je veux t'épouser depuis le jour de notre rencontre. Maintenant que lady Em n'est plus là, je te promets que la vie sera différente.

– Oui, tout va changer, murmura Brenda. Je dois te laisser, maintenant. Je t'embrasse, mon Ralphie. »

Elle raccrocha avec un large sourire. Il lui tardait de toucher les trois cent mille dollars de la succession. Elle aurait quand même pu me laisser davantage, pensa-t-elle. Cinq cent mille, ou même un million. Je les mérite.

Sur ce *satisfecit*, Brenda prit le livre qu'elle avait emporté pour la croisière. Elle ouvrit la porte qui donnait sur le balcon. Il y avait beaucoup trop de vent pour sortir. Elle avait hâte que cette traversée se termine, pour pouvoir se retrouver enfin à New York.

Elle crut sentir les bras de Ralphie autour d'elle tandis qu'elle se plongeait avec délice dans les tourments qui frappent Jane Eyre jusqu'à l'épilogue heureux de son mariage avec M. Rochester. Il me fait penser à Ralphie, pensa-t-elle, se représentant la stature imposante du héros de Charlotte Brontë. Elle se renfonça dans le fauteuil club et reprit sa lecture.

69

DEVON MICHAELSON assista à la discussion de Célia et de Breidenbach, mais il n'écouta que d'une oreille les questions et les réponses. Il était encore furieux après son entretien avec Gregory Morrison et le coup de téléphone carrément odieux que ce dernier lui avait passé quelques minutes après n'avait rien arrangé.

« Vous faites partie d'Interpol, n'est-ce pas ?

– Oui, monsieur.

– Vous êtes donc à bord de ce navire expressément pour assurer la sécurité du collier de Cléopâtre ?

– Oui, monsieur.

– Bien, autant vous dire que vous avez fait un travail lamentable. Notre passagère la plus importante a été assassinée et le collier volé. Et il est clair que vous n'avez pas progressé d'un iota dans votre recherche de l'Homme aux mille visages. Tout ce que vous avez fait pendant ce temps-là s'est résumé à jeter des cendres par-dessus bord. Si vous étiez mon employé, je vous virerais.

– Heureusement, je ne suis pas votre employé, monsieur Morrison. Je travaille pour la meilleure

247

agence de détectives du monde. Et j'ajouterai que quelles que soient les circonstances je n'envisagerai jamais de travailler pour vous. »

Quand la conférence fut terminée, Devon s'attarda à la sortie assez longtemps pour voir Célia partir avec Ted Cavanaugh. Le début d'une idylle ? Peu lui importait. Il ne restait qu'un peu plus de deux jours avant la fin de la traversée. Avant l'arrivée à Southampton, il avait bien l'intention de trouver le collier. Et de le faire avaler à Morrison.

70

LE PROFESSEUR Henry Longworth n'avait pas prévu d'assister à la troisième intervention de Célia, mais après avoir terminé sa propre conférence et déjeuné sur le pouce, il décida finalement de s'y rendre. Il entra dans l'auditorium quelques minutes avant tout le monde et resta dans le fond de la salle en attendant le début de la conférence.

Quand il vit Brenda Martin arriver, il se colla contre le mur. Il n'avait aucune envie d'écouter ses commentaires aussi stupides les uns que les autres. Il attendit qu'elle ait pris un siège avant de faire un détour et de prendre place aussi loin d'elle que possible.

Une fois assis, il regarda avec attention autour de lui. Force lui était de constater que Célia attirait presque deux fois plus d'auditeurs que lui. Elle parle de bijoux, de colifichets sans intérêt, pensa-t-il. Quand moi je parle du Barde, le plus grand auteur que le monde ait connu !

Jaloux ? Oui, il l'avouait. Néanmoins elle était plutôt charmante. Était-elle la pauvre Cordelia, soupçonnée à tort et incomprise, ou lady Macbeth, froide meurtrière drapée dans son exquise féminité ?

Il s'adonnait là à son petit jeu favori : quelqu'un devinerait-il qui était l'assassin de lady Em ?

À la fin de l'intervention de Célia, il était certain que personne ne s'aventurerait à la suspecter. Mais alors sur qui pouvaient porter les soupçons ?

Il examina l'assistance dans la salle. Brenda Martin ? Elle était assise loin sur sa gauche, à cinq rangées derrière lui. Il se souvint de la façon précipitée dont elle avait quitté la table lorsque le commandant avait annoncé que lady Haywood était morte pendant son sommeil. Elle était revenue à peine quelques minutes plus tard. Il était manifeste que cette triste nouvelle, la mort de la femme qui l'employait, n'avait pas affecté son appétit. Il avait regretté qu'elle ne rapporte pas ce qu'elle avait vu dans la suite. Naturellement, les nouvelles allaient déjà bon train sur les sites d'information, divulguant que lady Em avait été assassinée et son célèbre collier volé.

Il se tourna machinalement dans la direction de Brenda et leurs regards se croisèrent. J'aimerais lire dans ses pensées, se dit-il. Je me demande ce que j'y trouverais. « *D'un cœur faux, un air faux doit cacher le secret* », comme dirait Macbeth.

À la fin de la séance, il se leva en même temps que toute l'assistance, attendit que Brenda eût quitté l'auditorium, puis s'éloigna tranquillement. Amateur de solitude, il regagna directement sa cabine. Il ouvrit le bar et se prépara un Martini-gin. Avec un soupir de satisfaction, il s'installa dans le fauteuil club, allongea ses jambes sur le pouf et porta le verre à ses lèvres.

Cette croisière est peut-être dingue, se dit-il, mais elle offre tous les raffinements promis. Et un meurtre à bord lui donne un piment inattendu. Il partit d'un éclat de rire.

71

APRÈS avoir quitté Ted Cavanaugh, Célia regagna sa suite. Elle ne pouvait nier qu'elle avait pris plaisir à passer un moment avec lui autour d'un verre, mais elle ne voulait pas s'appesantir sur le sujet. Pour l'instant, elle avait surtout envie de savoir ce que les gens avaient vraiment pensé d'elle.

Elle avait aperçu Yvonne et ses deux amies dans l'assistance. Elle imaginait l'épreuve que traversait Yvonne et espérait que sa conférence lui avait apporté un peu de distraction. Elle avait à peine regagné sa suite que le téléphone sonna. Elle reconnut avec plaisir la voix d'Alvirah.

« Célia, vous avez été formidable. Encore meilleure aujourd'hui que la dernière fois. »

C'est déjà une consolation, pensa Célia. Elle devait admettre que le compliment d'Alvirah lui apportait un grand réconfort.

« J'ai beaucoup pensé à vous, poursuivit Alvirah. J'aimerais vous parler.

– Venez quand vous voulez. Je serai heureuse d'avoir la compagnie d'une amie. »

Elle avait tellement l'habitude de voir Alvirah et Willy ensemble qu'elle fut surprise de trouver Alvirah seule à sa porte. Quand elle la fit entrer, Alvirah hésita : « Vous êtes sûre que je ne vous dérange pas ? Vous devez vous sentir fatiguée après la discussion.

– Sincèrement, je suis ravie de votre présence, Alvirah. Quand je suis seule, je passe trop de temps à broyer du noir. »

Rassurée, Alvirah s'assit sur le canapé.

« Célia, Willy et moi savons parfaitement que jamais, au grand jamais, vous n'auriez pu ni voulu vous attaquer à lady Em et lui dérober quoi que ce soit.

– Merci », murmura Célia.

Elle hésita.

Devait-elle vraiment faire entièrement confiance à Alvirah ? Elle décida que oui.

Elle plongea la main dans sa poche et en sortit le collier de Cléopâtre. Devant l'expression interloquée d'Alvirah, elle s'empressa d'ajouter : « Je ne l'ai pas volé. C'est lady Em qui me l'a confié. Laissez-moi vous expliquer ce qui s'est passé. Je venais à peine de refermer la porte de ma cabine hier soir quand lady Em m'a téléphoné, me priant de venir la rejoindre dans sa suite. Elle m'a demandé d'apporter mon oculaire, l'instrument que j'utilise pour expertiser les bijoux. Quand je suis arrivée, elle m'a tendu un bracelet pour que j'en estime la valeur. Je me suis vite aperçue que les diamants étaient de qualité inférieure. Le bracelet n'avait pratiquement aucune valeur. Lady Em a paru très attristée en l'apprenant. Elle m'a dit qu'elle soupçonnait Brenda, son assistante, d'avoir fait remplacer les pierres de qualité par des imitations bon marché.

« "Mais Brenda est votre collaboratrice depuis vingt ans", lui ai-je dit. Lady Em m'a alors répondu qu'elle était certaine de ce qu'elle disait, et que Brenda avait paru très mal à l'aise quand elle lui avait fait remarquer que son bracelet lui semblait différent.

« Elle a ajouté qu'elle était terriblement déçue parce qu'elle avait toujours été très bonne et généreuse envers Brenda.

– C'est navrant, fit Alvirah.

– Et ce n'est pas tout, poursuivit Célia. Lady Em m'a également confié qu'elle était convaincue que Roger Pearson l'escroquait. Apparemment elle lui a fait part hier de son intention de faire vérifier l'état de ses finances par un cabinet comptable indépendant, et il a paru très affecté.

– C'est compréhensible, dit Alvirah. En passant devant leur cabine, Willy et moi l'avons entendu l'autre soir hurler contre Yvonne. Il disait qu'il risquait vingt ans de prison.

– Alvirah, je ne sais quoi faire de ce collier. Lady Em m'a dit qu'elle avait décidé de donner raison à Ted Cavanaugh. À son retour à New York, elle avait l'intention de confier le collier à ses avocats qui le transmettraient à Ted. Durant son cocktail, le commandant avait apparemment proposé à lady Em de le mettre à l'abri dans son coffre personnel. Hier soir, elle me l'a confié et m'a demandé de l'apporter au commandant ce matin. » Elle secoua la tête. « Je n'ai dit à personne qu'il était en ma possession. J'étais terrorisée. Je suis sûre qu'il y a déjà une quantité de gens qui me prennent pour une criminelle à cause de ce maudit fonds de placement. Il leur sera facile de croire que j'ai tué lady Em et dérobé le collier.

– Sans doute, convint Alvirah. Mais vous ne pouvez pas vous promener en le gardant dans votre poche. Et ce serait catastrophique si quelqu'un le trouvait dans votre cabine.

– C'est bien le problème, soupira Célia. J'aurai des ennuis si je déclare que je l'ai, et j'aurai des ennuis si je le garde.

– Voulez-vous que je m'en charge, Célia ? Je le donnerai à Willy. Il le portera partout avec lui. Il sera en sécurité. Je peux vous le garantir.

– Mais que se passera-t-il à notre arrivée à Southampton ? demanda Célia. Que ferez-vous tous les deux ?

– J'ai un peu de temps pour y réfléchir, répondit Alvirah d'un ton déterminé. On me considère comme une détective assez efficace, vous savez. Voyons si je peux résoudre cette affaire avant notre arrivée en Angleterre. »

Avec un sentiment de soulagement, Célia remit le collier à Alvirah.

« C'est une vraie splendeur ! s'exclama Alvirah en le mettant dans son sac.

– Oui. Je pense que c'est le plus beau bijou que j'aie jamais vu de ma vie. »

Alvirah resta un instant silencieuse, regarda Célia et demanda en souriant : « Dois-je redouter la malédiction de Cléopâtre ?

– Non, dit Célia avec le même sourire. La malédiction dit : "Quiconque emportera le collier en mer ne regagnera jamais le rivage." Si elle devait se réaliser, c'est la pauvre lady Em qui en a été la victime. »

En prononçant ces mots, Célia gardait à l'esprit le souvenir du visage troublé et triste de la vieille dame, quand elle lui avait appris que ses deux fidèles confidents, Brenda et Roger, avaient profité d'elle.

72

RAYMOND BROAD, le maître d'hôtel personnel de lady Em à bord du bateau, avait craint qu'on remonte jusqu'à lui après la fuite sur PMT, le site de *News People*. À sa grande surprise, après avoir déclaré qu'il avait découvert lady Em morte dans sa suite, il n'avait pas été interrogé davantage. Le chef de la sécurité lui avait recommandé de ne parler à personne de ce qu'il avait vu dans la chambre de lady Em. À présent, on semblait croire qu'un mystérieux voleur de bijoux censé se trouver à bord avait lui-même prévenu les médias.

Il revit soudain le moment où il était entré dans la chambre de lady Em et s'était rendu compte qu'elle était morte. À quelques mètres du lit, la porte du coffre-fort mural était ouverte et les bijoux éparpillés sur le sol. Il regrettait de ne pas avoir suivi son impulsion. En prendre une partie. Peut-être tous. On aurait pensé que le meurtrier de lady Em avait ouvert le coffre et s'en était emparé. Il avait même envisagé de les dissimuler dans la table roulante du petit-déjeuner qu'il avait emportée après avoir été congédié par le Dr Blake.

Et si on l'avait suspecté, aurait-il été fouillé ? Aurait-on inspecté la table roulante ? Furieux contre lui-même, il se rendit compte que s'il avait simplement refermé le coffre, personne n'aurait soupçonné d'emblée un vol. Il aurait pu filer avec les bijoux et nul n'en aurait jamais rien su.

Son second regret était que lady Em était connue pour laisser des pourboires très généreux. Donc, je suis perdant sur tous les tableaux, conclut-il.

Après que les scellés eurent été posés sur la suite de lady Em, on lui avait attribué une nouvelle affectation et il était désormais chargé des cabines du professeur Henry Longworth et de Brenda Martin. Il n'avait une haute opinion d'aucun des deux. Le professeur lui disait à peine bonjour. Et Brenda Martin était une enquiquineuse née.

Broad avait reçu un appel de son contact à PMT lui confirmant le paiement du tuyau qu'il leur avait fourni, et lui demandant de les informer aussitôt de tout autre développement concernant lady Em ou le vol. Raymond avait sans hésiter donné son accord, bien qu'il dût admettre à part lui qu'il avait peu de chances de découvrir du nouveau avant l'arrivée du *Queen Charlotte* à Southampton.

Le téléphone sonna dans sa petite cuisine. C'était Brenda Martin. Elle voulait qu'on lui apporte un thé dans sa suite. Elle n'eut pas besoin

d'ajouter qu'elle désirait également les petits sandwichs et pâtisseries qui l'accompagnaient. Il n'en
restera pas une miette quand elle aura fini, pensa
Raymond.

L'HOMME AUX MILLE VISAGES avait ramené le nombre de coupables susceptibles de détenir le collier à une seule personne, Brenda Martin. Il savait qu'elle avait la clé de la suite de lady Em. Quoi de plus naturel pour elle que de s'y rendre, soi-disant pour vérifier l'état de santé de sa patronne ? Il était visible que celle-ci ne se sentait pas bien durant son dernier dîner.

Tandis qu'il ajustait sa cravate et se préparait à descendre dîner, il se demanda ce qu'il dirait à Brenda s'il la rencontrait. Il était tenté de lui dire : « Bon appétit, Brenda. C'est peut-être votre dernier dîner. »

ROGER ne se rendait pas compte qu'il ne bougeait plus les bras. Il n'entendit pas non plus une voix crier : « Rattrapez-le, il est en train de couler ! » Il ne réalisa pas qu'on le prenait sous ses épaules ni qu'on le hissait et le déposait avec précaution dans une embarcation.

Il ne sentit pas la couverture qu'on jetait sur lui. Pas plus qu'il n'entendit le rugissement du moteur qui démarrait. Dans son esprit, il se noyait. Les vagues qui se brisaient au-dessus de lui l'empêchaient de respirer.

Il entendit à peine le médecin du bord qui ordonnait : « Descendez-le à l'infirmerie. Il faut le réchauffer. »

Sur ces paroles réconfortantes, Roger s'endormit.

75

LVIRAH quitta Célia et regagna sa cabine, tenant son sac serré contre elle. Willy l'attendait. Il lui lança un regard surpris mais, sans qu'ils aient besoin d'échanger un mot, il se retourna aussitôt pour verrouiller la porte.

« Que se passe-t-il ? demanda-t-il.

– Laisse-moi te montrer, souffla-t-elle. Et ne parle pas trop fort. »

Elle plongea la main dans son sac et en sortit le collier de Cléopâtre.

« S'agit-il du fameux... ? demanda-t-il en lui ôtant des mains le collier à trois rangs.

– Oui, c'est bien lui.

– Où l'as-tu trouvé ?

– Célia me l'a confié.

– Comment l'a-t-elle eu ? Ne me dis pas que c'est elle qui a étouffé cette pauvre femme.

– Willy, tu sais aussi bien que moi que Célia Kilbride n'est ni une meurtrière ni une voleuse. Voilà ce qui est arrivé. »

Parlant toujours à mi-voix, elle raconta à Willy toute l'histoire que Célia lui avait confiée. Elle termina en disant : « Tu peux imaginer à quel point elle est terrifiée. Elle est certaine que si on apprend qu'elle est en possession du collier, personne ne voudra croire que lady Em le lui avait donné.

– Je comprends, dit Willy. Alors que fait-on maintenant ? Je n'aimerais pas que quelqu'un découvre que c'est toi qui l'as et décide de te faire passer dans l'autre monde.

– Tu as entièrement raison, et c'est pourquoi c'est toi qui dois le garder, l'emporter partout où tu iras. Il sera plus en sécurité sur toi.

– Mais une fois à terre, qu'en ferons-nous ? demanda Willy.

– Selon Célia, lady Em avait l'intention de le donner à Ted Cavanaugh. Elle s'était rangée à son avis et pensait qu'il appartenait au peuple égyptien.

– Bon, espérons seulement qu'ils ne me fouilleront pas », dit Willy avec flegme.

Il se leva et glissa le collier dans la poche de son pantalon, qui augmenta visiblement de volume. Alvirah vit la consternation apparaître sur son visage.

« Avec ta veste, personne ne remarquera rien.

– Dieu t'entende. » Après un silence, Willy demanda : « Bon, qu'est-ce qu'on fait maintenant ?

– Willy, tu sais que j'aime bien mener mes petites enquêtes. »

Il parut inquiet. « Ne me dis pas que tu vas essayer de percer ce mystère. N'oublie pas une chose : tu as affaire à quelqu'un qui n'hésite pas à tuer et qui n'a toujours pas trouvé ce qu'il cherche.

263

– Je sais. Mais réfléchis, lady Em a dit à Célia qu'elle était certaine que Roger ainsi que Brenda l'escroquaient. C'est monstrueux !

– Nous avons entendu Roger et Yvonne se disputer l'autre soir. Drôle de coïncidence que Roger soit mort moins de vingt-quatre heures plus tard.

– Tu as raison. Et lady Em, elle, est morte quelques heures seulement après avoir confié à Célia que Brenda avait troqué certains de ses bijoux contre des faux. Tu sais, Willy, je finis par me demander si Roger Pearson est passé tout seul par-dessus bord ou si Yvonne ne l'a pas un peu aidé.

– Tu ne penses quand même pas qu'elle l'a poussé à l'eau ? s'exclama Willy incrédule.

– C'est juste une idée. Ces deux-là ne s'entendaient pas, c'est certain. Elle assistait à la conférence de Célia aujourd'hui avec deux amies. Elle ne m'a pas fait l'effet d'une veuve éplorée. Et maintenant que lady Em et Roger ne sont plus là, les interrogations sur la gestion des finances de cette pauvre femme vont sans doute se dissiper d'elles-mêmes. Ce qui est une très bonne nouvelle pour Yvonne. »

Ils se regardèrent en silence. Willy parla le premier : « Tu crois qu'Yvonne a pu aussi supprimer lady Em ?

– Je n'en serais pas surprise.

– Mais qu'est-ce que tu fais de cette rumeur à propos d'un voleur de bijoux, l'Homme aux mille visages ?

– Je n'en sais rien. Je n'en sais vraiment rien », dit Alvirah, perdue dans ses pensées.

76

PETIT À PETIT, les passagers arrivèrent pour le dîner de gala. L'une des tables était occupée par le professeur Longworth, Yvonne, Célia et Brenda. À la table voisine, étaient assis Alvirah et Willy, Devon Michaelson, Ted Cavanaugh et Anna DeMille. Les propos échangés entre les convives étaient convenus et empruntés.

« L'acupuncture est souveraine, disait Alvirah à Cavanaugh. Je ne sais pas ce que je deviendrais sans. Parfois, quand je m'endors, je rêve qu'une de ces petites aiguilles est restée piquée dans ma peau. Et je me sens toujours mieux à mon réveil.

– Je comprends, lui dit Ted. Ma mère elle-même, qui a de l'arthrite, y croit dur comme fer, elle ne jure que par cette thérapie.

– Oh, votre mère souffre d'arthrite ? s'exclama Alvirah. Est-elle irlandaise ?

– Son nom de jeune fille est Maureen Byrnes. Et mon père est à moitié irlandais.

– Si je vous pose cette question, dit Alvirah, c'est que l'arthrite est censée être une maladie irlandaise. Ma théorie est que nos ancêtres irlandais étaient dehors par tous les temps à récolter de la tourbe pour se chauffer. L'humidité s'est infiltrée dans leur ADN. »

Ted se mit à rire. Il devait reconnaître qu'il trouvait Alvirah intéressante et amusante.

Anna DeMille n'aimait pas rester longtemps en dehors de la conversation. « Je vous ai vu prendre un verre avec Célia Kilbride, dit-elle à Ted. Vous avez assisté à sa dernière conférence, elle est passionnante, n'est-ce pas ?

– Passionnante, en effet », dit Ted, laconique.

Portant sans cesse la main à sa poche, Willy les écoutait bavarder, heureux de ne pas s'être laissé embarquer dans la discussion sur l'acupuncture. Alvirah le pressait toujours d'y avoir recours pour son mal de dos. Et ça l'agaçait d'entendre un type intelligent comme Ted Cavanaugh en faire l'éloge.

Devon Michaelson avait écouté d'une oreille distraite, puis il avait aperçu Gregory Morrison qui circulait dans la salle, allant de table en table. Probablement en train de rassurer tout le monde, de persuader chacun qu'il n'y avait rien à craindre, pensa-t-il.

Son attention se tourna vers la table voisine. Elle n'était plus occupée à présent que par quatre personnes, qui étaient peu loquaces. Aucune ne semblait heureuse d'être là. Puis il remarqua que Morrison s'approchait de la table de Longworth. La vue du propriétaire du bateau l'irrita, mais il reconnut qu'il n'acceptait pas facilement les critiques.

Il s'efforça d'entendre ce qui se disait, mais put à peine saisir deux ou trois mots. Et par-dessus le marché, Anna DeMille avait placé sa main sur la sienne et lui demandait d'une voix caressante s'il se sentait un peu mieux.

Gregory Morrison voyait bien que les chaises avaient été un peu plus espacées pour camoufler l'absence de deux personnes à la table vers laquelle il se dirigeait : lady Haywood et Roger Pearson, l'imbécile qui était passé par-dessus bord. Pas une grande perte pour l'humanité, à son avis. Il lui paraissait convenable, cependant, de témoigner sa sympathie à la veuve de Pearson qui, pour sa part, semblait assez peu affectée par sa perte. Il savait reconnaître des larmes de crocodile. En tout cas, il savait que la compagnie ne pouvait être tenue pour responsable de l'accident arrivé à un individu assez imprudent pour s'asseoir sur la rambarde d'un bateau. Après avoir dit quelques mots à Yvonne, il posa la main sur l'épaule de Brenda. « On m'a appris que vous étiez la fidèle assistante de lady Haywood depuis vingt ans », dit-il. Et c'est peut-être vous qui l'avez tuée, d'ailleurs, pensa-t-il en son for intérieur.

Les yeux de Brenda s'embuèrent. « Les meilleures années de ma vie, lui répondit-elle simplement. Je la regretterai toujours. »

Lady Haywood a dû lui laisser de quoi vivre, pensa Morrison. Je me demande combien.

« Monsieur Morrison, dit Brenda, outre le collier de Cléopâtre, lady Em avait emporté une quantité de bijoux de valeur. J'ai cru comprendre qu'on les avait trouvés répandus sur le sol près de son lit quand on l'a découverte. Avez-vous pris des mesures pour les mettre à l'abri ?

– Je suis certain que le commandant et notre chef de la sécurité appliquent en ce moment même toutes les procédures appropriées. »

Morrison quitta la table. Il aperçut Devon Michaelson, le Dick Tracy d'Interpol, assis à la table voisine, et il préféra l'éviter. Il se répandit en amabilités auprès des autres convives, puis vint se rasseoir auprès du commandant.

« Tout le monde a l'air d'avoir surmonté ces incidents regrettables », dit-il à Fairfax. Il concentra ensuite son attention sur le saumon fumé dans son assiette.

77

S I LE PROFESSEUR Longworth jugeait Brenda sans intérêt, il aurait été vexé d'apprendre qu'elle n'en pensait pas moins à son égard. Elle le trouvait particulièrement rasoir. S'il hausse les sourcils une fois de plus, se dit-elle, je lui jette mon dessert à la figure. Sans attendre cette éventualité, elle avala son *apple pie* tiède accompagnée de glace à la vanille. Puis elle vida la moitié de sa tasse de café et se leva. Elle était impatiente de téléphoner à Ralphie. Elle consulta sa montre. Vingt heures trente. C'est-à-dire seize heures trente ou dix-sept heures trente à New York. L'idéal pour l'appeler.

Une sensation étrange la saisit quand elle pénétra dans sa cabine. Elle regarda soigneusement autour d'elle, mais ne remarqua rien d'inhabituel. La cabine était vide. Elle décrocha le téléphone, demanda à Raymond de lui apporter une autre part d'*apple pie*, avec une deuxième tasse de café. « Dans dix minutes », commanda-t-elle. Puis elle appela Ralphie.

Brenda n'avait aucun moyen de savoir que Ralphie avait fait ses valises et était sur le départ.

Ni qu'il venait de transférer tout l'argent qu'ils s'étaient indûment approprié de leur compte joint à un compte à son propre nom.

Le téléphone sonna trois fois avant qu'il décroche. Son « allô » impatient était peu engageant.

« Ralphie, c'est moi, ta petite chérie, roucoula Brenda.

– Oh, j'espérais que ce serait toi, dit-il d'un ton radouci.

– Tu me manques tellement, soupira Brenda, mais je serai de retour dans trois jours. Et j'ai une surprise pour toi. Je l'ai achetée à la bijouterie du bord.

– Je suis impatient de voir ça, répondit Ralphie avec empressement. Parce que je voudrais aussi te faire une surprise.

– Oh, c'est tellement gentil ! s'exclama Brenda. Je compte les heures. Au revoir, mon Ralphie. Je t'embrasse.

– Au revoir, ma chérie », dit Ralph avant de couper la communication.

Bon, ça suffit comme ça avec la petite chérie, pensa-t-il en refermant avec un claquement sec sa troisième valise.

Il consulta sa montre. Il avait rendez-vous avec sa nouvelle amie – pas vraiment nouvelle, mais maintenant ils n'auraient plus à raser les murs. Ils prenaient le train couchettes, l'Amtrak de vingt-deux heures pour Chicago. Avant de partir, il jeta un long regard à l'appartement. Très confortable. D'un certain côté, il regrettait d'être obligé de le quitter.

Il rit tout haut.

Pauvre chère Brenda, si elle *me* dénonce, elle finira dans la cellule voisine de la mienne.

L'appartement de Lulu était situé au rez-de-chaussée du même immeuble. Elle n'en était pas propriétaire, elle le sous-louait au mois. Ils étaient convenus de se retrouver à la gare de Grand Central plutôt que de quitter l'immeuble ensemble. Il n'était pas certain de rester très longtemps avec Lulu. Mais, pour le moment, elle serait une bouffée d'air frais, après cinq ans passés avec « sa petite chérie ».

78

E N ARRIVANT devant la cabine de Brenda, Raymond Broad l'entendit téléphoner. Il colla l'oreille contre la porte et écouta. « Au revoir, mon Ralphie. Je t'embrasse. » Suivi d'un bruit de baiser.

Elle a donc un petit ami, se dit-il. Qui l'eût cru ?

Avant de frapper, il souleva le napperon pour s'assurer que la cuisine avait bien envoyé l'*apple pie* demandée. Brenda l'avait rabroué la dernière fois pour lui avoir apporté une *pecan pie*, prétendant qu'elle était allergique aux noix. « Quels crétins ! » marmonna-t-il en voyant que la cuisine avait fait la même erreur. Il repartit en vitesse changer la pâtisserie.

Dans sa chambre, Brenda éprouva à nouveau une impression bizarre, la sensation qu'elle n'était pas seule. Soudain, une sorte d'étoffe lui recouvrit la tête en même temps qu'on lui nouait quelque chose autour du cou. Un instant plus tard, elle se retrouva jetée à terre dans ce qu'elle pensa être la penderie.

Ne pas paniquer, s'exhorta-t-elle. Ne pas lui laisser voir que je respire encore. Elle se força à retenir son souffle jusqu'à ce qu'elle entende la porte de la penderie se refermer, et se mit ensuite à inspirer et expirer le plus silencieusement possible. Au bout d'un moment, elle retrouva un rythme normal. La cordelette autour de son cou était serrée, mais elle avait réussi à glisser un doigt à l'intérieur du nœud, libérant sa gorge suffisamment pour pouvoir respirer.

L'Homme aux mille visages avait fait en sorte que personne ne l'aperçoive dans le couloir ni entrer dans la cabine. Sans perdre une seconde, il vida le sac de Brenda sur le sol, puis se précipita vers le coffre. Le collier n'y était pas. Il fouilla à la hâte l'intérieur des valises, les tiroirs de la commode. En vain. « J'aurais pourtant juré que c'était elle qui l'avait », bougonna-t-il en entrebâillant la porte de la cabine pour s'assurer que la voie était libre. Marchant d'un pas vif, l'air désinvolte, il parcourut rapidement la distance qui le séparait de sa cabine.

Moins de deux minutes plus tard, Raymond frappait à la porte de Brenda. N'obtenant aucune réponse, il ouvrit et entra. Étonné de ne voir personne, il déposa l'*apple pie* et le café sur la table basse. C'est alors qu'il entendit un grognement et des coups de pied provenant de la penderie. Il s'approcha prudemment de la porte et l'ouvrit. Brenda était étendue sur le sol, cherchant d'une main à retirer la taie d'oreiller qui lui couvrait la tête, l'autre cramponnée à sa gorge.

Raymond se précipita, saisit une paire de ciseaux sur la coiffeuse et s'agenouilla près d'elle : « Je vais vous sortir de là. Lâchez la corde. » Glissant ses doigts à l'endroit où Brenda avait mis les siens, il inséra avec précaution les ciseaux entre son cou et la corde qui céda dès la première pression. Il découpa ensuite la taie d'oreiller et l'arracha de son visage.

Elle inspira l'air à pleins poumons. Il attendit de la voir porter la main à sa gorge pour l'aider à se redresser et se mettre debout.

« Vous en avez mis un temps ! protesta-t-elle. J'ai failli mourir étouffée.

— Miss Martin, dit-il calmement, venez vous asseoir. Un café vous fera le plus grand bien. »

S'appuyant sur lui, Brenda s'affala dans un fauteuil.

Raymond saisit le téléphone et appela le chef de la sécurité pour l'informer d'un « incident » survenu dans la cabine de Brenda Martin. Saunders promit de venir immédiatement avec le Dr Blake.

Revenant à Brenda, Raymond dit : « Y a-t-il quelque chose que... »

Elle lui coupa la parole : « Allez me chercher une serviette et des glaçons. Je vais m'en envelopper le cou.

— Madame, je crois préférable de rester avec vous jusqu'à ce que...

— J'AI DIT ALLEZ ME CHERCHER UNE SERVIETTE FROIDE !

— Tout de suite, madame », dit Raymond, ravi de disposer d'une excuse pour décamper.

Au moment où il atteignait le seuil, Brenda lui lança : « Dites au commandant que quelqu'un a cherché à m'étrangler, et que j'exige d'être protégée jusqu'à notre arrivée à Southampton. »

Dommage que le cher Ralphie ne soit pas dans les parages, pensa Raymond en sortant sur la pointe des pieds. Il se dirigea vers un cagibi, s'y enferma et sortit son mobile de sa poche. Dès que la communication fut établie, il murmura : « Une autre tentative de meurtre. Cette fois la victime visée est Brenda Martin, l'assistante personnelle de lady Haywood. On a essayé de l'étrangler, mais elle a réussi à s'en tirer. Selon elle, rien n'aurait disparu de sa cabine, si bien que le mobile n'est pas clair. »

Raymond sortit du cagibi.

Une minute plus tard, il reçut un message du chef de la sécurité. Il était prié de revenir sur-le-champ dans la suite de Brenda, où l'attendaient le commandant et le propriétaire du navire. Une serviette et un seau à glace à la main, il se hâta d'obéir.

Brenda était toujours dans le fauteuil où il l'avait laissée. D'un coup d'œil Raymond constata qu'elle avait eu le temps de terminer la glace à la vanille, l'*apple pie* et le café pendant les quelques minutes où elle était restée seule. Mais la vilaine ecchymose autour de son cou était bel et bien réelle. Elle aurait pu mourir étouffée, pensa-t-il. Cependant la première chose qu'il l'entendit dire au Dr Blake fut qu'elle ne serait pas en vie si Raymond ne lui avait pas porté secours. Elle ajouta qu'elle avait l'intention de poursuivre en justice la compagnie qui, bien que prévenue de la présence d'un criminel à bord, n'avait pas pris les mesures de protection nécessaires contre les agissements d'un tueur en série.

Le commandant Fairfax se lança dans un chapelet d'excuses, mais il fut interrompu par Gregory Morrison. Il promit à Brenda qu'il saurait la récompenser si elle ne disait pas un mot aux autres passagers de ce qui venait de lui arriver.

« Rien ne pourra assez me dédommager », s'étrangla Brenda en passant les doigts sur son cou. « J'ai failli mourir, gémit-elle, et uniquement parce que vous avez manqué à votre devoir de nous protéger. Vous voulez savoir ce qui va arriver maintenant ? Si ça continue, nous allons tous monter sur le pont et chanter : "Plus près de toi mon Dieu[1]". »

---

1. Célèbre cantique chanté sur le *Titanic* au moment où il allait sombrer.

79

À cinq cents milles nautiques de là, le méde-cin du *Paradise* observait anxieusement son nouveau patient. Il ne connaissait même pas son nom. Aucun papier d'identité n'avait été trouvé dans le peu de vêtements qu'il avait encore sur lui quand on l'avait repêché.

L'homme souffrait d'hypothermie et de pneu-monie. Les quelques mots qu'il avait prononcés étaient presque inaudibles. Il avait répété à plu-sieurs reprises : « m'a poussé, attrapez-la ». Mais sa température était montée à plus de quarante degrés et le médecin avait attribué ces paroles à du délire.

Il leva les yeux en voyant arriver le commandant du navire. Ce dernier ne perdit pas de temps en civilités. « Comment va-t-il ? » demanda-t-il brusque-ment en examinant ce passager inattendu qu'ils avaient embarqué dix heures plus tôt.

« Je ne peux pas me prononcer en toute cer-titude, monsieur, répondit le médecin avec défé-rence. Son état est stable, mais il respire très difficilement. Il est encore extrêmement faible, cependant, je crois qu'il va s'en sortir.

– Quand on connaît la température de la mer ici, je m'étonne vraiment qu'il ait pu survivre. Mais nous ne savons pas combien de temps il est resté dans l'eau.

– En effet, monsieur. Mais il avait deux atouts. Entre médecins, nous disons toujours que les mieux armés contre le froid sont les gros en bonne santé. La couche de graisse de notre bonhomme l'a isolé et protégé d'une hypothermie fatale. Et il a les épaules et les jambes musclées d'un bon nageur. En se mouvant dans l'eau, ses muscles auront produit de la chaleur, lui fournissant une protection supplémentaire contre le froid. »

Le commandant resta silencieux un moment avant de lancer d'un ton sec : « Bon, faites pour le mieux et tenez-moi au courant. A-t-il mentionné son nom ?

– Non, pas encore. »

Il n'ajouta pas que le patient marmonnait qu'il avait été « poussé ». Il savait que le commandant préférait les faits aux spéculations. Il était certain que ces divagations disparaîtraient quand le patient se rétablirait.

« Vous croyez vraiment qu'il va s'en sortir ? demanda le commandant.

– Je le pense, monsieur. Je vais le garder sous surveillance jusqu'à ce qu'il soit hors de danger.

– Et combien de temps cela peut-il durer ?

– Nous en saurons plus dans les sept prochaines heures, monsieur.

– Prévenez-moi immédiatement quand il reprendra conscience. »

Le commandant quitta la pièce. Le médecin approcha un fauteuil inclinable du lit, s'y allongea et s'enveloppa d'une couverture.

Faites de beaux rêves, monsieur le Passager inconnu, pensa-t-il en fermant les yeux et s'enfonçant dans un sommeil profond.

Cinquième jour

80

ALVIRAH ET WILLY, Devon Michaelson, Anna DeMille et Ted Cavanaugh se retrouvèrent pour un petit-déjeuner qui se révéla plus mouvementé que prévu.

Quelques minutes après qu'ils se furent assis, Brenda arriva à sa table. Yvonne et le professeur Longworth y étaient déjà installés. Auréolée de son nouveau statut de victime, la gorge marquée d'un cercle rouge, Brenda avait d'abord prévu de prendre son repas dans sa cabine. Après avoir confirmé qu'elle n'était pas sérieusement blessée, le Dr Blake l'avait incitée à passer la nuit à l'infirmerie. Elle avait refusé, préférant l'intimité de sa cabine.

Elle avait ensuite décidé qu'il serait beaucoup plus intéressant de partager son expérience aux frontières de la mort avec ses compagnons dans le Queen's Cocktail Lounge. Elle ne manqua pas de se tâter ostensiblement le cou en s'asseyant et de pousser un gémissement en avalant un verre d'orange pressée. Répondant à leurs exclamations et interrogations, elle se fit un plaisir de raconter son histoire aux autres convives sans leur faire grâce du moindre détail.

« Vous n'avez pas vu votre agresseur, vous en êtes sûre ? demanda Yvonne.

– Il était probablement caché dans la penderie. Quand je me suis retournée, il m'a attaquée par-derrière, dit Brenda, posant une main sur sa poitrine à ce souvenir.

– Vous n'avez remarqué aucun détail qui aiderait à découvrir qui vous a attaquée ? » demanda encore Yvonne.

Brenda secoua la tête. « Absolument rien. En tout cas, il était très fort. »

Elle n'a pas le moindre indice, se dit Longworth. Très intéressant.

Brenda poursuivit : « Sur le moment, je n'ai pas vu ce qu'il me nouait autour du cou, une cordelette sans doute, mais j'ai su qu'il allait m'étrangler. J'ai cru perdre connaissance. Je me souviens qu'il m'a poussée dans la penderie. J'ai eu la chance de pouvoir passer un doigt à l'intérieur du nœud avant qu'il se mette à tirer. Je me suis débattue pour commencer mais, très vite, j'ai compris qu'il valait mieux simuler un évanouissement. J'allais perdre conscience quand j'ai senti son étreinte se desserrer.

– Oh mon Dieu, dit Yvonne.

– Oh mon Dieu ! C'est exactement ça, répéta Brenda. Ma vie s'est mise à défiler devant mes... »

Ce fut au tour de Longworth de penser : Oh mon Dieu ! Quand va-t-elle conclure ?

« Mais je suis restée sans bouger, osant à peine respirer. Il est resté un certain temps, à faire je ne sais quoi. Puis j'ai entendu la porte de ma cabine s'ouvrir et se refermer, et l'inconnu s'en aller. »

Yvonne semblait maintenant tout aussi bouleversée que Brenda. « Quelle atroce expérience, gémit-elle. À vous entendre raconter votre lutte pour rester en vie, je me rends compte de ce qu'a dû endurer mon pauvre Roger. »

Il n'échappa pas à Longworth que Brenda était agacée de voir son quart d'heure de notoriété temporairement éclipsé par le malheur d'un autre.

Elle reprit : « Pour résumer... »

Un peu tard pour ça ! soupira Longworth en lui-même.

« ... j'ai survécu et me voilà saine et sauve. Et comme si ça ne suffisait pas, je me suis aperçue ce matin que mon collier de grande valeur avait disparu... »

Malgré ce dernier point, Brenda sentit qu'une partie de son auditoire lui échappait. Elle finit de manger et alla s'asseoir à la table voisine, massant ostensiblement son cou endolori.

Elle se réjouit qu'Alvirah et Willy Meehan ainsi que Ted Cavanaugh aient semblé particulièrement affectés par son récit. Anna DeMille soupira : « D'une certaine façon, je vous envie presque. Je m'imagine dans une situation semblable. » Elle se tourna vers Devon et posa une main sur son bras. « J'espère que vous viendriez à mon secours. »

Ted ne s'attarda pas davantage. Il murmura à Alvirah : « J'ai un coup de fil à passer à un client en France, mais je veux aussi savoir comment va Célia.

– Bien sûr », répondit Alvirah.

Quelques minutes plus tard, Brenda regarda autour d'elle et repéra les amies d'Yvonne un peu plus loin. Elle se dirigea vers leur table en se massant la nuque pour recommencer son manège.

Alvirah but sa dernière gorgée de café : « Willy, allons nous promener sur le pont. »

Willy regarda par la fenêtre. « Il pleut des cordes, ma chérie. »

Alvirah suivit son regard. « Retournons en haut, vers les cabines, dans ce cas. Je veux moi aussi prendre des nouvelles de Célia. »

81

CÉLIA avait dormi comme un bébé. Avoir confié à Alvirah le collier de Cléopâtre l'avait soulagée d'un grand poids. Mais en ouvrant les yeux à six heures et demie du matin, elle se sentit désorientée. Elle avait pris un plaisir certain à bavarder avec Ted Cavanaugh. Elle savait qu'il croyait sincèrement qu'elle n'avait rien à voir avec la mort de lady Em. Elle regretta de lui avoir tu ce que lady Em lui avait confié sur Brenda et Roger, mais il se serait étonné qu'elle en sache autant.

Elle repassa leur conversation dans son esprit, ressassant la question qui l'obsédait : pourquoi s'était-elle laissé séduire et leurrer par Steven ? Pourquoi n'avait-elle pas été plus prudente ? Si elle s'était donné la peine de vérifier deux ou trois choses, elle se serait vite aperçue qu'il lui mentait. Était-ce la mort de son père qui l'avait rendue si vulnérable ? Elle repoussa cette pensée, honteuse de pouvoir envisager une minute qu'il était responsable de ses faiblesses. « Je t'aime, papa », murmura-t-elle, les larmes aux yeux. « Je n'ai à m'en prendre qu'à moi-même. »

Elle se leva, enfila sa robe de chambre et demanda qu'on lui apporte un café et un muffin.

Je ne veux pas que ça m'arrive une seconde fois, pensa-t-elle. Je dois en être sûre. Elle alluma son ordinateur. Incapable de se rappeler le nom du cabinet d'avocats de Ted, elle alla sur Google et entra « Ted Cavanaugh, avocat à New York ». Le site de Boswell, Bitzer et Cavanaugh apparut en première ligne. Elle cliqua, chercha ensuite la rubrique NOTRE ÉQUIPE, et quand se présenta la photo de Ted, elle parcourut la courte biographie qui l'accompagnait. Un soupir de soulagement lui échappa. Ted était exactement qui il disait être.

Quelques minutes plus tard, le téléphone sonna. C'était Alvirah.

« Je voulais seulement vous dire d'être prudente, Célia. Brenda vient de descendre dans la salle du petit-déjeuner. Elle nous a raconté que quelqu'un avait tenté de l'étrangler et qu'elle serait morte étouffée si le maître d'hôtel de sa cabine n'était pas arrivé à temps.

– Quelle horreur ! » s'exclama Célia d'un ton compatissant tout en se souvenant des soupçons de lady Em.

« Le voleur est à la recherche du collier de Cléopâtre, poursuivit Alvirah. C'est ce qui m'inquiète. Célia, vous devez vous montrer très prudente pendant les deux prochains jours. Et méfiez-vous quand vous marchez. Le bateau commence sérieusement à tanguer. Si vous n'êtes pas encore sortie, vous ignorez peut-être que nous essuyons un bel orage.

– Je ne me suis aperçue de rien, répondit Célia. Alvirah, j'ai peur de vous avoir mis en danger Willy et vous.

– Oh, tout ira bien de ce côté, ne vous en faites pas. Personne ne va me tuer tant que Willy est avec moi, et je ne crois pas que quelqu'un ose s'en prendre à Willy.

– Vous me rassurez, mais je vous en prie, faites attention.

– C'est promis », dit Alvirah.

Célia avait à peine raccroché que le téléphone sonna à nouveau. C'était Ted Cavanaugh. Sa voix trahissait son inquiétude. « Célia, vous n'êtes pas descendue au petit-déjeuner. Vous allez bien ?

– Tout va bien, lui assura Célia. J'ai très bien dormi, pour la première fois depuis longtemps.

– Je voulais vous prévenir, Célia. Soyez prudente. Brenda a failli être assassinée la nuit dernière. Elle dit que quelqu'un l'a agressée dans sa chambre et a tenté de l'étrangler. On lui a aussi volé un collier de grande valeur. »

Célia ne lui dit pas qu'Alvirah venait de l'appeler. Elle ne dit pas non plus que le seul collier qu'elle avait vu au cou de Brenda était de qualité très médiocre. À moins que celui dont elle parlait ait appartenu à lady Em. Mais elle garda cette pensée pour elle.

« Mon cabinet vient de m'envoyer des documents pour un rapport que je dois finir ce soir. On déjeune ensemble demain ?

– Volontiers, dit simplement Célia.

– Bien. À treize heures, dans le salon de thé à votre étage ?

– Entendu. »

Célia garda un instant le téléphone dans sa main après avoir entendu Ted raccrocher. « Je ne me sens plus toute seule, maintenant », dit-elle tout haut. Elle reposa l'appareil et prit sa tasse de café.

82

GREGORY MORRISON regarda Fairfax et Saunders entrer dans sa cabine d'un air mécontent. « Où est l'inspecteur Clouseau ? demanda-t-il. J'ai expressément demandé à vous voir tous les trois.

– J'ai bien demandé à M. Michaelson de nous accompagner, dit le commandant nerveusement. Mais il m'a répliqué qu'il n'avait pas la moindre intention de venir se faire humilier par vous.

– Vous n'étiez pas censé lui demander de venir mais lui en donner l'ordre. » Morrison poussa un soupir. « Bon, passons. De toute façon, ce type ne sert à rien. »

Morrison faisait les cent pas dans sa suite tout en parlant. « Cette idiote de Brenda Martin passe son temps à exhiber partout les meurtrissures de son cou. Vous rendez-vous compte que tous les passagers vont avoir une peur bleue de se retrouver seuls dans leurs cabines ? »

Il fixa John Saunders. « Pouvez-vous me donner une bonne raison de continuer à vous payer ? Une passagère a été assassinée, ses bijoux volés, et vous n'avez même pas eu l'idée de placer un garde dans le couloir ? »

Saunders s'était habitué aux constantes saillies de Morrison. « Puis-je vous rappeler, monsieur, que nous nous sommes mis d'accord pour faire comme si de rien n'était. Placer des gardes armés dans les couloirs devant les portes des suites ne manquerait pas de faire jaser. Je me souviens même vous avoir entendu dire que nous ne gouvernions pas une prison.

– Je suppose que vous avez raison », dit Morrison à regret.

Le commandant Fairfax prit à son tour la parole : « Franchement, monsieur Morrison, dit-il d'un ton ferme, nous devrions nous concentrer sur l'attitude à prendre face à ce dernier… », il hésita un instant « … incident. Pour l'instant il n'a pas encore été relevé sur les sites d'information, mais… »

Morrison fouilla nerveusement dans sa poche et en sortit son mobile. Il pianota le nom du navire. « C'est bien ce que je craignais, gronda-t-il. En premier titre : "Un autre passager agressé sur le *Queen Charlotte.*" »

Morrison poursuivit sa lecture. « Incroyable ! Ils nous surnomment déjà le *Titanic* du vingt-et-unième siècle. »

Personne ne dit mot, puis Morrison, visiblement bouleversé, s'écria d'une voix qui se brisait :

« Mon bateau ! Maintenant, sortez et débrouillez-vous pour éviter tout autre incident jusqu'à notre arrivée. »

Fairfax et Saunders se le tinrent pour dit et quittèrent la pièce. Morrison s'installa dans un fauteuil confortable, pianota sur son téléphone et consulta son courrier électronique. L'un des mails avait été envoyé par son directeur financier dix minutes plus tôt : trente passagers au départ de Southampton avaient annulé leurs réservations.

Il se leva et se dirigea d'un pas rageur vers le bar. Cette fois, il se versa une rasade de Johnny Walker Blue. Et c'était *avant* qu'on n'apprenne ce qui est arrivé à Brenda Martin, pensa-t-il. Je me demande combien elle va me coûter, celle-là !

83

ROGER PEARSON avait dormi dix heures. Il ouvrit les yeux. Je suis en vie ! Je suis vivant ! pensa-t-il. Il respirait au moyen d'un appareil et son front était brûlant au toucher, mais il s'en sortirait.

Il tourna la tête et vit un homme en blouse blanche endormi dans le fauteuil inclinable à côté de son lit. C'était aussi bien comme ça. Il avait l'intention de révéler son identité et de dire qu'il était tombé du *Queen Charlotte*. Il avait un souvenir très précis de l'expression hystérique du visage d'Yvonne quand elle s'était ruée sur lui et l'avait poussé en arrière de toutes ses forces. Il voulait qu'elle sache qu'il était parfaitement conscient de ce qu'elle avait fait, mais il n'était pas prêt à raconter au premier venu ce qui s'était passé à bord de ce bateau, ni à répondre à ses questions.

Roger referma les yeux et s'abandonna à la sensation de bien-être et de chaleur qui l'enveloppait sous les épaisses couvertures. En tout cas, j'en ai à jamais fini avec la nage, se promit-il, tandis que lui revenait le souvenir de ses efforts pour recracher des litres d'eau salée et lutter contre l'hypothermie.

84

IL FAUT que nous fassions travailler notre cervelle, « Willy », déclara énergiquement Alvirah, tout en se cramponnant au bras de son mari pour garder son équilibre malmené par le roulis du bateau.

« Pas de panique, chérie, je te retiens », dit Willy, imperturbable, en tenant le bras d'Alvirah d'une main et la rambarde de l'autre.

« Allons plutôt dans un endroit tranquille, suggéra Alvirah. J'ai quelque chose à te dire.

– Je croyais que tu voulais marcher.

– Non. Quelqu'un pourrait nous entendre, on ne sait jamais.

– Nous sommes les seuls à nous aventurer dehors, mais rentrons si tu veux. »

Ils s'installèrent dans l'English Tea Room et commandèrent un café. Quand elle fut sûre que le serveur était rentré dans la cuisine et avait refermé la porte, Alvirah chuchota : « Willy, il faut que nous réfléchissions à la suite. »

Willy savoura une longue gorgée de son café. « Chérie, c'est surtout ce maudit collier qui m'inquiète.

– Ne t'en fais pas. Nous trouverons une solution, assura Alvirah. Mais récapitulons ce que nous avons appris jusqu'à présent. Quelqu'un a assassiné cette pauvre lady Em et tenté de la voler. Nous savons que le meurtrier n'a pas trouvé le collier de Cléopâtre parce qu'elle l'avait confié à Célia. Et nous savons aussi qu'avant de mourir lady Em a dit à Célia que Roger Pearson, Dieu ait son âme, et Brenda Martin l'arnaquaient. »

Willy hocha la tête. « Je crois Célia sur parole, pas toi ?

– Bien sûr. Si Célia était coupable, pourquoi nous aurait-elle remis le collier ? » Alvirah s'interrompit. « Mais ce n'est pas le problème.

– Alors, c'est quoi ?

– Oh, Willy, ça se voit comme le nez au milieu de la figure. La personne qui a tué lady Em voulait s'emparer du collier. Et quand il ou elle ne l'a pas trouvé, le tueur a décidé que c'était Brenda qui l'avait, et s'est lancé sur sa trace.

– Lui ou elle ? s'étonna Willy.

– Naturellement, ce peut être l'un ou l'autre. Et sais-tu sur qui je parie ? » Elle posait la question pour la forme. « Pour ma part, je mise sur Yvonne.

– Yvonne ?

– Willy, oublions un moment le dénommé Homme aux mille visages. Personne n'est même vraiment certain qu'il soit à bord. Concentrons-nous sur Yvonne. Regarde comment elle se comporte sur le bateau depuis que son mari est tombé – ou a été poussé – à l'eau. »

Willy plissa le front. « Tu penses que c'est elle qui l'a poussé ?

– Je ne dis pas que j'en suis sûre, mais c'est tout à fait possible. Regarde-la. Elle est venue au petit-déjeuner comme si de rien n'était. On la voit partout avec ses amies des Hamptons. Je les ai observées, et je peux te dire une chose, Yvonne n'est pas une veuve éplorée. Toi, comment te sentirais-tu si je passais par-dessus bord ?

– Ça ne serait pas arrivé, répliqua Willy fermement. D'abord, je ne t'aurais pas laissée t'asseoir sur la rambarde. Et ensuite, je t'aurais rattrapée au moment où tu commençais à basculer. Et si je n'y étais pas parvenu, j'aurais sauté à l'eau pour te sauver. »

Le regard d'Alvirah s'adoucit. « Je sais bien, et c'est pourquoi je t'aime tant, dit-elle. Mais il n'y a pas qu'Yvonne. Anna DeMille par exemple... »

Willy l'interrompit : « Celle qui raconte à qui veut l'entendre son histoire stupide à propos de Cecil B. DeMille ?

– Exactement. Je la crois inoffensive.

– Moi aussi, dit Willy en terminant son café. Elle est trop occupée à mettre le grappin sur Devon Michaelson pour avoir concocté un assassinat pour un collier.

– Bon. Éliminons-la de la liste. Voyons les autres convives de nos deux tables. Il y a le professeur Longworth.

– Le spécialiste de Shakespeare. » Willy secoua la tête. « Je ne sais rien de lui. Il me paraît un peu bizarre, mais il n'a pas la tête d'un tueur. Et Ted

Cavanaugh ? Il essayait visiblement de se faire bien voir de lady Em.

– Oui, convint Alvirah. Mais je ne l'imagine pas non plus en meurtrier. Et pourquoi l'aurait-il tuée ? Célia dit qu'elle avait l'intention de faire don du collier au musée du Caire.

– C'est ce que Cavanaugh voulait, mais le savait-il au moment où elle a été assassinée ? »

Alvirah secoua la tête. « Célia ne lui a probablement rien dit car ç'eût été admettre qu'elle avait vu lady Em le soir de sa mort. Je suis à peu près sûre que nous sommes les seuls à qui Célia a confié cette information. Mais je n'arrive tout simplement pas à croire que Cavanaugh puisse être un meurtrier. Il n'en a pas le profil. Il vient d'une si bonne famille. Son père a été ambassadeur.

– Un tas de gens de bonne famille se sont révélés d'horribles psychopathes, voire des tueurs », fit observer Willy.

Alvirah ignora cette possibilité. « Réfléchissons encore. Qui d'autre était à nos tables ?

– Devon Michaelson ?

– Oh, bien sûr, ce pourrait être lui. Mais je n'y crois pas non plus. Il a embarqué sur ce bateau pour disperser en mer les cendres de sa femme, le pauvre homme. Il passe le plus clair de son temps à éviter Anna DeMille. Revenons au professeur Longworth. Il voyage beaucoup. Il donne régulièrement des conférences au cours de ces croisières, comme Célia.

– Sauf que Longworth est à la retraite. Célia a un job à temps plein chez Carruthers.

– Elle *espère* garder un job à temps plein. Elle ignore ce qu'il en sera à cause de ce misérable type qui essaye de la mêler à son escroquerie.

– Il n'y arrivera pas, crois-moi.

– Il n'arrivera peut-être pas à l'impliquer dans ses magouilles, mais cela n'empêche pas qu'il a fait de sa vie un enfer.

– À propos, chérie, nous sommes peut-être un peu inconscients. Qu'allons-nous faire de ce collier quand nous arriverons à Southampton et que nous prendrons l'avion pour rentrer chez nous ? »

Willy fouilla dans sa poche de pantalon pour s'assurer que le collier était toujours là.

« Dès que nous serons à la maison, nous appellerons Ted Cavanaugh et lui remettrons le collier.

– Et comment expliquerons-nous qu'il se trouve entre nos mains ?

– Je trouverai quoi dire, lui assura Alvirah. Lady Em avait souhaité donner le collier à Ted. Il a raison. Il appartient au peuple d'Égypte. Cléopâtre était leur reine.

– Tu parles d'un porte-bonheur. »

Willy contempla sa tasse vide, mais il savait qu'Alvirah n'avait pas envie qu'il rappelle le serveur.

« Je m'interroge encore au sujet d'Yvonne, déclara Alvirah. On peut voir les choses sous cet angle : quelqu'un est prêt à tout, y compris à tuer, pour posséder ce collier, d'accord ?

– D'accord.

– Ce quelqu'un a tué lady Em et essayé de tuer Brenda, mais n'est toujours pas en possession du collier.

– On est bien placés pour le savoir.

– Le commandant aurait pu annoncer que le collier était en sécurité dans son coffre, mais il ne l'a pas fait. Quel message envoie-t-il au tueur ?

– Que quelqu'un d'autre, un des passagers, le détient.

– Mettons que tu sois le tueur, que tu sois une de nos connaissances à bord ou l'Homme aux mille visages, et que tu essayes de deviner qui a le collier, tout en sachant que ce n'est plus lady Em, ni Roger, ni Brenda, à qui penserais-tu en premier ?

– À Célia Kilbride, sans hésitation.

– C'est aussi mon raisonnement, confirma Alvirah. Il est évident qu'avec le tueur en liberté, Célia court un grave danger. »

Elle baissa les yeux, s'aperçut qu'elle avait bu à peine quelques gorgées de son café et poussa sa tasse vers Willy. « Je t'ai vu avaler ta dernière gorgée d'un air désespéré.

– Merci, dit Willy, acceptant l'offre avec empressement.

– Willy, c'est à nous de faire en sorte qu'il n'arrive rien à Célia avant l'arrivée à Southampton.

– Si on y arrive », dit Willy.

La tempête annoncée s'était levée. Le bateau tanguait et roulait dangereusement.

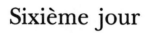

Sixième jour

85

APRÈS avoir parlé avec Alvirah et Ted, Célia savoura la sensation délicieuse de n'avoir rien à faire. Plus de conférences, un jour entier de repos complet avant Southampton.

Elle repoussa ses couvertures, sortit du lit, s'étira et alla à la porte du balcon. Elle la fit glisser et sentit un vent froid et vif plaquer sa chemise de nuit sur elle. La mer démontée de la veille ne s'était guère calmée.

Célia commanda des œufs brouillés, un muffin et du café. Lorsqu'on les lui apporta, un journal se trouvait également sur le plateau. Elle eut envie de l'ignorer, mais elle ne résista pas à la tentation d'y jeter un coup d'œil.

Comme elle pouvait s'y attendre, il n'y avait pas un mot sur lady Em ou le collier, mais on y mentionnait le procès de Steven. Sa caution avait été majorée après la publication de l'article paru dans *People* dans lequel il admettait ouvertement qu'il était coupable. Le juge avait déclaré qu'il estimait le risque de voir Steven prendre la fuite très élevé. « Sans blague ! » s'exclama Célia tout haut. Elle écarta la pensée de son entrevue prochaine avec le FBI.

Elle termina ses œufs brouillés, s'attarda à boire son café, puis se leva lentement et alla ouvrir les robinets de la douche vapeur de la salle de bains. Paradisiaque ! Elle avait l'impression que toutes ses peurs et ses angoisses s'éliminaient par chaque pore de sa peau. Elle sortit à regret, s'enduisit le visage et le corps de crème hydratante et se sentit parfaitement détendue.

Mais la réalité la rattrapa pendant qu'elle enfilait son peignoir. Quelle explication donnerait-elle si on apprenait que le collier de Cléopâtre se trouvait dans sa suite le soir où lady Em avait été assassinée ?

Qui croira qu'elle me l'a *confié*? La réponse était : personne. Concentre-toi sur le présent, se dit-elle en mettant en marche le séchoir à cheveux. Elle se maquilla légèrement, sortit de la penderie la nouvelle tenue décontractée qu'elle avait achetée pour la croisière.

Elle s'efforçait de se raisonner. Ne sois pas stupide. Ted Cavanaugh ne s'intéresse pas le moins du monde à toi, surtout après cet article dans *People*. Il est le genre de type que toutes les femmes recherchent. C'est seulement par amabilité qu'il t'a proposé de déjeuner avec lui.

Il était encore tôt. Une fois habillée, elle se regarda dans la glace puis alla ouvrir le coffre et en sortit les petites boucles d'oreilles en or que son père lui avait données quand elle était partie à l'université.

Il lui avait dit : « Elles appartenaient à ta mère. Désormais je veux qu'elles soient à toi. » Puis il avait ajouté : « Tu as son visage, ses yeux, son rire. »

À quoi ressemblait ma mère ? se demanda Célia. Je suppose qu'elle aurait dû me manquer, mais j'étais si jeune et papa a toujours été près de moi, du matin au soir. Je l'ai peut-être trop accaparé. Il aurait pu rencontrer une autre femme dont il serait tombé amoureux. J'ai été tellement égoïste. Je l'ai rendu responsable de mes problèmes. C'eût été plus honnête de m'en prendre à moi-même. Je lui en ai même voulu d'être mort avant ma rencontre avec Steven, de ne pas avoir été là pour me conseiller.

Pourquoi étais-je si désireuse de tomber amoureuse ? C'était stupide. Complètement stupide. En tout cas, une chose est sûre, mon père a rejoint ma mère, et il est heureux.

Le téléphone interrompit le fil de ses pensées. C'était Ted. « Cela vous convient si je passe vous prendre dans quelques minutes ?

– Quand vous voudrez, je suis prête. »

Elle ouvrit dès qu'il frappa à la porte. L'éclair d'approbation qui passa dans son regard ne lui échappa pas. « C'est plutôt agité dehors, dit-il. Il va falloir s'accrocher l'un à l'autre. »

Célia retint un sourire. Ce n'était pas pour lui déplaire.

86

GREGORY MORRISON se rendit à contrecœur au Queen's Cocktail Lounge pour le petit-déjeuner. Il n'avait nulle envie de croiser les regards interrogatifs des passagers, ni de répondre à leurs questions idiotes sur les risques qu'ils couraient. Mais il aurait l'air de se défiler s'il prenait ses repas dans sa suite.

Comme s'il n'avait pas eu suffisamment d'ennuis, le commandant Fairfax l'avait prévenu que la tempête allait forcir. Le Dr Blake lui avait dit que l'infirmerie était submergée de gens atteints du mal de mer. C'est parfait, ricana-t-il. Sur mon superbe bateau, si vous avez la chance de ne pas mourir étouffé ou étranglé, vous passez une partie du voyage la tête dans les toilettes.

Une chose le consolait, cependant : Brenda Martin n'était pas encore arrivée à sa table. Elle était probablement dans les cuisines en train de torturer le chef pâtissier.

La vérité était que les mouvements du bateau et le mal de mer n'avaient pas épargné Brenda. Elle avait renoncé à parcourir les trois étages inférieurs et à faire bénéficier le reste des passagers de ses malheurs.

Le professeur Longworth et Yvonne étaient attablés. Morrison était trop préoccupé pour se rendre compte qu'Yvonne le dévorait des yeux. Elle avait cherché sa biographie sur le Net et appris qu'il était divorcé depuis dix ans et n'avait pas d'enfants. Qui plus est, non seulement il était le seul propriétaire du *Queen Charlotte*, mais il possédait aussi une flotte de vingt bateaux spécialisés dans les croisières fluviales. Il a soixante-six ans, pensait-elle. Un peu plus de vingt ans de plus que moi, mais peu importe. Il faudra que je l'invite à venir me voir à East Hampton à Pâques.

Elle sourit en voyant Morrison choisir une chaise voisine de la sienne. Que disait-il ? Ah oui : « Savez-vous que la responsabilité du *Queen Charlotte* n'est en aucune manière engagée si un passager tombe à la mer ? » C'est ce qu'on verra, se dit-elle en lui adressant un sourire encore plus chaleureux. Puis elle vit un membre de l'équipage se précipiter vers le commandant Fairfax et lui murmurer quelque chose à l'oreille. Une expression de surprise apparut sur le visage du commandant qui se leva et se hâta vers Morrison.

« Il faut que je vous parle un instant, monsieur. Je vous prie de m'excuser, madame », dit Fairfax tandis que les deux hommes s'éloignaient de quelques mètres. Le commandant parlait trop bas pour qu'elle puisse l'entendre, mais la réponse de Morrison lui parvint clairement. « Vous dites que le pauvre homme est resté dans l'eau pendant presque onze heures ? »

Oh non, oh mon Dieu, non, pensa Yvonne, mais elle réussit à garder un air naturel tandis que Morrison se dirigeait rapidement vers elle et disait : « J'ai une merveilleuse nouvelle à vous annoncer, madame Pearson. Votre mari a été repêché par un bateau qui croisait non loin. Il souffre de pneumonie mais se rétablit rapidement. Il sera à Southampton le lendemain de notre arrivée.

– Oh, Seigneur, je ne sais que dire », parvint-elle à articuler avant de fermer les yeux et de s'évanouir.

87

L E TEMPS pressait. Le lendemain à l'aube ils accosteraient sur le quai de Southampton. Il lui restait moins de vingt-quatre heures pour mettre la main sur le collier de Cléopâtre. Il aurait pourtant parié que c'était à Brenda que lady Em l'avait confié. Visiblement, il s'était trompé.

Qui d'autre ? se demandait-il en parcourant le pont-promenade.

Que Brenda ait survécu ne l'inquiétait pas outre mesure. Son récit des événements prouvait qu'elle n'avait aucune idée de l'identité de son agresseur. Mais qu'est-ce qui l'avait bien poussée à inventer l'histoire du vol du collier de perles ?

Après l'avoir à moitié étranglée et enfermée dans la penderie, il avait eu les mains libres pour fouiller sa cabine. Le collier de Cléopâtre n'y était pas.

Il n'avait pas souhaité tuer Brenda, pas plus qu'il n'avait souhaité tuer lady Em. Mais lady Em s'était réveillée à temps pour le voir distinctement et l'avait peut-être reconnu sous son déguisement. Avec Brenda, il s'en était fallu de peu. Il était en train de refermer la porte de sa propre cabine quand il avait entendu le maître d'hôtel toquer à sa porte.

Au cocktail du commandant, il avait entendu ce dernier demander à lady Em de lui confier le collier afin qu'il le range dans son coffre personnel. Que se serait-il passé si elle avait fini par accepter ? Elle ne se sentait pas très bien ce soir-là. Mais elle portait toujours le collier quand elle avait regagné sa suite.

Elle avait refusé que Brenda l'accompagne. En fait, elle s'était montrée plutôt froide envers sa dame de compagnie pendant la soirée. Avait-elle une raison précise d'être fâchée contre elle ? Dans ce cas, cela expliquerait pourquoi elle ne lui avait pas confié le collier.

En qui d'autre aurait-elle pu avoir confiance ? En Roger sans doute, mais il était passé par-dessus bord. Elle ne semblait pas proche d'Yvonne. Et Yvonne avait un air exaspéré dès que lady Em prenait la parole. L'Homme aux mille visages était furieux contre lui-même. Pourquoi n'avait-il pas mieux réfléchi à tout ça avant de pénétrer dans la cabine de Brenda et d'attendre son retour ?

Ses pensées revenaient constamment à Célia Kilbride. Lady Em avait apparemment souhaité la présence de la jeune gemmologue à sa table. Elle était assise au premier rang à chacune de ses conférences. Il était évident à les entendre discuter qu'elles se connaissaient et entretenaient une relation cordiale. Apparemment, lady Em préférait converser avec Célia qu'avec son conseiller personnel ou son assistante.

La proposition du commandant de mettre son collier à l'abri dans son coffre l'avait-elle inquiétée ? Lui avait-il dit que l'Homme aux mille visages se trouvait peut-être à bord ? Avait-elle réfléchi après coup et choisi de confier son collier à quelqu'un d'autre ? Dans ce cas, à qui se serait-elle fiée ? À notre charmante jeune gemmologue. Cela tombait sous le sens.

Il fouilla dans sa veste et chercha le nom de Célia Kilbride sur la liste des passagers qu'il s'était procurée. Sa cabine se trouvait à quelques numéros de celle de lady Em.

C'est elle qui l'a, conclut-il.

88

DEUX STEWARDS aidèrent Yvonne à regagner sa cabine. Elle leur demanda de l'installer dans un des fauteuils club et insista pour qu'ils la laissent seule. Les conséquences de la survie miraculeuse de Roger après sa chute en mer pénétraient peu à peu son esprit. Que ferait-elle s'il l'accusait de l'avoir poussé ? Je nierai de toutes mes forces. Nous avions beaucoup bu tous les deux. J'ai déjà dit que j'étais dans les toilettes, qu'il se tenait assis sur la rambarde, et qu'en sortant je me suis aperçue qu'il n'était plus là. J'ai eu peur qu'il lui soit arrivé quelque chose et j'ai demandé de l'aide.

Le raisonnement tient la route, se rassura-t-elle. Mais elle avait une autre carte à jouer. Les soupçons de lady Em avaient disparu avec elle. Elle n'avait parlé à personne d'autre de l'audit qu'elle envisageait, du moins, c'est ce qu'Yvonne pensait. Et c'était sa chance.

Je vais m'en tirer. Si je n'arrive pas à le convaincre, je le menacerai d'aller trouver la police et de parler des problèmes financiers de lady Em. Ça résoudra la question.

À l'heure qu'il est, Valérie et Dana savaient sans doute que Roger était vivant. Que pouvait-elle leur raconter ? Elle leur dirait qu'en apprenant qu'il était sauvé, elle avait pensé que c'était un signe, qu'elle voulait donner une seconde chance à leur couple. Elle savait qu'ils pourraient retomber amoureux.

Elles avaleront ma petite histoire. Je suis une très bonne actrice.

89

TED TENAIT FERMEMENT Célia par la main et s'agrippait de l'autre à la rampe du couloir pour garder l'équilibre. « Et si nous descendions au niveau du pont principal ? proposa-t-il. En théorie c'est la partie la plus stable du bateau.

– C'est peut-être plus raisonnable, en effet.

– Il n'y aura pas foule à mon avis, dit Ted. Dommage d'avoir un temps pareil pour notre dernier jour en mer. »

Ils étaient les seuls passagers dans l'ascenseur. Quand ils sortirent sur le pont principal, le bateau bougeait nettement moins. La Tap Room était petite, avec un bar privé. Ted lui présenta la carte. « Que prendrez-vous ? Après un verre de chardonnay, naturellement, ajouta-t-il avec un sourire.

– J'ai tellement mangé ces temps-ci ! Est-ce qu'un club-sandwich bacon, tomate et fromage grillé vous paraît d'une affligeante banalité ?

– Tout à fait affligeante, dit Ted. Ce sera la même chose pour moi. »

Il passa la commande à la serveuse qui s'avançait vers eux. Après son départ, il regarda Célia assise

314

en face de lui. « Hier, vous m'avez dit avoir bien dormi. Est-ce que cela veut dire que vous voyez les choses d'un œil plus serein ?

– Oui, répondit franchement Célia. Et laissez-moi vous expliquer pourquoi. Je vous ai dit combien mon père me manquait, mais je me suis rendu compte que je lui en voulais de ne pas s'être remarié, de ne pas m'avoir permis d'avoir des frères et sœurs. Il m'a fallu un peu de temps pour comprendre que je n'avais pas le droit de l'en blâmer, que je n'étais qu'une égoïste. Il a toujours été là pour moi, tous les jours de ma vie. Qui sait, s'il avait pris plus de temps pour lui-même, peut-être aurait-il rencontré une autre femme ?

– Voilà un grand pas de franchi.

– Un pas nécessaire. Et maintenant je vous ai tout dit, peut-être plus que vous ne désiriez en savoir.

– J'espère que vous savez que je suis très touché de cette marque de confiance.

– Merci. À votre tour à présent. Parlez-moi de vous et de votre famille. »

Ted s'inclina en arrière. « Bon, voyons. Vous savez sans doute que mon père était ambassadeur en Égypte...

– Et à la cour de St. James.

– C'est exact. Mes parents se sont mariés en sortant de Princeton. Mon père a fait l'école de droit et est devenu juge fédéral. Ma mère aurait été très heureuse de passer sa vie dans le Westchester et de nous y élever, mais on a proposé à mon père un poste d'attaché d'ambassade en Égypte. J'avais six ans lorsque nous y sommes partis. Mes deux jeunes frères sont nés là-bas.

— Vous êtes allé à l'école en Égypte ?

— À l'American International School du Caire. C'est là où allaient la plupart des enfants de diplomates. J'y suis resté pendant huit ans, puis mon père a été nommé ambassadeur en Angleterre, et nous avons vécu à Londres pendant les quatre années où il était en poste.

— Vous avez une pointe d'accent anglais. Est-ce que je me trompe ?

— Non, vous avez raison. J'ai fini mes études secondaires à Eton. Puis je suis allé à Princeton et ensuite j'ai fait mon droit à Yale.

— Avez-vous aimé vivre à l'étranger ?

— Énormément. Et j'ai aussi été fasciné par les liens culturels qui ont existé entre les cultures britannique et égyptienne au fil des âges.

— Et vous regrettez cette vie à l'étranger ?

— Pour être tout à fait franc, non. J'ai adoré toutes mes années passées en Égypte et j'aime y retourner. Un de mes clients est le ministre de la Culture égyptien. Je travaille avec lui pour retrouver des antiquités égyptiennes perdues ou volées en Europe et aux États-Unis. Mais, comme ma mère, j'ai une prédilection pour la région de New York.

— C'est vraiment intéressant. Comment êtes-vous arrivé à vous spécialiser dans la restitution des biens culturels à leurs pays d'origine ?

— Comme beaucoup de choses dans l'existence, par hasard. En troisième année de droit, j'hésitais encore sur la voie que je voulais suivre. J'avais des contacts avec plusieurs firmes d'avocats d'affaires de New York. J'ai vu une annonce de ce petit cabinet original de Manhattan spécialisé dans la recherche des objets d'art volés. La description de poste précisait : connaissance de l'Égypte souhaitée. Intrigué, je me suis rendu à l'entretien. J'ai trouvé deux associés d'un certain âge qui cherchaient à apporter du sang neuf à leur affaire. Nous sommes tombés d'accord. Ils m'ont engagé. Au bout de sept ans de collaboration, je suis devenu leur troisième associé.

– Dans quelle partie de la ville sont situés vos bureaux ?

– Au croisement entre la Sixième Avenue et la 47e Rue. J'ai un appartement dans Greenwich Village, à trois stations de métro.

– Vous vivez seul ?

– Absolument seul. Une véritable existence de célibataire. Et je présume qu'il en est de même pour vous ?

– Oui, absolument. »

Ils avaient fini leurs sandwichs. « Je pense qu'un deuxième verre de vin est de circonstance, suggéra Ted.

– Au risque de me répéter, absolument », dit-elle en riant.

Toute la matinée, Célia s'était demandé si elle pouvait rapporter à Ted sa dernière conversation avec lady Em. Elle attendit que le serveur fût reparti pour se lancer.

« J'aimerais avoir votre opinion en tant que juriste sur ce que je vais vous confier, dit-elle après avoir bu une gorgée de son chardonnay bien frais.

– Je vous la donnerai volontiers, et je vous promets que notre conversation restera confidentielle. »

Il l'écouta en plissant les yeux.

« Le soir de la mort de lady Em, commença Célia, j'étais revenue dans ma chambre vers dix heures. Lady Em m'a téléphoné en me demandant de venir la retrouver au plus vite dans sa suite et d'apporter mon oculaire. Lorsque je suis arrivée, elle m'a paru très lasse et elle était visiblement bouleversée. Elle m'a dit être certaine que son conseiller financier, Roger Pearson...

– Celui qui est tombé à la mer ?

– Lui-même. Elle était sûre que lui et son assistante, Brenda, la volaient. Elle m'a montré un bracelet et m'a demandé de l'examiner. C'était visiblement du toc. Mon examen a confirmé que ce n'était pas le ravissant et coûteux bracelet dont son mari lui avait fait cadeau des années auparavant. Lady Em m'a avoué qu'elle ignorait le nombre d'autres pièces que Brenda pouvait avoir subtilisées et remplacées au cours des années. Ensuite, elle m'a dit que dans la matinée, elle avait annoncé à Roger son intention de demander un audit sur l'état de ses finances. Elle a ajouté qu'elle craignait que cette conversation ait pu jouer dans son accident. »

Célia regarda Ted, essayant en vain de deviner sa réaction. « Enfin, poursuivit-elle, et ce point est d'une grande importance pour vous, lady Em m'a remis le collier de Cléopâtre. Elle m'a demandé de l'emporter dans ma chambre et de le confier au commandant le lendemain matin. Elle m'a dit qu'elle avait changé d'avis, que vous l'aviez convaincue que ce collier appartenait au peuple égyptien. Elle avait l'intention de vous le confier à son retour à New York.

– Je l'ignorais, dit Ted.

– Elle ne voulait pas vous mettre dans une situation où il vous faudrait intenter un procès au Smithsonian pour le récupérer, associant ainsi les noms de son mari et de son beau-père à un scandale. Elle croyait savoir que son beau-père avait payé une très grosse somme d'argent pour l'acquérir.

– Où se trouve-t-il à présent ? »

Célia respira profondément et continua : « Vous êtes au courant de mes problèmes avec mon ex-fiancé et ses malversations. Quand j'ai appris que lady Em avait été assassinée pendant la nuit, je me suis rendu compte que je me trouvais dans une position épouvantable.

– Je comprends, dit Ted d'un ton apaisant. Mais puis-je vous demander à nouveau où est le collier ?

– Je devais d'abord trouver à qui je pouvais faire confiance. J'ai vu Alvirah Meehan et lui ai expliqué la situation. Elle m'a proposé de lui confier le collier, que Willy veillerait dessus.

– Célia, vous avez eu raison de mettre le collier en sécurité. Personne ne soupçonnera Willy Meehan. Mais c'est pour *vous* que je m'inquiète maintenant. La personne qui a assassiné lady Em et tenté d'étouffer Brenda Martin cherchait évidemment le bijou. Depuis le début de cette croisière, tout le monde a pu constater que vous étiez proches, lady Em et vous. Le conseiller financier n'avait pas le collier et Brenda non plus. Qui reste-t-il ? » Il la désigna doucement du doigt. « Vous. »

Célia sursauta. « Je n'y ai pas pensé. J'étais tellement préoccupée par le collier.

– Vous avez traversé des moments difficiles, Célia. D'ici peu, la situation avec votre ex-fiancé va être réglée et vous serez enfin rassurée et tranquille. Mais à présent, il vous faut être très prudente. Celui qui veut le collier sait qu'il ne reste qu'aujourd'hui pour s'en emparer. Vous ne pouvez pas entrer ou sortir seule de votre cabine. Vous devez toujours verrouiller votre porte à double tour. À compter de cette minute, je suis votre nouvel avocat et votre garde du corps.

– Merci, maître, c'est un grand soulagement. »

Ted tendit le bras à travers la table et prit la main de Célia dans la sienne. « Dans mon métier, j'ai eu affaire à des personnes particulièrement peu recommandables et j'ai survécu. Il ne vous arrivera rien tant que je serai près de vous. »

90

ORRISON vit avec plaisir que Célia Kilbride
s'était déjà installée à sa table. Sa présence éclairait un peu sa journée. C'est
une très jolie femme, on ne peut pas le nier, pensa-
t-il en traversant la salle.

À sa grande déception, il constata que la salle à
manger était à moitié déserte. Le dîner de clôture
était censé être une fête. C'était le moment où les
passagers s'échangeaient leurs adresses et où se
scellaient de nouvelles amitiés.

Il se consola avec l'information que lui avait com-
muniquée son service des ventes dans la matinée.
Malgré la vague d'annulations provoquée par les
nouvelles du meurtre de lady Em et de l'agression
de Brenda, de nouveaux passagers avaient appelé
pour retenir les cabines libérées. En revanche, il
se renfrogna en apprenant qu'à Southampton des
marchands ambulants attendaient les passagers sur
le quai avec des tee-shirts portant l'inscription : J'AI
SURVÉCU À MA CROISIÈRE SUR LE QUEEN CHARLOTTE.

« Qu'ils aillent tous au diable », marmonna-t-il
en saluant au passage les convives de la table voi-

sine avant d'adresser un large sourire à Célia et au professeur Longworth.

Puis il s'aperçut avec déplaisir que Brenda venait d'arriver et n'avait fait aucun effort pour dissimuler les ecchymoses de son cou. Par miracle, elle avait retrouvé son appétit. Qui sait à combien de personnes elle avait raconté son épopée ?

Une chose était sûre : elle n'embarquerait plus jamais sur le *Queen Charlotte*. Le bureau de la compagnie lui avait confirmé que c'était lady Em qui avait payé le billet de Brenda en plus du sien, ainsi que ceux de la veuve joyeuse ratée et de son mari sauvé des eaux.

Parcourant à nouveau la salle du regard, il se réjouit : Fairfax était à la table du commandant et s'occupait d'un nouveau groupe de passagers.

La courtoisie voulait qu'il demande à Yvonne si elle avait d'autres nouvelles de son noyé. Il remarqua que le gris qu'elle avait porté, anticipant très certainement son futur deuil, s'était converti en rose, veste et pantalon de même couleur. Elle confirma qu'elle s'était entretenue avec le médecin du *Paradise*. Roger se remettait de façon satisfaisante, mais dormait quand elle avait appelé. Elle avait dit de ne pas le réveiller et laissé un message affectueux à son intention.

Elle me ferait presque pleurer, pensa Morrison.

Il se tourna vers Célia. Elle était d'une parfaite élégance avec sa veste bleu marine et un simple foulard noué autour du cou. « Malgré la tristesse que nous éprouvons tous de la disparition de lady

Em, dit-il, j'espère que vous avez pu trouver un certain agrément à cette croisière, miss Kilbride.

– Ce fut un privilège de me trouver à bord de votre magnifique bateau », lui répondit-elle avec sincérité.

Se sentant en reste, Brenda lâcha : « Monsieur Morrison, j'espère que vous allez pouvoir régler rapidement et à l'amiable le problème de... » elle hésita une seconde « ... cette intrusion dans ma chambre. Mais, lorsque nous nous serons tous mis d'accord, je suis certaine que mon ami et moi-même serons ravis d'embarquer à nouveau sur votre merveilleux navire. En tant qu'invités, naturellement », ajouta-t-elle sans sourciller.

Morrison tenta d'accrocher un sourire sur son visage. On venait d'apporter le plat principal, et il remarqua que Brenda s'était ruée avec enthousiasme sur le caviar et faisait mine de se resservir.

Le professeur Longworth estima pertinent de signaler sa présence. « Je tiens à dire que cette croisière fut un délice », dit-il en se servant à son tour copieusement de caviar. « Et combien j'apprécie d'être invité en tant que conférencier sur vos bateaux, monsieur Morrison. Comme l'a dit Juliette à Roméo : "Se quitter est un si doux chagrin." »

Et comme le disait mon père : « Bon débarras », pensa Morrison.

91

TED ET CÉLIA avaient regagné leurs cabines pour boucler leurs bagages. Leurs valises devaient se trouver devant leur porte à dix heures du soir. Ted avait attendu d'entendre le son métallique du verrou de Célia avant de s'éloigner.

À dix-neuf heures, il avait accompagné la jeune femme à la salle à manger, mais elle avait refusé de s'asseoir à sa table. « Ted, vous savez qu'ils apprécient peu les changements sur ces croisières. Si je veux continuer à donner des conférences, je dois appliquer les consignes. Et de toute façon, nous serons à peine à deux mètres l'un de l'autre. »

Ted s'était résigné. En s'asseyant, il se rendit compte qu'il considérait ses compagnons de table d'un œil différent. Il regarda Alvirah et Willy avec sympathie, sachant qu'ils avaient la confiance de Célia. Willy détenait le collier, probablement dans sa poche, et il était en sécurité. Willy était un grand type musclé et baraqué. Celui qui aurait des velléités de lui subtiliser quelque chose pouvait s'attendre à passer un mauvais quart d'heure.

Il élimina Anna DeMille de ses réflexions. Elle avait l'air d'une gourde à sa première croisière. Elle l'avait gagnée à la loterie de sa paroisse. C'était son premier voyage à l'étranger. Si l'Homme aux mille visages était une femme, Anna était la dernière personne sur le bateau qu'il suspecterait.

Devon Michaelson ? Peu probable. Son chagrin semblait réel. Et la manière dont il tentait de résister aux avances d'Anna confortait son image de veuf inconsolable.

Ayant fait le tour des convives de sa table, il jeta un coup d'œil à la table voisine. Gregory Morrison lui était très antipathique. Il avait beau être le propriétaire du bateau, la construction avait dû lui coûter une fortune. Pour lui, le collier de lady Em serait le jackpot. Naturellement, personne ne se risquerait à le vendre tel qu'il est. Mais chacun de ses trois rangs d'émeraudes rapporterait une fortune sur le marché des bijoux.

Poursuivant ses spéculations, Ted se demanda si le collier de Cléopâtre, comme ce bateau, représentait pour Morrison un trophée hors du commun. Même à l'abri des regards, il serait l'attestation suprême de sa réussite. La preuve qu'il pouvait avoir tout ce qu'il désirait, et était capable de n'importe quoi pour l'obtenir.

Morrison pouvait donc être rangé parmi les suspects. En outre, Ted détestait sa façon de rapprocher sa chaise de celle de Célia.

Que dire d'Yvonne ? Si lady Em avait menacé Roger d'un audit de la gestion de ses affaires,

325

elle risquait d'être accusée de complicité dans ses détournements.

Elle n'est pas d'une intelligence remarquable, décida Ted, mais suffisamment maligne et peut-être assez perfide pour se défendre par tous les moyens.

Brenda Martin? Non. Elle n'aurait pas pu s'étrangler elle-même, et à quoi cela aurait-il servi? Célia avait déjà le collier de Cléopâtre.

Le professeur Longworth? C'était une possibilité, certes, sans être véritablement plausible. Ted savait qu'il avait beaucoup voyagé, donné des conférences dans les meilleures universités et sur des bateaux de croisière dans le monde entier. Y compris en Égypte. Sans doute quelqu'un à ne pas négliger.

Le regard de Ted se dirigea alors vers la table du commandant. Fairfax? Il était toujours aux quatre coins du monde, et c'était lui qui avait poussé lady Em à lui confier son collier. Avait-il été contrarié quand elle avait refusé? Assez pour la tuer? Par ailleurs, si elle le lui avait remis, il n'aurait eu aucune raison valable pour ne pas le rendre à sa succession. Il n'était donc pas vraisemblable qu'il soit le meurtrier et le voleur.

Dépité par le résultat de ses élucubrations, Ted s'intéressa à nouveau à ses voisins de table. Comme à son habitude, Anna DeMille ne cessait d'effleurer le bras de Michaelson. Quelle sangsue! pensa Ted. Pauvre Michaelson. Si Anna DeMille passe par-dessus bord, il sera parmi les premiers à être soupçonné.

Dans un effort pour participer à la conversation, il demanda : « Je suis sûr que tout le monde a fait ses bagages à présent ?

— Nous sommes prêts, annonça Alvirah.

— Moi aussi, déclara Anna. Bien que j'avoue que j'avais les larmes aux yeux en fermant ma valise, en songeant que nous ne nous reverrons sans doute pas. »

Ce regret s'adressait clairement à Devon Michaelson, qui rougit de colère.

Alvirah tenta de détendre l'atmosphère. « Nous serions ravis de rester en contact avec vous, Anna. » Ignorant l'air consterné de Willy, elle sortit une feuille de papier de son sac et y griffonna leur adresse e-mail. Après une hésitation, elle se retint d'y ajouter leur adresse postale et leur numéro de téléphone. Willy semblait sur le point d'exploser.

Le dîner d'adieu fut exquis. Tous tombèrent d'accord sur ce point. Caviar, filet de sole ou rôti de bœuf, salade, cheesecake et glace à la vanille accompagnée d'un coulis de fruits rouges à la liqueur ; expresso, cappuccino ou thé.

Le vin coulait à flots. Ted se rappela le sandwich grillé du déjeuner. « Je ne veux plus faire de repas gastronomique pendant au moins un an », dit-il.

Le commentaire de Willy fut du même tonneau. « Gym tous les jours dès notre retour à New York, déclara-t-il fermement.

— Moi aussi, soupira Alvirah. Je ne vais plus rentrer dans aucun pantalon. Et dire que j'avais perdu mes kilos en trop. »

Anna DeMille prit la suite. « On ne mange rien de comparable dans le Kansas. » Elle jeta un regard énamouré à Devon. « Et à Montréal, comment est la nourriture ? »

Comme toujours Devon parut partagé. Soit il allait passer pour un rustre, soit il lui fallait participer à une conversation qui le barbait.

« Montréal est très cosmopolite, finit-il par répondre. On y trouve à peu près tous les genres de cuisine.

– J'en étais sûre. C'est une ville que j'ai toujours eu envie de connaître. En faisant des recherches sur mon ordinateur ce matin, j'ai constaté qu'il y avait des vols directs entre Kansas City et Montréal. »

À la table voisine, le dîner touchait aussi à sa fin. Morrison n'avait pas l'intention de s'éterniser, mais Célia l'intéressait de plus en plus. Il lui trouvait une ressemblance frappante avec Jackie Kennedy. Une des femmes les plus belles et les plus intelligentes qui aient posé le pied à la Maison Blanche.

Comme ils finissaient leur café, il dit : « Célia, je suis souvent à mon bureau de New York. Comme vous pouvez l'imaginer, je ne reste pas à bord durant les trois mois du tour du monde. J'espère vivement avoir le plaisir de dîner avec vous bientôt à Manhattan, ou que vous viendrez passer vos vacances sur mon bateau. »

Cela n'avait pas échappé à Ted qui vint aussitôt se poster derrière la chaise de Célia. À l'intention de Morrison et de tous ceux qui pouvaient l'entendre, il demanda : « Vous venez, ma chère ? »

Célia lui répondit d'un sourire. Comme si un signal venait d'être donné, tous se levèrent et se souhaitèrent une bonne nuit. La matinée débutant très tôt, il ne fut pas question d'un dernier verre.

92

« CE TYPE essayait de vous draguer, dit Ted, les lèvres serrées, l'air furieux.

— C'était très clair », ajouta Willy en pressant le bouton de l'ascenseur. Est-ce parce qu'il est propriétaire du bateau qu'il se croit autorisé à vous faire du gringue ?

— C'est honteux », renchérit Alvirah, mais son esprit était ailleurs.

Dans le couloir qui menait à leurs chambres, elle se tourna vers Célia. « Je n'aime pas vous savoir seule, Célia, dit-elle. Nous savons que quelqu'un a réussi à s'introduire dans les chambres de lady Em et de Brenda. Pas besoin d'être grand clerc pour comprendre qu'il cherche à mettre la main sur le collier de Cléopâtre et qu'il a deviné que lady Em vous l'avait confié.

— D'accord, dit Ted. Mais comment l'empêcher d'agir ?

— J'ai réfléchi et j'ai peut-être une solution, déclara Alvirah. Vous allez venir chez moi et Willy ira dormir dans votre cabine. Je peux vous l'assurer, personne ne se risquerait à étouffer ou étrangler Willy.

– Excellente idée », approuva Ted.

Célia secoua la tête. « Pas question. Nous sommes tous épuisés et sur les nerfs. Je ne vais pas obliger Willy à veiller pendant la plus grande partie de la nuit et laisser Alvirah s'inquiéter à son sujet. Je vous promets que je mettrai la chaîne à ma porte. Personne ne pourra entrer. »

Alvirah, Willy et Ted comprirent qu'ils ne pourraient pas la faire changer d'avis. La cabine d'Alvirah et de Willy était à trois portes de celle de Ted. Cette dernière se trouvait à trois portes de celle de Célia, de l'autre côté du couloir. Quand Alvirah et Willy se furent éloignés, Ted accompagna Célia à sa cabine.

« Célia, je suis trop inquiet, dit-il. Permettez-moi de dormir dans le grand fauteuil, à côté de la chambre. »

Célia secoua la tête. « Merci, mais je refuse.

– Je m'attendais à cette réponse. Mais j'insiste pour entrer et m'assurer qu'il n'y a rien d'inhabituel. Je veux être totalement certain que vous serez seule quand vous aurez mis le verrou. »

Célia acquiesça en silence et inséra la carte magnétique dans la serrure. Ted la précéda. « Attendez ici, s'il vous plaît », dit-il en traversant rapidement la pièce et en ouvrant les portes des placards. Elle le regarda entrer dans la chambre, vérifier la penderie, s'accroupir pour jeter un œil sous le lit. Il fit ensuite coulisser la porte vitrée qui ouvrait sur le balcon, sortit et regarda autour de lui.

« Je suis contente d'avoir laissé la cabine en ordre sinon cette visite aurait pu être embarrassante, dit la jeune femme.

– Célia, je vous en prie. Ce n'est pas le moment de plaisanter. Je vous le demande une dernière fois... »

Elle secoua la tête. « C'est gentil de votre part, mais non. Nous devons tous nous lever à l'aube et ensuite nous serons conduits en groupe vers la sortie. Je promets que si quelqu'un tente d'entrer dans ma cabine, je hurlerai comme une banshee.

– Cela ne me rassure pas du tout, dit Ted. Dans le folklore irlandais une banshee est une créature surnaturelle qui vient gémir quand un membre de la famille est en train de mourir.

– Je croyais être l'experte en légendes. » Célia sourit. « Ne vous inquiétez pas, maître. Tout ira bien.

– Quelle bourrique ! » dit Ted en l'entourant de ses bras, atterré de la sentir si mince et si frêle. La découverte des malversations de son ex-fiancé et les accusations portées contre elle l'avaient fragilisée.

« Bon, vous avez gagné, dit-il. Mais je veux vous entendre fermer le verrou à double tour.

– Tout de suite », promit Célia.

Déposant un baiser rapide sur son front, Ted tira la porte derrière lui et resta sans bouger jusqu'à ce qu'il entende le verrou tourner et le cliquetis de la chaîne de sécurité.

Il s'attarda un long moment devant la porte. Son instinct lui disait de ne pas partir. Finalement, avec un soupir, il fit demi-tour, longea le couloir jusqu'à sa cabine et y entra.

93

COMME TOUJOURS, Willy s'endormit du sommeil du juste dès qu'il eut posé la tête sur l'oreiller. Il dormait toujours en tee-shirt et caleçon, en dépit des magnifiques pyjamas et peignoirs qu'Alvirah s'obstinait à lui offrir et qu'il échangeait aussitôt contre des chemises et des pantalons, dans sa boutique préférée.

Alvirah, pour sa part, préférait une confortable chemise de nuit à manches longues, sa robe de chambre pliée au pied de son lit, un flacon de Tylenol sur la table de chevet à côté de ses lunettes.

Comme Willy, elle s'endormit rapidement. Mais contrairement à lui, elle se réveilla quelques heures plus tard en sursaut. La présence rassurante de Willy près d'elle ne lui procurait pas l'effet habituel.

Elle était nerveuse, troublée, profondément inquiète pour Célia. Pourquoi avait-elle refusé de venir dormir chez elle ? Et si quelqu'un pénétrait dans sa cabine ? Brenda était une grande femme costaude, pourtant cet intrus était parvenu à la maîtriser. Quelles seraient les chances de Célia si elle devait se défendre ?

Ces questions tournaient dans sa tête. Même le léger sifflement des ronflements de Willy, qui avait souvent l'heur de la calmer, était impuissant à la rasséréner.

94

C'ÉTAIT maintenant ou jamais. L'Homme aux mille visages passa délibérément par l'escalier pour éviter de faire des rencontres dans le couloir où donnait l'ascenseur. Il entra avec précaution dans sa cabine et prépara l'exécution de son plan.

En premier lieu, il devait opérer un changement complet d'apparence. Même s'il était quasiment certain que personne ne l'avait vu s'introduire dans les suites de lady Em et de Brenda, il utiliserait un déguisement différent. D'abord les yeux. Il sortit d'une boîte des lentilles de contact marron foncé et les mit en place. C'était la partie la plus facile. La suivante demandait du temps et de l'adresse. Il ouvrit son coffret de maquillage, se regarda dans la glace et mit en pratique un art qu'il avait appris quand il faisait partie de la troupe de théâtre de son lycée.

Un fond de teint pour obtenir un teint cireux. Un crayon pour apporter à ses minces sourcils un aspect broussailleux et batailleur. Quelques traits bien appliqués donnèrent à son visage un aspect ridé. Il mit alors en place une barbe postiche grisonnante de longueur moyenne. Et pour finir, il choisit une perruque brune et l'ajusta. L'expérience lui avait enseigné qu'un témoin éventuel serait frappé par le contraste entre des cheveux foncés et une barbe grise, et s'intéresserait moins aux traits de son visage.

Il passa un long moment à s'examiner dans la glace, tournant la tête d'un côté puis de l'autre. Parfait, pensa-t-il avec satisfaction. Il prit une paire de chaussures dans sa valise. Leurs semelles augmentaient sa taille de sept centimètres.

Il enfila la veste de maître d'hôtel qu'il avait dérobée à la cuisine de son étage. Bien que légèrement trop large aux épaules et à la ceinture, elle était à peu près à sa taille. Il prit un rouleau de ruban adhésif dans un compartiment de sa valise et le fourra dans une poche de sa veste. Dans l'autre une paire de pinces coupantes.

Pendant le quart d'heure qui suivit, il s'entraîna à boitiller du côté gauche en traînant le pied.

95

QUELQUES HEURES plus tard Alvirah se réveilla à nouveau brusquement, le cœur battant. Elle avait rêvé de Célia et eut de la peine à retrouver son calme. Je ne pourrai pas me rendormir, se dit-elle, enfilant sa robe de chambre tout en se dirigeant vers le salon de sa suite.

Sans savoir pourquoi, elle ouvrit la porte qui donnait dans le couloir. La lumière tamisée l'obligea à cligner des yeux. Je devrais aller jusqu'à la cabine de Célia, frapper à sa porte et m'assurer qu'elle va bien. Un coup d'œil à sa montre la retint. Je suis stupide, pensa-t-elle. Il est trois heures et demie du matin. Mes coups auront pour seul résultat de la réveiller et de l'alarmer inutilement. Je ferais mieux de m'occuper de mes affaires et d'aller me recoucher.

Elle refermait sans bruit sa porte quand elle entendit, dans le couloir, en direction de la cabine de Célia, un claquement métallique. Était-ce un tour de son imagination ? Quelques secondes plus tard, lui parvint un cri. Étouffé avant même d'avoir pu s'élever, mais elle était sûre de l'avoir entendu.

Elle s'apprêta à réveiller Willy mais changea d'avis. Ted serait plus rapide. Elle courut dans le couloir et alla frapper de toutes ses forces à sa porte. « Ted, levez-vous. Vite. Célia est en danger. »

Ted bondit de son lit, ouvrit précipitamment et se trouva face à Alvirah, visiblement terrifiée. « J'ai entendu un bruit dans la cabine de Célia. » Il n'attendit pas la fin de ses explications. Il s'élança dans le couloir.

La première impulsion d'Alvirah fut de le suivre. Mais elle fit demi-tour en direction de sa chambre, se pencha au-dessus du lit et secoua Willy. « Willy, Willy, réveille-toi. Célia a besoin de nous. Je t'en prie, Willy, lève-toi. » Tandis que Willy, hébété, enfilait le pantalon qu'il avait préparé pour le lendemain matin, Alvirah, hors d'haleine, lui raconta ce qu'elle avait entendu. Elle appela ensuite la sécurité et leur demanda d'envoyer de l'aide sur-le-champ.

Plongée dans un sommeil profond, Célia avait vaguement perçu des bruits dans le couloir. Le claquement métallique des pinces coupantes qui cisaillaient la chaîne de sûreté de sa porte se mêlait à un rêve où elle jouait avec son père dans un parc. Quand elle crut entendre des pas s'approcher de son lit, l'intrus était déjà sur elle. Elle parvint à pousser un cri bref avant qu'une main puissante plaque un morceau d'étoffe sur son visage. Se débattant pour respirer, elle leva les yeux et vit un visage inconnu penché sur elle. L'étranger braquait un pistolet sur son front.

338

« Encore un cri et vous rejoignez votre copine lady Em. Compris ? » Terrifiée, Célia hocha la tête. Elle sentit la pression du tissu sur son visage se relâcher, remplacé aussitôt par quelque chose de froid et de collant appliqué sur sa bouche. Une sorte de ruban adhésif. Contrairement au tissu, il ne lui recouvrait pas le nez, lui permettant de respirer. Elle ignorait qui était son assaillant, bien que quelque chose lui parût vaguement familier dans sa voix.

Il se remit à parler tandis qu'il lui liait les mains, puis les pieds. Son ton était étrangement calme et mesuré : « Célia, vous avez le choix de mourir ou non ce soir. Donnez-moi ce que je veux et vos amis vous retrouveront demain matin, saine et sauve. Si vous voulez vivre, dites-moi où se trouve le collier de Cléopâtre. Et je vous préviens, ne mentez pas. Je sais que vous l'avez. »

Célia hocha la tête. Elle tentait désespérément de gagner du temps pour... pour quoi ? Tout le monde dormait, personne ne savait qu'elle était en danger. *Je ne peux pas lui dire que c'est Willy qui l'a. Il le tuerait ainsi qu'Alvirah.*

Elle poussa un cri de douleur quand il arracha le ruban adhésif. « Alors, Célia, où est le collier ?

– Je ne sais pas. Je ne l'ai pas. Je regrette. Je ne sais pas.

– C'est franchement dommage, Célia. Vous connaissez le vieux dicton : "Rien de tel que la peur pour vous rafraîchir la mémoire." »

Il appliqua à nouveau brutalement sur sa bouche le ruban adhésif. Deux bras musclés la sortirent de son lit et la tirèrent jusqu'au balcon. Une main passée autour de sa taille, il ouvrit la porte et la poussa à l'extérieur. Le vent soufflait et il faisait froid. Célia se mit à trembler. Il la souleva pour l'asseoir sur la rambarde et la pencha en arrière au-dessus de l'océan, dix-huit mètres plus bas. Il la retenait seulement par la corde passée autour de ses poignets.

« Très bien, Célia, je vais vous demander encore une fois qui a le collier », dit-il en arrachant le ruban adhésif de sa bouche. « Si vous ne le savez toujours pas, je vous croirai. Mais je n'aurai alors plus aucune raison de tenir cette corde. » Il relâcha légèrement sa prise et laissa Célia basculer un peu en arrière avant de la rattraper. Célia sentit une vague de terreur la submerger.

« Alors que décidez-vous, Célia ? Qui a le collier ?

– Elle ne l'a pas ! » hurla Ted en franchissant la porte et en se ruant sur le balcon. « Descendez-la de cette rambarde immédiatement ! »

Ted et l'intrus se toisèrent. Ils étaient à un peu plus d'un mètre l'un de l'autre. L'homme serrait d'une main la corde qui retenait Célia, l'autre tenait le pistolet maintenant pointé vers la poitrine de Ted.

« OK, vous voulez jouer au héros, où est le collier ?

– Ce n'est pas moi qui l'ai, mais je peux l'avoir, dit Ted.

– Pas de baratin. Mettez-vous à genoux, les mains derrière la tête. MAINTENANT ! »

340

Ted obéit, sans quitter Célia des yeux. Bien qu'elle eût les pieds attachés, il remarqua qu'elle avait réussi à en passer un derrière un montant de la rambarde.

« Très bien, monsieur Cavanaugh, dites-moi où se trouve le collier, sinon la petite dame va prendre un bain.

– Stop ! » cria Alvirah tandis qu'elle et Willy se précipitaient sur le balcon. « Il ne l'a pas. Il est dans notre cabine, dit Alvirah. Libérez Célia, et nous vous y conduirons. »

Au même instant, Willy plongea la main dans la poche de son pantalon.

« C'est ça que vous cherchez ? » cria-t-il en balançant le collier sous le nez de l'intrus, dont les yeux écarquillés étaient rivés sur le trésor. Le regard de Willy croisa brièvement celui de Ted, qui lui fit un signe de tête. C'était un risque à courir. « Vous devez vraiment en avoir envie si vous êtes prêt à tuer pour l'avoir. Tenez, attrapez-le. »

Willy lança le collier en l'air en direction de l'homme qui n'eut d'autre choix pour l'empêcher de passer par-dessus bord que de tendre la main qui tenait le pistolet. Au moment où il l'attrapait au vol, il relâcha la corde qui maintenait Célia sur la rambarde. Elle bascula en arrière mais son pied pris dans le montant ralentit momentanément sa chute.

Ted, Alvirah et Willy s'élancèrent. Ted bondit, se pencha par-dessus la rambarde, saisit Célia par les bras, risquant lui-même d'être entraîné dans

341

sa chute. Alvirah l'attrapa alors par les jambes et s'y cramponna.

Voyant l'attention de l'inconnu concentrée sur le collier, Willy se rua en avant. Le temps qu'il franchisse le balcon, l'homme avait saisi le bijou et se retournait, son arme pointée vers lui. Rassemblant toutes ses forces, Willy leva le poing et le frappa violemment. Le coup partit, manquant de peu la tête de Willy. Pistolet et collier tombèrent bruyamment sur le sol du balcon. Willy agrippa le bras de l'intrus.

Ted bandait tous les muscles de son corps pour ne pas lâcher Célia. Plié en deux par-dessus la rambarde, il avait réussi à enrayer sa chute. Mais il manquait de force pour la hisser et la ramener sur le balcon. C'est alors qu'il sentit Alvirah lui saisir les deux jambes, l'empêchant de basculer.

« Ted, lâchez-moi ! hurlait désespérément Célia. Vous allez tomber. Vous allez tomber ! »

Willy et l'inconnu se mesuraient furieusement du regard. Désarmé, l'homme n'était pas de taille face à l'ex-plombier. Quand Willy vit Ted et Alvirah se démener pour sauver Célia, il lâcha son adversaire qui s'enfuit.

Ted sentait le haut de son corps glisser de plus en plus par-dessus la rambarde. Willy se précipita, tendit les bras et attrapa Ted par les coudes. « Tenez bon, dit-il, cramponnez-vous. » Dans un dernier effort, il parvint à remonter Ted, épuisé et haletant. Il aida Célia à dégager son pied du montant de la rambarde et ils s'écroulèrent tous sur le sol, exténués, cherchant à reprendre leur souffle.

L'intrus savait qu'il n'avait plus qu'à parcourir en hâte la distance qui le séparait de sa cabine pour se retrouver en sécurité. Personne ne pourrait l'identifier. Il jetterait perruque, barbe et veste à la mer.

Il ouvrit la porte du couloir et se figea. John Saunders se tenait face à lui, un pistolet braqué sur son front. Il le traîna dans le couloir, où l'attendaient le commandant Fairfax et Gregory Morrison, en peignoir de bain, qui lui maintinrent les bras dans le dos tandis que Saunders le menottait avant de le repousser dans la cabine.

Ted, Célia, Willy et Alvirah revenaient, chancelants, dans la pièce.

« Pas de blessés ? » s'enquit Saunders.

Ted répondit : « Non, je crois que tout le monde va bien.

— Je regrette de ne pas être arrivé plus tôt », dit Saunders. Se tournant vers Alvirah, il ajouta : « Quand vous avez appelé la sécurité, nous avons cru par erreur que le cambriolage avait lieu dans votre cabine. C'est là que nous sommes allés en premier.

— Désolée, dit Alvirah. J'ai gardé cette vieille habitude de donner mon numéro de chambre quand je passe un appel. »

Willy aida Alvirah à prendre place dans un fauteuil puis s'avança d'un air menaçant vers l'inconnu. « Je n'apprécie pas tellement de voir quelqu'un braquer un pistolet sur ma femme », dit-il en levant son énorme poing.

343

L'homme se raidit, dans l'attente du coup. Mais il vit la main de Willy s'immobiliser, le saisir par la barbe et tirer d'un coup sec. Un cri de douleur lui échappa au moment où le postiche se détachait de son visage.

Dans son élan, Willy jeta la barbe, s'empara d'une poignée de cheveux et tira. La perruque se détacha et tomba. Stupéfaits, ils regardèrent le visage qui leur faisait face.

Willy s'exprima le premier : « Ça alors, n'est-ce pas notre veuf inconsolable venu disperser les cendres de sa femme ? Mon vieux, vous avez de la chance que je ne vous disperse pas dans l'océan Atlantique. »

Puis ce fut au tour de Morrison de décocher ses sarcasmes : « Tiens donc, l'inspecteur Clouseau d'Interpol en personne. Non seulement vous êtes nul comme détective, ce que je savais, mais en plus vous n'êtes qu'un piètre Arsène Lupin. Nous avons une prison de première classe sur le *Queen Charlotte*. Vous y serez notre premier invité. »

96

U N LOURD SILENCE régna dans la pièce pendant que Morrison, Saunders et Fairfax faisaient sortir Devon Michaelson. Puis Willy ferma la porte et Alvirah alla prendre une robe de chambre dans la penderie. « Vous êtes gelée, Célia. Enveloppez-vous là-dedans. »

Célia se laissa faire, sentit qu'on lui passait les bras dans les manches de la robe de chambre, qu'on lui nouait une ceinture autour de la taille. Elle était encore sous le choc. Elle se rappelait avoir tenté de se retenir à la rambarde avec son pied, s'être sentie basculer en arrière. Elle revoyait toute la scène. C'est la fin, avait-elle pensé avant que les bras de Ted ne la saisissent. Elle se souvenait du vent froid sur son visage et ses bras, de l'impression atroce qu'elle allait mourir. Essayant de chasser ces images, elle regarda Alvirah et Willy, puis Ted.

« C'est grâce à vous trois que je ne suis pas au fond de la mer. Ou en train de nager jusqu'à Southampton.

– Nous ne vous aurions jamais abandonnée, dit Alvirah avec assurance. Et maintenant nous ferions mieux d'aller nous recoucher. » Elle se dirigea vers la porte, suivie de Willy.

Ted referma derrière eux.

« Cette fois, je ne vous laisserai pas me dire non. Et autre chose. » Il l'enlaça. « Pouvez-vous me dire pourquoi vous vouliez que je vous lâche ?

– Parce que je ne voulais pas que vous tombiez. Je ne pouvais pas vous laisser mourir à ma place. Je vous avais tous mis en danger et... »

Ted l'arrêta d'un baiser. « Nous terminerons cette conversation plus tard. Maintenant, au lit. Vous tremblez encore. » Il la conduisit à la chambre et, lorsqu'elle se fut couchée, borda les couvertures.

« Je vais pousser le fauteuil inclinable contre la porte et y dormir jusqu'à l'heure de notre départ. Je ne leur fais pas confiance pour garder ce type sous clé jusqu'à ce que nous ayons quitté le bateau. »

Célia se rendit compte à quel point elle était heureuse de ne pas être seule. « Pas d'objection, maître », murmura-t-elle tandis que ses yeux se fermaient.

97

TOUT LE MONDE, sauf Willy, était en bas à sept heures et demie du matin quand le *Queen Charlotte* manœuvra enfin pour accoster sur le quai de Southampton. La rumeur selon laquelle Devon Michaelson, le « veuf inconsolable », était l'assassin, avait provoqué la stupéfaction générale.

À la table de lady Em, Yvonne, Brenda et le professeur Longworth demeuraient interdits. « J'ai pensé une seconde que ce pourrait être vous, laissa échapper Brenda à l'intention du professeur.

– Je ne crois pas que j'aurais assez de forces pour vous traîner dans une penderie », rétorqua le professeur d'un ton acide.

Yvonne restait silencieuse. Le bateau qui avait repêché Roger arriverait à Southampton un jour plus tard que le *Queen Charlotte*. L'avait-il incriminée finalement ? Elle dirait qu'il avait l'esprit confus après l'épreuve qu'il venait de traverser. Et s'il persistait, elle le menacerait de révéler ses malversations.

Célia s'était assise à la place précédemment occupée par Devon Michaelson, en compagnie d'Anna DeMille, Ted et Alvirah. Anna racontait à qui voulait l'entendre qu'elle avait dû à plusieurs reprises repousser les avances malhonnêtes de Devon Michaelson.

Devon la draguait ? pensa Alvirah avec sympathie. Pauvre chou !

Quelques minutes plus tard, Willy les rejoignit, l'air soulagé. « Alvirah et moi avons parlé avec Ted avant de descendre pour le petit-déjeuner. Ted nous a dit que le collier était une pièce à conviction dans le meurtre de lady Em et l'agression de Brenda et qu'il devait être remis au FBI. Les amis, j'ai été drôlement heureux de le leur refiler. »

Personne ne s'attarda à table. Les « au revoir » et les « à bientôt » avaient déjà été échangés. La salle se vida à mesure que les passagers se dirigeaient vers le pont principal.

Leur progression fut momentanément stoppée par des représentants de Scotland Yard. Par les fenêtres, ils virent deux hommes portant des blousons du FBI descendre la passerelle de débarquement, chacun tenant par un coude Devon Michaelson, les mains menottées dans le dos.

Dès qu'ils eurent passé la douane, Brenda alluma son téléphone portable. Consciente qu'il était encore très tôt à New York, elle composa un texto enflammé qu'elle signa : « Éternellement, ta petite chérie. »

Ted avait réservé une voiture pour aller directement à l'aéroport. Il demanda qu'elle soit remplacée par un 4×4 de luxe et insista pour emmener

Alvirah, Willy et Célia avec lui. Ils étaient tous ensommeillés et la conversation ne fut guère animée durant les deux heures de trajet. Il avait téléphoné et réservé pour Célia une place en première classe à côté de lui.

Alvirah et Willy étaient sur le même vol en classe économique. « Je ne dépenserai jamais un dollar de plus pour voyager en première classe, déclara Alvirah catégoriquement. L'arrière de l'appareil arrive aussi vite que l'avant !

– Sans blague ! » marmonna Willy.

Il aurait apprécié pouvoir étendre ses longues jambes en première classe, mais il savait que ce n'était même pas la peine d'y penser.

Le train d'atterrissage était à peine relevé qu'ils s'endormirent tous les quatre, la tête d'Alvirah posée dans le creux du coude de Willy, celle de Célia sur l'épaule de Ted.

La perspective de devoir faire face aux questions du FBI effrayait moins Célia désormais. Ted s'était mis en rapport avec son avocat et lui avait proposé son assistance et celle de ses services. « Nous sommes très bons dans ce domaine », lui avait-il assuré. En fin de compte tout s'arrangeait.

Épilogue

Trois mois plus tard

ALVIRAH ET WILLY avaient invité Ted et Célia à dîner dans leur appartement de Central Park South. Un vent violent soufflait au-dehors et le parc était couvert d'une neige légère. On entendait le *clip-clop* des chevaux tirant les calèches, et le tintement familier de leurs clochettes évoquait un passé depuis longtemps révolu.

À l'apéritif, ils se remémorèrent leur semaine mouvementée sur le *Queen Charlotte*. Comme promis, Anna DeMille était restée en contact avec Alvirah, lui assurait qu'elle s'était follement amusée pendant la croisière, même en tenant compte de « ce voleur qui me faisait la cour ».

« Je n'arrive toujours pas à le croire », dit Alvirah. Peu après l'arrestation de l'Homme aux mille visages, Interpol avait publié un communiqué : « Aucun employé du nom de Devon Michaelson n'a jamais fait partie d'Interpol. L'individu a visiblement présenté de fausses pièces d'identité. Une enquête est en cours pour déterminer s'il a bénéficié de complicités au sein de la Castle Lines quand il a fait sa réservation pour la croisière. »

« Des têtes vont tomber », prédit Willy.

Célia s'était sentie obligée de dévoiler au FBI les soupçons de lady Em envers Brenda Martin. L'assistante lui faisait un peu pitié, cependant elle estimait qu'on ne pouvait la laisser s'en tirer en toute impunité. Mais à ce moment le bijoutier complice de Ralphie avait déjà été arrêté. En échange de la clémence du jury, il avait rapidement dénoncé Ralphie, qui à son tour avait exposé le rôle de Brenda dans les vols dont lady Em était victime. Brenda avait rapidement décidé de plaider coupable.

Les enquêteurs de Ted avaient réussi à découvrir des failles dans les accusations de Steven impliquant Célia dans le montage de son escroquerie. Ils avaient pu prouver qu'il avait commencé à détourner des fonds appartenant à ses clients deux ans avant sa rencontre avec Célia. Lorsque le FBI interrogea Célia, elle ne les intéressa qu'en tant que témoin à charge contre Steven.

Pendant le dîner, Ted les mit au courant des récents développements d'une histoire qu'ils avaient tous suivie. La presse avait rapporté que la situation financière de lady Em allait faire l'objet d'un audit approfondi. Plusieurs anciens clients de Roger Pearson s'étaient déclarés préoccupés par de possibles « irrégularités » dans le travail qu'il avait effectué pour eux. L'avocat de Roger avait publié un communiqué en son nom. « M. Pearson éprouve de graves pertes de mémoire, à la suite des terribles épreuves qu'il a traversées en mer et il ne sera peut-être pas en mesure de défendre pleinement les prestations qu'il a accomplies par le passé. » Sur la photo, à ses côtés, se tenait son épouse attentionnée, Yvonne.

« N'y pensons plus », suggéra Alvirah en levant son verre de champagne. « J'adore votre bague de fiançailles, Célia, dit-elle. Je suis si heureuse pour vous deux. »

La bague de Célia était une magnifique émeraude. « Il m'a semblé approprié de choisir cette pierre, dit Ted. Après tout, ce sont des émeraudes qui nous ont réunis. » Ils l'avaient choisie chez Carruthers. À son retour, l'ancien employeur de Célia l'avait accueillie à bras ouverts et lui avait accordé une augmentation.

Célia se rappela le jour où lady Em lui avait confié le collier de Cléopâtre. Après qu'il avait été remis au FBI, le Smithsonian avait déclaré reconnaître que l'Égypte en était historiquement propriétaire et qu'il lui serait rendu. Le FBI l'avait photographié comme pièce à conviction pour le procès de Devon Michaelson, et le collier était aujourd'hui en route pour son pays.

La veille de Noël, ils prendraient l'avion pour Sea Island et passeraient la semaine avec les parents de Ted et ses frères. Célia se souvint de la solitude qui avait été la sienne le premier jour sur le bateau.

Souriant à Ted, elle pensa : je ne serai plus jamais seule.

REMERCIEMENTS

Voici donc le brave *Queen Charlotte* prêt à appareiller. J'espère que tous mes lecteurs prendront plaisir au voyage.

Il est temps une fois de plus de remercier du fond du cœur Michael Korda, mon fidèle éditeur depuis plus de quarante ans. Toujours indispensable. C'est à sa suggestion que j'ai situé cette histoire sur un bateau de croisière, et il m'a guidée tout au long du parcours.

Merci à Marysue Rucci, éditrice en chef de Simon & Schuster, toujours prodigue de conseils avisés et d'encouragements durant la traversée.

Ma gratitude envers John Conheeney, mon merveilleux époux, tous les jours attentif quand je suis plongée dans le processus d'écriture. Et à mes enfants et petits-enfants, pour leur soutien.

Une mention particulière pour mon fils Dave pour ses recherches et son aide éditoriale.

Merci à la perle des bijoutiers, Arthur Groom, qui a pris le temps de me faire parcourir le monde merveilleux des pierres précieuses.

À Jim Walker, avocat de l'amirauté, qui m'a fourni des indications sur la manière dont le commandement d'un bateau répond aux incidents de parcours.

À l'agent spécial du FBI Wes Rigler pour ses conseils pratiques.

Et je ne peux manquer d'honorer la mémoire d'Emily Post, l'arbitre des bonnes manières, qui nous a donné un délicieux aperçu des coutumes et des règles du savoir-vivre en vigueur dans un siècle révolu.

Et enfin, et surtout, merci à mes chers lecteurs pour leur soutien sans faille.

Bonne lecture à tous.

LA NUIT EST MON ROYAUME
RIEN NE VAUT LA DOUCEUR DU FOYER
DEUX PETITES FILLES EN BLEU
CETTE CHANSON QUE JE N'OUBLIERAI JAMAIS
LE ROMAN DE GEORGE ET MARTHA
OÙ ES-TU MAINTENANT ?
JE T'AI DONNÉ MON CŒUR
L'OMBRE DE TON SOURIRE
QUAND REVIENDRAS-TU ?
LES ANNÉES PERDUES
UNE CHANSON DOUCE
LE BLEU DE TES YEUX
LA BOÎTE À MUSIQUE
LE TEMPS DES REGRETS

Avec Carol Higgins Clark

TROIS JOURS AVANT NOËL
CE SOIR JE VEILLERAI SUR TOI
LE VOLEUR DE NOËL
LA CROISIÈRE DE NOËL
LE MYSTÈRE DE NOËL

Avec Alafair Burke

L'AFFAIRE CENDRILLON
LA MARIÉE ÉTAIT EN BLANC
LE PIÈGE DE LA BELLE AU BOIS DORMANT

« SPÉCIAL SUSPENSE »

MATT ALEXANDER
Requiem pour les artistes

STEPHEN AMIDON
Sortie de route

RICHARD BACHMAN
La Peau sur les os
Chantier
Rage
Marche ou crève

CLIVE BARKER
Le Jeu de la Damnation

INGRID BLACK
Sept jours pour mourir

GILES BLUNT
Le Témoin privilégié

GERALD A. BROWNE
19 Purchase Street
Stone 588
Adieu Sibérie

ROBERT BUCHARD
Parole d'homme
Meurtres à Missoula

JOHN CAMP
Trajectoire de fou

CAROLINE CARVER
Carrefour sanglant

JOHN CASE
Genesis

PATRICK CAUVIN
Le Sang des roses
Jardin fatal

MARCIA CLARK
Mauvaises fréquentations

JEAN-FRANÇOIS COATMEUR
La Nuit rouge
Yesterday
Narcose
La Danse des masques

Des feux sous la cendre
La Porte de l'enfer
Tous nos soleils sont morts
La Fille de Baal
Une écharde au cœur
L'Ouest barbare

CAROLINE B. COONEY
Une femme traquée

HUBERT CORBIN
Week-end sauvage
Nécropsie
Droit de traque

PHILIPPE COUSIN
Le Pacte Pretorius

DEBORAH CROMBIE
Le passé ne meurt jamais
Une affaire très personnelle
Chambre noire
Une eau froide comme la pierre
Les Larmes de diamant
La Loi du sang
Mort sur la Tamise

VINCENT CROUZET
Rouge intense

JAMES CRUMLEY
La Danse de l'ours

JACK CURTIS
Le Parlement des corbeaux

ROBERT DALEY
La nuit tombe sur Manhattan

GARY DEVON
Désirs inavouables
Nuit de noces

WILLIAM DICKINSON
Des diamants pour Mrs Clark
Mrs Clark et les enfants du diable
De l'autre côté de la nuit

MARJORIE DORNER
Plan fixe

CHRISTINE DREWS
Ennemie intime

JULIE EWA
Les petites-filles

FRÉDÉRIC H. FAJARDIE
Le Loup d'écume

FROMENTAL/LANDON
Le Système de l'homme-mort

STEPHEN GALLAGHER
Mort sur catalogue

LISA GARDNER
Disparue
Sauver sa peau
La Maison d'à côté
Derniers adieux
Les Morsures du passé
Arrêtez-moi

CHRISTIAN GERNIGON
La Queue du Scorpion
Le Sommeil de l'ours
Berlinstrasse
Les Yeux du soupçon
Preuves d'amour

JOSHUA GILDER
Le Deuxième Visage
Personne n'en saura rien

JOHN GILSTRAP
Nathan

MICHELE GIUTTARI
Souviens-toi que tu dois mourir
La Loge des Innocents

JEAN-CHRISTOPHE GRANGÉ
Le Vol des cigognes
Les Rivières pourpres
Le Concile de pierre

SYLVIE GRANOTIER
Double Je
Le passé n'oublie jamais
Cette fille est dangereuse

Belle à tuer
Tuer n'est pas jouer
La Rigole du diable
La Place des morts

AMY GUTMAN
Anniversaire fatal

JAMES W. HALL
En plein jour
Bleu Floride
Marée rouge
Court-circuit

JEAN-CLAUDE HÉBERLÉ
La Deuxième Vie
de Ray Sullivan

CARL HIAASEN
Cousu main

JACK HIGGINS
Confessionnal

CHUCK HOGAN
Face à face

KAY HOOPER
Ombres volées

PHILIPPE HUET
La Nuit des docks

GWEN HUNTER
La Malédiction des bayous

PETER JAMES
Vérité

TOM KAKONIS
Chicane au Michigan
Double mise

CLAIRE KENDAL
Je sais où tu es

MICHAEL KIMBALL
Un cercueil pour les Caïmans

LAURIE R. KING
Un talent mortel

STEPHEN KING
Cujo
Charlie

JOSEPH KLEMPNER
Le Grand Chelem
Un hiver à Flat Lake
Mon nom est Jillian Gray
Préjudice irréparable

DEAN R. KOONTZ
Chasse à mort
Les Étrangers

AMANDA KYLE WILLIAMS
Celui que tu cherches

NOËLLE LORIOT
Le tueur est parmi nous
Le Domaine du Prince
L'Inculpé
Prière d'insérer
Meurtrière bourgeoisie

ANDREW LYONS
La Tentation des ténèbres

PATRICIA MACDONALD
Un étranger dans la maison
Petite Sœur
Sans retour
La Double Mort de Linda
Une femme sous surveillance
Expiation
Personnes disparues
Dernier refuge
Un coupable trop parfait
Origine suspecte
La Fille sans visage
J'ai épousé un inconnu
Rapt de nuit
Une mère sous influence
Une nuit, sur la mer
Le Poids des mensonges
La Sœur de l'ombre
Personne ne le croira
Message sans réponse

JULIETTE MANET
Le Disciple du Mal

PHILIP M. MARGOLIN
La Rose noire
Les Heures noires
Le Dernier Homme innocent

Justice barbare
L'Avocat de Portland
Un lien très compromettant
Sleeping Beauty
Le Cadavre du lac

DAVID MARTIN
Un si beau mensonge

LISA MISCIONE
L'Ange de feu
La Peur de l'ombre

MIKAËL OLLIVIER
Trois souris aveugles
L'Inhumaine Nuit des nuits
Noces de glace
La Promesse du feu

ALAIN PARIS
Impact
Opération Gomorrhe

DAVID PASCOE
Fugitive

RICHARD NORTH PATTERSON
Projection privée

THOMAS PERRY
Une fille de rêve
Chien qui dort

STEPHEN PETERS
Central Park

JOHN PHILPIN/PATRICIA SIERRA
Plumes de sang
Tunnel de nuit

NICHOLAS PROFFITT
L'Exécuteur du Mékong

PETER ROBINSON
Qui sème la violence...
Saison sèche
Froid comme la tombe
Beau monstre
L'été qui ne s'achève jamais
Ne jouez pas avec le feu
Étrange affaire
Coup au cœur
L'Amie du diable
Toutes les couleurs des ténèbres

Bad Boy
Le Silence de Grace
Face à la nuit

DAVID ROSENFELT
Une affaire trop vite classée

FRANCIS RYCK
Le Nuage et la Foudre
Le Piège

RYCK EDO
Mauvais sort

LEONARD SANDERS
Dans la vallée des ombres

TOM SAVAGE
Le Meurtre de la Saint-Valentin

JOYCE ANNE SCHNEIDER
Baignade interdite

THIERRY SERFATY
Le Gène de la révolte

JENNY SILER
Argent facile

BROOKS STANWOOD
Jogging

VIVECA STEN
La Reine de la Baltique
Du sang sur la Baltique
Les Nuits de la Saint-Jean

WHITLEY STRIEBER
Billy

MAUD TABACHNIK
Le Cinquième Jour
Mauvais Frère
Douze heures pour mourir
J'ai regardé le diable en face
Le chien qui riait
Ne vous retournez pas
L'Ordre et le Chaos
Danser avec le diable

LAURA WILSON
Une mort absurde

THE ADAMS ROUND TABLE
PRÉSENTE
Meurtres en cavale
Meurtres entre amis
Meurtres en famille

Composition Nord Compo
Impression CPI Bussière en avril 2017
Éditions Albin Michel
22, rue Huyghens, 75014 Paris
www.albin-michel.fr
ISBN : 978-2-226-39211-4
ISSN : 0290-3326
N° d'édition : 22393/01 – N° d'impression : 2029479
Dépôt légal : mai 2017
Imprimé en France